헌등사

献灯使

KENTOUSHI
by Yoko TAWADA

세계문학전집 452

헌등사

献灯使

다와다 요코

유라주 옮김

민음사

일러두기

1 한국어판 『헌등사』는 『献灯使』(講談社, 2017)를 저본으로 삼았다.

2 일부 한자는 옮긴이가 임의로 병기하였으며 각주는 모두 '옮긴이 주'다.

3 「빨리 달려 끝없이」에서 **굵은 글자**로 표기한 부분은 원서의 내용을 따라 동일하게 강조한 것이다.

4 외국 인명, 지명, 독음 등은 한글맞춤법(문화체육관광부 고시 제2017-12호)과 외래어 표기법(문화체육관광부 고시 2017-14호)을 따르되 일부 예외를 두어 관용적 표기를 따랐다.

차례

헌등사   7

빨리 달려 끝없이   153

불사의 섬   175

피안   187

동물들의 바벨   207

작품 해설   251

작가 연보   257

헌등사

무메이(無名)는 파란색 비단 잠옷을 입은 채로 다다미에 엉덩이를 찰싹 붙이고 앉아 있었다. 그 모습이 어딘가 병아리를 연상시키는 것은 목이 길고 가느다란 데 비해 머리가 크기 때문일까. 비단실처럼 가느다란 머리카락이 땀에 젖어 살에 착 달라붙었다. 눈꺼풀을 살짝 감고 귀로 공중을 탐색하듯이 머리를 움직이더니 바깥 자갈길을 밟는 발소리를 고막으로 건지려 한다. 발소리는 점점 커지다가 갑자기 멈춘다. 미닫이문이 화물 열차처럼 덜거덕덜거덕 소리를 내기 시작하고 무메이가 눈을 뜨니, 아침 햇살이 민들레 녹은 듯이 노랗게 흘러 들어온다. 무메이는 힘차게 두 어깨를 똑바로 세우고 가슴통을 내민 다음 날개를 펼치듯이 양손을 활짝 들어 올린다.

거친 숨을 쉬며 다가오는 요시로는 눈꼬리에 깊은 주름을

새기며 미소 지었다. 신발을 벗으려고 한쪽 다리를 올리며 고
개 숙인 순간 이마에서 땀방울이 똑똑 떨어졌다.

　요시로는 매일 아침 제방 길 바로 앞 교차로에 있는 '개 대
여소'에서 개를 한 마리 빌려 그 개와 나란히 삼십 분 정도 제
방 길을 달린다. 은색 리본을 묶어 놓은 듯한 강은 수량이 변
변찮을 때엔 의외로 먼 곳까지 흐른다. 그렇게 딱히 이유도 없
이 달리는 일을 옛날 사람들은 '조깅'이라 불렀으나 외래어가
점차 사라지는 가운데 언제부터인가 '도피(驅け落ち)'라 부르
게 되었다. '달리면(驅ければ) 혈압이 낮아진다(落ちる).'라는
뜻에서 처음에는 농담으로 썼던 유행어가 결국 그대로 굳어
진 것이다. 무메이 세대는 이 '도피'라는 말이 과연 연애와 무
슨 관련이 있는지 생각해 본 적이 없다.

　외래어를 쓰지 않게 됐다고 말해도 '개 대여소'에는 아직 가
타카나가 수두룩하게 쓰여 있다. 요시로는 '도피자(驅け落ち
人)'를 시작했을 즈음엔 달리는 속도에 자신이 없어서 되도록
이면 작은 강아지가 좋겠지, 하고 요크셔테리어를 빌렸는데
의외로 달리기가 빨랐다. 요시로가 목줄에 끌려 넘어질 듯이
숨을 헐떡이면서 달리면 개는 이따금 "어떠신가?" 하는 득의
양양한 얼굴로 뒤돌아본다. 약간 코끝을 올린 모습이 영 거만
했다. 그다음 날 아침, 닥스훈트로 바꾸니 우연히도 전혀 달
릴 의욕이 없는 무기력한 개를 만나게 되었다. 200미터 정도
달리니 개는 땅바닥에 주저앉아 버렸고, 목줄로 끌다시피 하
여 겨우 '개 대여소'로 돌아왔다.

　"산책을 꺼리는 개도 있네요." 하고 개를 돌려줄 때 살며시

불만을 표하니 "네? 산책이요? 아, 산책 말이죠. 하하하." 하고 가게를 보던 남자가 얼버무린다. '산책' 같은 죽은말을 쓰는 노인을 비웃으면서 우월감이라도 느끼는 걸까. 말의 수명이 점점 짧아진다. 사라지는 말이 외래어뿐이냐 하면 그렇지도 않다. 낡아 빠졌다고 낙인되어 차례차례 사라지는 말들 중에는 후계자가 없는 말도 있다.

지난주에는 과감하게 셰퍼드를 빌려 봤는데, 이 개는 닥스훈트와 정반대로 지나치게 잘 훈련되어서 요시로가 그 기세에 눌리고 말았다. 갑자기 의욕이 생긴 요시로가 전속력으로 달음질할 때나 도중에 지쳐 다리를 끌다시피 하며 겨우 앞으로 나아갈 때나 늘 옆에 착 붙어서 달린다. 요시로가 개의 얼굴을 쳐다보면 개는 "어때? 완벽하지?" 하고 말하듯이 흘끗 쳐다본다. 그 우등생 같은 태도가 요시로는 마음에 들지 않았으므로 다시는 셰퍼드를 빌리지 않겠다고 결심했다.

그런 이유로 요시로는 아직 이상적인 개를 찾지 못했지만 "어떤 개가 좋으세요?" 하는 질문에 대답을 어물거리는 스스로가 사실은 조금 만족스러웠다.

젊었을 때는 좋아하는 작곡가, 좋아하는 디자이너, 좋아하는 와인 등을 누가 물어보면 자신만만하게 바로 대답했다. 스스로 좋은 취향을 가졌다 생각했고, 그것을 증명할 수 있는 물건들을 사 모으기 위해 돈과 시간을 썼다. 지금은 취향을 벽돌 정도로 사용할 뿐, 개성이라는 이름의 집 한 채를 지으려고 하지는 않는다. 어떤 구두를 신는지는 중요한 문제지만 자기를 연출하기 위해 구두를 고르는 일은 이제 없다. 현재 신고 있는 위타천[1] 구두는 최근에 덴구샤가 출시한 것인데, 굉장히 발이 편하고 어딘가 짚신을 떠올리게 한다. 덴구샤는 이와테현에 본사가 있는 회사로, 구두 안에 "이와테현까지"라는 문장이 붓으로 쓰여 있다. 이 '까지'는 더 이상 영어를 배우지 않는 세대가 'made in Japan'의 'made'를 자기들 나름대로 해석한 끝에 나온 표현이었다.

고등학생일 때는 발 부분에 약간의 불편함을 느꼈는데, 몸의 다른 부위는 나 몰라라 하듯이 자기들만 척척 멋대로 자라났다. 외국 브랜드의 구두가, 부드럽고 상처 입기 쉬운 그 발을 튼튼하고 두꺼운 고무로 감싸 주는 것 같아서 선호했다. 대학을 나온 뒤 잠시 회사에 다녔던 시기에는 계속 근무할 생각이 없는 자신의 진심이 주위에 간파되지 않도록 말끔한 갈색 구두를 신었다. 작가로 데뷔하고 처음으로 인세를 받았을 때는 그 돈으로 등산화를 샀다. 근처 우체국에 갈 때도 조난당하는 일이 없게끔 등산화의 끈을 꽉 매고 나갔다.

발이 나막신이나 샌들을 기쁘게 맞이한 때는 일흔 살이 넘어서였다. 다 드러난 살은 모기에 물리고 비에 젖는다. 조용히 불안을 받아들이는 발등을 찬찬히 바라보며 이것이 나라는 말이지, 하고 생각하면 달릴 의욕이 샘솟는다. 짚신과 비슷한 구두는 없는지 찾고 있었는데, 마침 덴구샤의 구두를 만났다.

요시로는 현관에서 구두를 벗으려 하다가 휘청하며 나무

---

1) 韋駄天. 불법을 수호하는 신장(神將)으로, 달음질을 잘한다고 알려져 있다. 일본어에선 '몹시 빨리 뛰는 사람'을 의미한다.

기둥에 한 손이 닿았고, 나뭇결을 손가락 끝으로 느꼈다. 나무의 몸속에는 세월이 파문을 이루며 남아 있는데, 자기 체내에는 도대체 어떤 식으로 시간이 보존되어 있을까? 나이테처럼 파문을 확대하거나 일직선으로 배열하는 방식도 아닐 테니, 정리되지 않은 서랍 속처럼 어지럽게 쌓여 있지는 않을까. 그런 생각이 떠오를 즈음 요시로는 다시 휘청하며 왼쪽 발을 마루에 올렸다.

"아무래도 한쪽 발로 서기는 무리인 것 같네." 하고 혼잣말을 하자 그 말을 들은 무메이가 웃음을 지으며 코끝을 살짝 올리고 "증조할아버지, 학이 되고 싶어요?" 하고 물었다. 그 말을 한 순간, 풍선처럼 흔들리던 무메이의 목이 척추의 연장선에 착 고정되었고, 눈가에는 달콤새큼한 장난기가 서렸다. 요시로는 아름다운 증손자의 얼굴이 잠시 동자상의 얼굴처럼 보여서 동요하다가 "아직 잠옷 차림이냐. 얼른 갈아입어라." 하고 짐짓 엄격한 목소리로 말하며 장롱 서랍을 열었다. 그 속에선 어젯밤 잠들기 전에 네모지게 개켜서 포개어 둔 어린이용 속옷과 등교용 옷이 단정히 주인의 부름을 기다리고 있었다. 무메이는 밤중에 옷들이 제멋대로 외출해 버리지는 않을까, 늘 걱정한다. 칵테일을 마시고 클럽에서 실컷 춤추고 더러워지고 꾸깃꾸깃한 채로 집에 돌아오지는 않을까, 안절부절못한다. 그래서 요시로는 자기 전에 무메이의 옷을 장롱 안에 넣고 열쇠로 잠근다.

"혼자 입어라, 절대로 도와주지 않을 테니."

요시로는 옷 한 벌을 무메이 앞에 놓고 세면대로 가서 차가운 물로 참방거리며 세수했다. 손수건으로 얼굴을 닦으면서 잠시 눈앞의 벽을 노려본다. 벽에는 거울이 걸려 있지 않다. 마지막으로 얼굴을 거울에 비추어 본 때가 언제인지. 그래도 팔십 대까지는 아직 거울로 얼굴을 점검하고, 코털이 자랐으면 자르고, 눈가의 피부가 건조하면 동백나무 크림을 바르곤 했다.

요시로는 손수건을 바깥 장대에 걸고 빨래집게로 고정했다. 언제부터인가 수건을 쓰지 않고 손수건만 쓴다. 수건은 빨아도 잘 마르지 않아 늘 수가 부족했다. 손수건은 툇마루의 장대에 걸어 놓으면 바람을 불러들이며 펄럭이다가 어느새 마른다. 옛날에 요시로는 두껍고 큰 수건을 숭배했었다. 수건을 쓰고 세탁기에 욱여넣고는 아낌없이 세제를 쏟아부을 때마다 사치를 누리는 기분을 맛보았는데, 지금 생각하면 우습다. 불쌍한 세탁기는 무거운 수건 몇 장을 배 속에 담고 사방으로 우당탕거리며 돌리다가 끝내 완전히 지쳐서 삼 년이 지나면 과로사한다. 100만 대의 죽은 세탁기는 태평양 밑으로 가라앉아 물고기들의 캡슐 호텔이 되었다.

네 평 정도 되는 방과 부엌 사이에 2미터 남짓 되는 폭으로 마룻바닥이 있고, 거기에 야외용 간이 테이블과 낚시꾼이 쓸 것 같은 접이의자가 놓여 있다. 들뜬 소풍 기분을 돋우듯이 테이블에 놓아둔 너구리 그림이 그려진 둥근 물통엔 커다란 민들레 한 송이가 꽂혔다.

최근 민들레는 꽃잎 길이가 7센티미터나 된다. 매년 시민

회관에서 열리는 국화 품평회에 민들레를 출품하는 사람이 있는데, 그 민들레를 국화로 인정하느냐 마느냐가 문제 된 적도 있다. "커다란 민들레는 국화가 아니라 돌연변이 민들레일 뿐이다."라고 반대파는 주장했으나 "돌연변이는 차별 용어다."라는 반론이 나와서 논쟁에 불이 붙었다. 실제로 '돌연변이'라는 말은 더 이상 이런 문맥에서 쓰이지 않았고, 그 대신에 '환경 동화'라는 말이 자주 사용되었다. 수많은 야생화가 거대해지는데 민들레만 작으면 음지에 묻히리라. 민들레도 지금 환경에서 살아남기 위해 크기를 바꾼 것이다. 그러나 반대로 자기만 작아지겠다는 전략을 편 식물도 있다. 아무리 자라도 높이가 새끼손가락 정도밖에 되지 않는 새로운 품종의 대나무가 생겨났고, '새끼손가락 대나무'라고 불린다. 이렇게나 작은 대나무라면 그 안에서 아무리 달에서 온 갓난아기가 빛을 발하더라도 할머니, 할아버지는 네발로 기어가서 돋보기를 들이대야만 겨우 찾아낼 수 있을 것이다.[2]

민들레 반대파 중에는 "국화는 한 가문을 상징하는 문양으로 선택받을 만큼 고귀한 꽃이므로 잡초인 민들레와 같은 취급을 할 수 없다."라고 주장하는 사람도 있었다. 한편 라면집 노동조합을 주축으로 만들어진 민들레 찬성파 동맹은 "잡초

---

[2] 애니메이션 「가구야 공주 이야기」(다카하타 이사오, 2013)의 원작이기도 한 일본 고전 설화 『다케토리 이야기(竹取物語)』를 상기시킨다. 줄거리는 이렇다. 대나무꾼 노부부가 산속에서 대나무 안에 든 작은 아기를 발견하고 정성껏 키운다. 이윽고 아름다운 가구야에게 청혼하는 구혼자가 일본 전역에서 몰려들지만 가구야는 노부부와 구혼자들을 남겨 두고 달로 돌아간다.

라는 풀은 없다."라며 황실에서 나온 명언을 인용해 적으로부
터 탄성을 자아냈고, 일곱 달 동안 이어진 국화 민들레 논쟁
은 마침내 끝이 났다.

요시로는 국화를 보면, 어릴 때 혼자 들판에서 누워 뒹굴며
하늘을 바라보던 시간이 떠오른다. 공기는 따스하고 잡초는
서늘하다. 멀리서 새 지저귀는 소리가 들린다. 옆으로 고개를
놀리면 민들레가 눈보다 조금 높은 위치에 자라 있다. 요시로
는 눈을 감고 새 주둥이처럼 입술을 내밀어 민들레에 입 맞추
고는 허둥대며 상반신을 일으켜 누가 보지는 않았는지 확인
하곤 했다.

무메이는 태어나서 한 번도 진짜 들판에서 놀아 본 적이 없
다. 그런데도 자기 마음속에 '들판' 이미지를 만들어, 그것을
소중하게 키우는 듯했다.

"페인트 사 오세요. 벽 칠해요." 하고 무메이가 갑자기 말을
꺼낸 것은 몇 주 전의 일이었다. 요시로는 좀체 이해가 안 돼
서 "벽? 아직 깨끗하잖냐." 하고 대답했다.

"하늘처럼 칠하자고요, 하늘색으로. 그리고 구름 그림도 그
리고 새 그림도 그려요."

"집에서 피크닉을 하자는 말이냐?"

"바깥에서 피크닉을 하기는 힘들잖아요."

요시로는 침을 삼켰다. 몇 년이 지나면 이제 더는 외출을
못 하게 되고, 실내에 페인트로 그린 풍경 속에서만 살아가게
될지도 모른다. 요시로는 애써 즐거운 얼굴을 지어 보이며 "그
렇구나. 파란색 페인트를 구할 수 있는지 한번 찾아보마." 하고

대답했다. 만약 무메이가 이 같은 감금 상태에 공포를 느끼지 않는다면 굳이 그것을 허물어뜨릴 필요는 없다.

　무메이는 의자에 앉는 것이 서툴러서, 다다미에 앉아 소용돌이무늬가 들어간 조그만 옻칠 밥상으로 식사를 한다. 마치 영주 놀이라도 하는 듯 보인다. 숙제는 창가의 좌식 책상에서 해치운다. 그래서 요시로가 "의자하고 테이블은 필요 없으니 어디에 기부나 해 버릴까?" 하고 제안하면 맹렬하게 반대한다. 무메이에게 의자와 테이블은 가구로선 효용이 없지만 그곳에 없는 무언가, 지나가 버린 시대, 결코 갈 일이 없는 먼 이국을 연상하게 하는 영감이었다.

　요시로는 소나기 같은 소리를 내며 파라핀 종이 속에서 호밀빵을 꺼냈다. 시코쿠 지방 스타일로 만든 독일 빵으로, 그을린 검정 빛깔에 화강암 정도의 무게다. 겉은 바삭바삭 딱딱하게 말랐고, 안은 수분으로 촉촉하다. 희미한 신맛이 나는 이 검은 빵은 '아아헨'이라는 특이한 이름을 가졌다. 빵 주인은 자기가 굽는 빵에 '하노오바', '부레멘', '로텐부로쿠'[3] 등의 독특한 이름을 붙인다. 빵집 문에는 '여러 가지 빵이 있음. 자기 입맛에 맞는 빵을 찾읍시다.'라는 포스터가 붙었는데, 이 문구는 요시로의 언어 신경으론 능청맞게 느껴졌지만 주인의 두꺼운 귓불을 보노라면 다시 신뢰가 갔다. 반죽해서 구우면 맛있

---

3) 각각 아편, 칼의 숙모, 흔들린 면, 노천탕 구역 등 엉뚱한 뜻이지만 전부 독일의 도시 이름으로 발음된다. 순서대로 아헨, 하노버, 브레멘, 로텐부르크이다.

을 것 같은 귓불이었고 차져서 씹으면 단맛이 날 것 같았다. 이 빵집 주인은 '젊은 노인'이다. 일찍이 '젊은 노인'이라는 말을 듣고 웃음을 뿜은 사람도 있었지만 이 말 역시 어느 사이에 익숙해졌다. 구십 대에 이르러서야 '중년 노인'으로 불리는 시대에 빵집 주인은 이제 칠십 대 후반에 막 들어선 참이었다.

　아침에 일어나야만 하는데도 이불 속에서 꼼지락거리는 것을 '인간다움'이라 한다면, 이 남자에게 인간다움이라고는 요만큼도 없다. 매일 아침 4시가 되면 아직 알람 시계가 울리지 않았는데도, 마치 깜짝 상자에서 엉덩이에 용수철 달린 인형이 튀어나오듯 몸을 일으킨다. 그러고는 길이가 10센티미터나 되는 성냥을 비벼서, 받침 접시에 고정해 놓은 지름 5센티미터, 높이 10센티미터의 양초에 불을 붙이고, 그 빛을 비추며 어두컴컴한 빵 작업장으로 발을 들여놓는다. 익숙한 작업장임에도 마치 처음 들어서는 신전인 양 마음을 다잡고 들어간다. 자신이 자는 동안 누군가가 이 공간에서 보이지 않는 빵 반죽을 발효시켜 구워 낸, 그 온기가 아직 희미하게 공중에 남아 있다. 보이지 않는 밤의 빵, 결코 팔릴 일이 없는 그 빵이 있기 때문에 비로소 낮의 빵이 존재한다고 생각한다. 다른 공간에서 향기가 흘러 들어오는 시간은 아주 짧다. 밤의 빵을 굽는 존재와 마주칠 일은 결코 없지만 혼자서 작업을 시작할 때 외로움을 전혀 느끼지 않는 까닭은 그 기묘한 존재 덕분인지도 모른다. 가게가 문 여는 시각은 아침 6시 15분, 문 닫는 시각은 저녁 6시 45분인데, 이 같은 운영 방침을 보고 혹시 이 남자가 옛날에 교육 관련 일을 하지는 않았을까, 생각하는 사람도 있다. 속사정을 말하자면, 그저 자기가 일어나는 시각과 빵을 만드는 데에 걸리는 시간을 정확히 계산해서 일정을 짰더니 이렇게 됐다는 정도의 이야기다. 회사원인 경우에, 회사가 출근 시각을 8시 30분으로 정했다면 졸린 사람이든 졸리지 않은 사람이든 모두 그 시각에 꼭 맞춰 출근해야 하지만, 이 빵집은 주인 마음대로 정한 규칙을 충실하게 지켰다.

빵집에는 종업원이 한 사람 있었고, 이 사람은 요시로와 마찬가지로 백 살이 넘었다. 체구가 작고 몸놀림은 족제비처럼 재빠르다. 요시로가 그 움직임을 눈으로 좇으니 빵집 주인은 요시로에게 얼굴을 들이대고 "삼촌이에요." 하고 귓엣말을 했다.

"백 살이 넘으면 휴식이 필요 없다고 말씀하세요. 삼촌, 좀 쉬면서 차라도 들어요? 하고 말하면 요즘 젊은 사람들은 휴식 시간이 노동 시간보다 길다니까, 하고 화를 내셔서 오히려 제가 혼나요."

요시로는 연신 고개를 끄덕이며 대답했다.

"노인이란 본디 옛날부터 요즘 젊은이들더러 틀려먹었다고 불평하는 사람들이에요. 그렇게 불평하는 일이 노인 건강에는 좋다고 하네요. 젊은이들을 욕한 뒤에 혈압을 재어 보면 내려가 있다고 해요."

젊은 노인인 빵집 주인은 '젊다'라든가 '중년' 같은 형용사를 뒤집어쓰지 않은, 진정한 '노인'인 요시로의 얼굴을 부러운 듯 바라보면서 말했다.

"사실은 삼촌이 저보다 혈압이 낮아요. 무슨 약을 먹는 것도 아닌데 말이에요. 손님도 혈압이 낮은 것 같아요. 저렇게

열심히 일하는 삼촌을 보면 육십 대라는 젊은 나이에 정년퇴
직하던 시대가 있었다는 사실이 이상해요."

"정년퇴직은 이상한 제도였어요. 하지만 젊은 사람에게 직
장을 양보한다는 의미에선 소중한 제도였지요."

"저는 사실 그림을 그린 적도 있어요. 그래서 세월이 흘러도
정년퇴직할 일이 없음을 자랑스럽게 여겼어요."

"그만두셨어요?"

"네. 실은 추상화를 그렸는데, 이것은 알프스 풍경이다, 라
는 둥 들먹이는 평론가가 반드시 있어서, 조마조마했어요. 이
상하게도 제가 그린 그림을 다들 외국 풍경이라고 생각하더라
니까요. 그래서 정말로 고민이 되더라고요. 신변 보호를 위해
가업을 잇기로 하고, 빵을 구우며 살기로 했죠. 빵이야말로
유럽에서 왔는데 웬일인지 빵은 허용되더군요."

"옛날에는 프랑스 빵, 영국 빵 같은 말도 있었잖아요. 그렇
게 부르면 더 일본식으로 느껴져서 애틋해요."

요시로의 목소리는 외국의 나라 이름이 나올 때마다 작아
졌다. 빵집 주인은 눈알을 좌우로 이리저리 굴리며, 혹시 주위
에 사람이 없는지 확인하고는 이렇게 말했다.

"이 빵도 예전에는 저먼 브레드라고 불렸어요. 지금 정식 명
칭은 사누키 빵⁴이에요. 빵이라는 말도 외래어인데 말이에요."

"빵은 먼 나라가 존재함을 떠올리게 해서 좋아요. 먹는 것은
밥이 좋지만 빵에는 꿈이 있지요. 앞으로도 잘 부탁드려요."

---

4) 사누키는 현재 가가와현의 옛 지명이다.

"네. 그런데 이 일은 꽤나 힘든 육체노동이라서요. 아직 힘을 빼는 데에 서툴러서 건초염에 걸리지나 않을까 걱정입니다. 밤에 잠자려고 누우면 팔이 무거워요. 인조인간처럼 어깨에서 팔을 떼고 잘 수 있다면 편할 텐데, 하고 생각한 적도 있어요."

"몸의 힘을 빼는 요령을 가르쳐 주는 강좌가 있어요. 요전에 광고가 나왔어요. 장소는 아마 수족관이었을 거예요. 건초염(腱鞘炎)의 '초' 자가 문어 '소(鮹)' 자와 비슷해서 기억에 남아요."

"아, 그 포스터 저도 봤어요. 문어에게 배우는 연체 생활."

"맞아요, 맞아. 옛날에는 연체동물 따위 가볍게 여겼는데 말예요. 어쩌면 인류는 누구도 예상하지 못한 방향으로 진화하고 있어서, 예컨대 문어 비슷한 것에 근접하고 있는지도 몰라요. 증손자를 보고 있으면 그런 생각이 듭니다."

"1만 년 후에는 모두 문어가 되는 것인가요?"

"그렇죠. 옛날 사람들은 인간이 문어가 된다면 퇴화라고 생각했겠지만 사실은 진화일지도 몰라요."

"고등학생일 때는 그리스 조각상 같은 몸이 부러웠어요. 미대를 지망했거든요. 언제부터인가 전혀 다른 몸이 좋아졌죠. 새나 문어 같은. 한번 모든 것을 타자의 눈으로 보고 싶어요."

"타자요?"

"아니, 문어요. 문어의 눈으로 보고 싶어요."

요시로는 빵집 주인과 나눈 대화를 떠올리면서 작은 냄비에 넣은 두유가 따끈해지기를 기다렸다. 무메이는 이가 약해서 빵을 액체에 적시지 않으면 먹을 수 없다.

무메이의 어린 이가 석류알처럼 톡톡 떨어져서 입가에 피가 묻은 모습을 봤을 때, 요시로는 놀라서 잠시 아무런 의미도 없이 방 안을 빙빙 돌아다녔다. 아이의 이는 다시 새로 나니까 걱정하지 않아도 된다고 스스로를 타일렀다. 그리하여 겨우 마음의 동요를 가라앉히고, 자전거 뒷자리에 무메이를 태운 뒤 치과에 갔다. 예약을 하지 않아서 두 시간 넘게 기다려야 했다. 요시로는 후덥지근한 대기실에 앉아서 몇 번이나 다리를 바꾸어 꼬며, 담배라도 피우듯이 입술에 손가락 두 개를 가져다 대었다가 눈썹을 마구 긁었다가 하면서 벽시계를 연거푸 올려다봤다. 대기실에는 치아 모형이 놓여 있었다. 무메이는 사랑니 모형을 큰 트럭이라도 되는 양 빨간 카펫 위에 놓고 천천히 밀었다. 요시로는 거대한 이가 트럭이 돼서 도로를 미끄러져 가는, 인간 없는 세계가 떠올라서 소름이 끼쳤다.

무메이는 치아 모형에 질리자 이번에는 『송곳니의 모험』이라는 대형 그림책을 무릎에 놓고는 종이를 넘기기 시작했다. 그 옆에 앉은 요시로는 그림책을 들여다보며 같이 읽을까 말까, 망설였다. 마침 어린이를 위한 작품을 쓰던 참이었다. 무메이가 읽을 수 있는 책을 써 보고 싶었지만 오히려 무메이가 가까이 있으니 동화를 쓰기가 어려웠다. 매일같이 근심하는 문제를 생생하게 다룬들 대답이 나오지 않아서 초조하기만 할 뿐, 책이기에 가능한 경지에 이르지 못한다. 이상향을 그리고 싶은 기분도 들었지만, 그것을 읽은 무메이가 바로 자기 환경을 바꿀 수 있는 것도 아니다.

무메이는 물기를 가득 머금은 눈으로 그림책을 들여다본다. 등장인물은 주인공 송곳니 씨를 비롯해 사랑니 씨, 앞니 씨, 충치 씨, 금니 씨다. 송곳니 씨는 그의 주인이 콘크리트 바닥에 엎어지는 바람에 깨져서 도랑에 빠진다. 쥐들이 송곳니를 발견하고 처음에는 뭔지 알아보지 못하지만 얼마 지나지 않아 신이라 믿고서 신사에 모신다. 송곳니 씨는 이렇게 지하 세계에서 신으로 받들어지고 춘하추동 행사를 치르며 무사히 지냈으나 어느 날 홍수로 범람한 지하수에 쥐들의 신사가 떠내려가고 송곳니 씨도 지상으로 떠밀려 나온다. 어떤 아이가 그것을 주워서 주머니에 넣고 집으로 가져간다. 여기까지 읽었을 때 진찰 순서가 됐다.

진찰실에 들어가서 치과 의사와 눈이 마주친 요시로는 아직 의사가 아무것도 묻지 않았는데 "빠져 버렸어요.(欠けてしまったんです.)"라고 저절로 내뱉어 버렸다. 목소리가 떨리고 억양이 흔들려서 "쓸 수 있게 돼 버렸어요."[5] 비슷하게 발음했음을 깨닫고 요시로는 서둘러 "빠져서 떨어져 버렸어요."라고 고쳐 말했다. 그러고는 "젖니입니다만."이라고 덧붙였다. 이런 것을 도치법이라고 말하지, 하고 생각했다. 한편 무메이는 아직 한자를 거의 모르지만 어휘만은 풍부하게 알고 있어서 '떨어져 버렸어요, 입니입니다만.'이라는 문장을 한자 없이 떠올리고는

---

5) 書けてしまったんです. 앞의 "欠けてしまったんです."와 발음은 같으나 억양이 다르다.

혼자 싱글거렸다.

"젖니는 빠지려고 있으니까 보통 일이려니 생각하는데도 너무 쉽게 빠져 버려서 당황했어요. 보통은 빠지지 않겠다는 듯이 달라붙어 있잖아요, 이(齒)라는 것은. 이렇게 쉽게 빠져 버리다니. 제가 지나친 걱정을 하는 걸까요?"하고 변명하듯 설명하는 동안, 요시로의 목소리가 가라앉았다. 치과 의사는 네모진 얼굴을 들며 "젖니가 약하면 영구치도 약해지죠."하고 냉정하게 대답했다. 이 말을 들은 요시로는 가슴에 돌을 묻고 꿰맨 듯하였으나, 무메이는 "젖니는 뭐 때문에 있는 거예요? 어차피 빠지는데."하고 명랑한 과학 소년의 얼굴로 물어본다. 치과 의사는 그 물음에 정중히 대답한 뒤, 무메이의 이를 들여다보기 시작했다. 진찰이 끝나자 무메이는 누구에게 배웠는지 "내 이를 친절하게 대해 주어서 고마워요."하고 태연한 얼굴로 감사 인사를 올리기에 요시로는 위가 뒤집어질 만큼 놀랐다. 저런 번역 투의 인사는 도대체 어디서 배웠을까. 요즘 시대엔 그림책에서도 쓰이지 않는 번역 투의 말인데, 참으로 이상한 일이었다.

요즘 시대의 어린이 대부분이 그러하지만 무메이는 칼슘 섭취 능력이 부족하다. 요시로는 치과에서 돌아오는 길에, 이대로 가다가는 바야흐로 인류는 이가 없는 생물이 되지 않을까, 하고 끙끙 앓으며 생각하는데, 무메이는 그 속을 바로 읽더니 "참새도 이빨 없는데 건강하고 아무렇지 않잖아요."하고 말했다. 무메이는 사람의 마음을 읽을 줄 안다. 안일한 어림짐작이 아니라 문자를 읽듯 분명히 읽을 줄 아는 것이 아닌가, 하고 요시로는 오싹할 때마저 있다. 그래도 요시로는 무메이의 장래를 되도록이면 나쁜 쪽으로 생각하지 않으려고 노력하지만 불행의 밀물은 자기 의사와 관계없이 정기적으로 찾아오는 까닭에 자신도 모르는 사이에 번민할 때가 많다.

"증조할아버지도 이 없는데 밥 잘 드시고 건강하시잖아요."

아직 번민의 밀물에 잠겨 있는 요시로를 무메이가 다시 격려한다. 요시로는 증손자의 상상력이 노인을 위로하는 방향으로만 발달하여 못내 마음이 무겁다. 자기만 생각하고, 무모한 행동을 거듭하고, 자유롭게 살기를 바라는데.

무메이가 조금이라도 더 많이 칼슘을 섭취하도록 매일 아침 컵에 우유를 반쯤 담아 먹이던 시기가 있었는데, '설사'라는 대답이 돌아올 따름이었다. 몸에 들어온 것을 내장이 독으로 식별하고 되도록 빨리 체외로 배출하는 정교한 기술이 곧 설사라고 치과 의사가 가르쳐 줬다. 머릿속에 뇌가 있음은 잘 알려져 있는데, 사실은 하반신에도 장이라고 불리는 또 하나의 뇌가 있어서 둘의 의견이 일치하지 않을 땐 장의 의견을 우선시한다고 한다. 그 때문에 두뇌가 참의원, 장이 중의원으로 불리기도 한단다. 중의원 선거가 더 자주 행해지므로 보통 참의원보다 중의원이 국민의 의견을 더욱 충실히 반영한다고, 여겨진다. 그것과 똑같이 장이 더 빠르게 순환하므로 뇌보다 더 정확히 사람의 현재 상태를 반영한다.

무메이는 치과에 가서 입을 벌릴 때 입만 크게 벌릴 수 없는지 눈도 크게 뜬다. 한번은 입을 너무 크게 벌려서 턱이 빠질 뻔했는데, 당황한 바람에 입을 닫고는 두 눈도 같이 감더니

"목 안에 지구가 있어." 하고 말하며 다시 입과 눈을 크게 벌린 적도 있다. 소아과에 정기 검진을 하러 갔을 때도 이 '지구'가 나왔다. 무메이는 남방을 빙글빙글 위로 감아올리더니 갈비뼈가 도드라질 만큼 얇은 가슴통을 내밀고는 아무렇지 않은 목소리로 "이 가슴 안에 지구가 있어."라고 말했다. 요시로는 놀란 모습을 감추려고 얼굴을 돌려서 창밖 정원의 나무를 감상하는 듯이 코를 들어 올리고 웃었다.

'진단'이라는 말이 '죽었다'[6]라는 말과 비슷하게 들려서 '정기 진단'이라는 단어를 언제부터인가 쓰지 않게 되었고, 차츰 의사들도 '달 감정하기'[7]라고 부르기 시작했다. 소아과 정기 검진을 가면 우선 혀와 목을 세밀하게 살피고 눈꺼풀을 뒤집어 눈을 들여다본다. 그러고는 손바닥, 얼굴, 목 등을 속속들이 진찰하고 머리카락을 한 올 뽑아서 분석한 뒤 귓속, 콧속까지 빛을 비추며 살펴본다.

"세포가 어느 정도 파괴됐나 살펴보시는 거지요?" 하고 언젠가 요시로가 불안을 억누르지 못하고 굳이 확인하려고 하자 의사는 빙긋 웃더니 "맞아요. 하지만 세포를 기계에 넣어서 파괴된 정도를 수치로 확인할 수는 없어요. 만약 그런 말을 하는 의사가 있다면 일종의 사기지요. 정말로 살펴봐야 하는 것은 역시 몸 자체예요."라고 대답했다.

---

6) 診斷(しんだん)의 발음(신당)이 死んだ(しんだ)의 발음(신다)과 유사함을 이용한 언어유희다.
7) 月の見立て. 見立て라는 단어에는 견해나 감정(鑑定)이라는 뜻과 더불어 의사의 진단이라는 의미도 있다.

이 소아과 의사는 사토리 선생인데, 오랜 옛날 요시로의 어머니를 진료했던 암 전문 의사 사토리 선생의 먼 친척쯤 된다고 한다. 그러나 두 선생은 목소리나 표정 어느 것 하나 닮은데가 조금도 없다. 암 전문 의사 사토리 선생은 환자를 아이 대하듯이 얘기하는 사람이었다. 환자가 질문하면 마치 비판이라도 받은 양 눈썹을 치켜올리고는 "그런 시시한 의문은 머릿속에서 꺼내 버리고, 제 말대로만 하면 병이 낫습니다." 하고 불만스럽게 대꾸한 적도 있다. 무메이가 정기적으로 진찰받으러 가는 소아과 의사 사토리 선생은 요시로나 무메이가 물어보면 풍부한 지식을 아낌없이 나눠 준다. 그 말투는 사람을 깔보는 데가 전혀 없고, 질문은 물론이고 비판받는 것조차 두려워하지 않는다. 그 점을 알면서도 요시로는 그다지 질문을 하지 않았다. 노트에 기록한 무메이의 건강 상태에 대해, 가령 숫자에 숨겨진 뜻을 따지듯 물으면 사실은 9가 괴로움이고 4가 죽음[8]이라고 밝혀질까 두려워서, 아무런 질문도 하지 않고 고개만 연신 끄덕였다.

어린이의 건강 상태를 기록한 서류는 조수가 받아쓰고 배달부의 손을 거쳐 신일본의료연구소 중앙국에 보내진다. 다리가 카모시카[9]처럼 튼튼하고 마을 지도가 전부 머릿속에 들어 있는 배달부가 주인공인 「바닷바람의 소식」이라는 만화가 유행한 이후로 배달 일을 동경하는 어린이가 늘어났는데, 지금 아이들

---

8) 9(九, 〈)의 발음(구)이 괴로움(苦, 〈)의 발음(구)과 같고, 4(四, し)의 발음(시)은 죽음(死, し)의 발음(시)과 동일하다.

9) 염소와 비슷한 외양을 한 솟과 포유류로, 주로 유라시아 대륙에 서식한다.

의 체력으로는 감당하기 힘들 것이다. 가까운 장래에 젊은 사람들은 모두 사무를 담당하고, 몸을 쓰는 일은 앞으로도 계속 노인들이 맡아야 할지도 모른다.

어린이의 건강 상태가 담긴 원본 데이터는 전부 손으로 직접 작성하고, 의사 각자가 자기 판단에 따라 어딘가에 숨겨 둔다고 한다. 의사가 개집이나 커다란 냄비 속에 서류를 감추는 모습을 그린 만화가 가끔 신문에 실린다. 요시로는 그것을 보고 웃었지만 어쩌면 풍자가 아니라 실화일지도 모른다고, 나중에 생각했다.

병원에서 의료 연구소로 보내는 데이터는 직접 쓴 것의 복사본이라, 누구든 그 대량의 데이터를 삽시간에 고쳐 쓰거나 없애지는 못한다. 그러므로 우수한 프로그래머가 오래전에 고안해 낸 보안 시스템보다 이 방법이 더 뛰어나다.

건강이라는 말에 걸맞은 어린이가 사라진 이 세상에서 소아과 의사들은 격무에 시달렸고, 부모들의 노여움과 슬픔을 혼자 떠맡아야 했을 뿐 아니라 외압 때문에 이 실정을 신문 기자 등에게 감히 털어놓지도 못했다. 불면증이 잇따르고 자살하는 사람이 늘어나자, 소아과 의사들은 우선 노동조합을 만들어 근무 시간을 당당하게 줄였고, 보건부가 재촉하는 보고서의 제출 역시 거부했으며, 대형 제약 회사와도 손을 끊었다.

무메이는 소아과 선생을 좋아해서 정기 검진을 전혀 꺼리지 않는다. 심지어 치과에 갈 때는 꺼리기는커녕 소풍날처럼 뛸 듯이 기뻐했으므로 오히려 마음이 무거운 쪽은 요시로였다. 무메이는 높은 의자에 앉아서 의사 선생한테 이야기하는 일을 가장 즐거워했다. 요전에도 "우유 냄새를 싫어하는 아이에게 무리하게 우유를 먹여서는 안 돼요. 우유 냄새를 좋아하는 아이에게 너무 많이 먹여서도 안 되고." 하고 치과 의사가 말했을 때, 요시로가 "네, 그 말씀은 잘 들었습니다." 하고 대답하자 치과 의사는 무메이의 얼굴을 들여다보더니 "너는 우유가 좋으냐?" 하고 진지한 목소리로 물었다. 무메이는 한 치의 망설임도 없이 "지렁이가 더 좋아요." 하고 대답했다. 요시로에겐 우유와 지렁이를 잇는 그 선이 보이지 않았고, 그래서 내심 당황한 채 창밖으로 시선을 던졌으나 의사는 태연하게 "그러냐. 그러면 너는 송아지가 아니라 병아리구나. 송아지는 어미 소의 젖을 먹고 자라지만 병아리는 어미 닭이 집어다 준 지렁이를 먹고 자라지. 하지만 지렁이는 흙 속에 살고 있으니까 흙이 오염돼 있으면 그 지렁이도 많이 오염돼 있단다. 요즘에 닭이 지렁이를 먹지 않는 것은 그 때문이야. 그래서 지렁이가 여럿 살아남아 있으니 쉽게 잡을 수 있지. 비 온 뒤에 보면 수많은 지렁이가 길에 나와서 꿈틀댈 거야. 하지만 너는 살아남은 지렁이 따위 먹지 마라. 하늘을 나는 벌레를 잡아서 먹으렴." 하고 말했다. 마치 양치질 방법이라도 설명해 주는 듯한 차분한 말투였다. 요시로가 작가임을 알고 경쟁심을 느껴서 일부러 동떨어진 이야기를 들려주는 것일까. 아니면 무메이와 치과 의사는 어느새 같은 수준의 미래에 도달했고, 요시로만이 남겨진 것일까.

치과 의사 중에는 정교한 화술을 즐기는 사람이 많은데, 아마 일 초라도 더 오래 자신의 아름다운 치아를 사람들에게 보이고 싶기 때문은 아닐까. 이 치과 의사도 곧 105세 생일을 맞이한다는데 턱은 건강하게 네모졌고 입을 벌리면 커다랗고 일렬로 정렬한 네모난 이가 하얗게 빛난다. 그럴 수만 있다면 그 이를 뺏어서 증손자에게 선물로 주고 싶다, 라고 요시로가 은밀히 생각하는데 치과 의사는 다시 입을 크게 벌리며 이야기를 시작했다.

"칼슘은 생선이나 동물 뼈에서 섭취하는 것이 좋다는 설도 있어요. 하지만 그건 지구가 복원 불가능할 정도로 오염되기 이전에 살았던 동물의 뼈이어야만 하지요. 그래서 어이없을 정도로 땅속 깊은 곳에서 공룡의 뼈를 파내면 좋으리라고 말하는 사람들도 있어요. 이미 홋카이도엔 나우만코끼리의 뼈를 발굴해서 가루로 만들어 파는 가게도 있다고 하네요."

요시로는 어떤 우연인지 그다음 날 초등학교 벽에 붙은, 고생물학을 연구하는 교수가 문화유원지에서 나우만코끼리에 대해 강연한다는 전단지를 보았고, 집에 돌아온 뒤 벽에 걸린 달력에 "나우만코끼리" 하고 써넣었다. 강연 들으러 가는 것이 요시로의 취미였다. 무메이는 달력 앞을 지나갈 때마다 '나우만코끼리'라는 말에 못 박은 듯 눈을 고정하고 안절부절못하며 눈을 깜박였다. 마치 말(語)이 동물이고, 계속 쳐다보고 있으면 그 말이 언젠가 움직이리라고 생각하는 듯했다. 요시로는, 무메이를 그 자리에 묶어 놓은 마법을 풀듯이 "나우만코끼리는 50만 년 전에 살았던 코끼리다. 대학교 선생님이 와서 그 코끼리에 관한 이야기를 들려주신다고 하는구나. 들으러 가자." 하고 말해 보았다. 그러자 무메이는 대뜸 얼굴을 환하게 밝히더니 "극락!" 하고 외치고는, 두 손을 들어 올린 채 그 자리에서 공중으로 뛰어올랐다. 요시로는 놀랐으나 그 뒤로 무메이가 뛰어오른 일을 잊어버렸다.

나우만코끼리만이 아니다. 왜가리든 바다거북이든 무메이는 생물의 이름을 보거나 들으면 그 이름 속에서 생물이 튀어나오리라고 여기는지 눈을 떼지 않았다.

동물 이름뿐 아니라 살아 있는 동물이 그대로 눈앞에 나타난다면 무메이는 마음에 불이 붙은 듯 좋아할 텐데, 이 나라에서는 벌써 꽤 오래전부터 야생 동물을 볼 수 없게 됐다. 요시로는 대학 시절에 독일의 메트만이라는 도시에서 온 여성을 데리고 며칠 동안 도쿄에서 나카센도[10]를 거쳐 교토까지 안내한 적이 있는데, 그때 "일본은 거미와 까마귀밖에 없네요."라는 말을 듣고 놀랐었다. 쇄국이 시작된 이후로는 그런 쓰디쓴 코멘트로 눈을 번쩍 뜨이게 하는 먼 나라의 손님조차 더는 찾아오지 않았다. 요시로는 동물을 생각할 때마다 그 여성을 떠올린다. 이름은 힐데가르트였다. 힐데가르트와 요시로는 같은 나이였다. "헬로, 요시로?" 지금도 가끔 그 목소리가 들리곤 한다. 전화는 없지만 허공에서 "지지직" 하는 짧은 전기 소리가 들리면 '헬로'가 몇 번인가 반복되고, 말끝을 올리며 묻는 '요시로?'의 독특한 발음이 고막에 붙는다. '요' 다음에 한숨이 들어가고 '시'가 강하게 물결쳐 오르며 '로'는 고작 잠깐 사이에 툭

---

10) 中山道. 에도 시대에 도쿠가와 이에야스 막부가 만든 도쿄와 교토를 잇는 다섯 개 도로 중 하나. 여행객이 머물던 숙박 시설이 다수 남아 있는 관광지이기도 하다.

끊기는 발음. 그 소리가 손을 내미는 듯한 동작을 느끼게 한다.

그리고 두 사람은 더듬더듬 영어로 대화한다. 요시로는 "오늘은 뭐 먹고 싶어?" "채소는 보통 어디서 사?" "어린아이들은 밖에서 노는 걸 좋아해?" 같은 간단한 질문을 늘어놓는다. 독일도 일본과 똑같은 환경인지 아니면 옛날 그대로인지, 손자나 증손자는 건강한지 정말 궁금하다. "정원에서 기른 강낭콩을 허브와 같이 데치고 있어." 하고 힐데가르트가 대답한 순간, 요시로는 냄비에서 피어오르는 김을 들이마신 듯하다. 그러나 환상 같은 전화 목소리는 바로 잦아들며 더 이상 들리지 않았다. 그 목소리가 환청이었는지, 정녕 힐데가르트의 음성이었는지 자신할 수 없었다. 어찌 됐든 눈을 감으면 요시로에게 보였다. 힐데가르트의 증손자들이 정원에서 뛰놀고, 연못을 뛰어넘고, 발꿈치를 들어 사과를 따고, 벌레 먹은 구멍이 있는 떫은 사과를 씻지도 않고 그대로, 튼튼하고 새하얀 치아로 베어 먹는다. 다 먹고 나면 들꽃을 따러 갈지, 아니면 개울로 물고기를 보러 갈지 고민한다.

요시로는 한 번이라도 좋으니 힐데가르트를 만나러 독일에 가 보고 싶었지만, 일본과 외국을 잇던 선은 전부 끊겼다. 그래서인지 지구가 둥글다는 것을 더는 발밑으로 느낄 수 없다. 여행을 할 수 있는 둥근 지구의 존재는 머릿속에만 있었다. 머리 내부의 곡선을 따라가며 그 안쪽을 여행할 수밖에 없다.

요시로는 작은 여행 가방에 갈아입을 옷과 세면도구를 챙긴 다음, 전철과 버스를 갈아타고 나리타 공항으로 향하는 자신의 모습을 떠올려 보았다. 벌써 몇 년 동안 가지 않은 신주쿠 거리는 지금 어떻게 됐을까. 폐허라고 말하기에는 지나치게 화려한 간판, 자동차는 한 대도 달리지 않는데 정직하게 붉게 푸르게 점멸하는 신호등, 직원이 보이지 않지만 회사 입구의 자동문이 열렸다 닫혔다 하는 까닭은 길가의 큰 나뭇가지가 바람에 구부러지기 때문일까. 연회장의 다 식은 담배 냄새는 수은색 정적으로 얼어붙었고, 테이블이 꽉 들어찬 복합 건물의 각 층에선 부재라는 이름의 손님이 무한정으로 먹고 마시고 떠들어 댄다. 이젠 돈을 빌리는 사람도 없는 사채업자의 이자엔 녹이 슬었다. 아무도 사지 않아서 산처럼 쌓여 눅눅해진 세일하는 속옷들, 빗물이 고인 쇼윈도, 쇼윈도 안에 전시된 곰팡이 핀 핸드백, 쥐 한 마리가 유유히 낮잠을 자는 하이힐. 금이 간 도로의 아스팔트 틈에서는 높이가 2미터나 되는 냉이가 하늘을 향해 쭉 뻗었다. 예전에는 인도 구석에 놓인 빗자루처럼 공손하고 조심스럽게 서 있던 벚꽃나무도 도심에서 사람들이 모습을 감춘 뒤로 몸통이 굵어졌고, 가지는 사방으로 힘차게 손을 뻗었으며, 우거진 초록색 아프로 머리[11]가 하늘에서 천천히 좌우로 흔들렸다.

요시로는 신주쿠에서 나리타 공항까지, 무인 익스프레스 지하철을 타고 가는 자기 모습을 상상해 본다. 이제 공항으로 가는 전철은 사라졌고, 익스프레스라는 독특한 가타카나 발음으로 비싼 속도를 팔았던 지하철을 타는 승객도 없어졌으

---

11) 둥그렇게 부풀고 곱슬곱슬한 머리 스타일로, 한때 흑인을 전형화하는 데 쓰였다. 1960년대 민권 운동 시대엔 저항의 의미로서 흑인 여성들이 다시 아프로 머리를 취하기도 했다.

며, 에스프레소를 마시는 사람 또한 보이지 않는다. 공항 터미널역 개찰구를 나와서 공항으로 들어간다. 공항 관문에는 사람이 아무도 없으므로 여권을 보여 줄 필요도 없다. "터미널"이라고 적힌 간판을 떼어, 벽에 기대어 세워 놓았다. 계단 대신에 꼼짝도 않는 에스컬레이터를 밟고 삐거덕삐거덕 올라가니, 체크인 카운터 어디에도 사람이 없고, 머리 위에는 우산처럼 커다란 거미줄이 달렸다. 멈춰 서서 살펴보니 거미줄 한쪽 끝에 손바닥만 한 거미가 몸을 숨기고 가만히 먹이를 기다린다. 등에 새겨진 화려한 줄무늬는 위에서부터 차례대로 검은색, 빨간색, 노란색. 이제 독일로 날아갈 테니 그런 색을 띄고 있겠지, 라고 요시로는 이해한다. 주뼛거리며 옆 카운터 쪽으로 눈을 돌리니 빨간색, 흰색, 파란색의 줄무늬를 가진 거미가 있다. 별 모양이 박힌 빨간색 거미도 있다.

왜인지 요시로는 그러한 공항 풍경을 뚜렷이 떠올릴 수 있었다. 굳이 떠올리려고 하지 않아도 그런 이미지가 제멋대로 뇌 속에 들어와서 소설로 써라, 써라, 하고 조른다. 하지만 아무도 찾지 않는 공항의 풍경을 쓰기는 위험하다. 만약 거기에 어떤 국가 기밀이 숨겨져 있고, 그래서 조치가 내려졌다고 생각해 보자. 요시로는 금지된 장소에 성공적으로 숨어 들어가서 중대한 비밀을 캐낼 의도 따윈 전혀 없다. 자신이 공상한 공항을 면밀하게 묘사해 작품으로 발표했는데, 우연히 사실과 일치하여 국가 기밀을 누설해 버린 꼴이 되면 어떡하나. 요시로를 체포할지도 모른다. 공상임을 재판에서 입증하는 일은 의외로 어렵지 않을까. 애초에 재판이 제대로 행해지기는 할까. 요시로는 감옥에 들어가는 일을 상상해 본들 그다지 무섭지 않았지만, 혼자 남겨진 무메이가 어떻게 살아갈지를 생각하면 걱정이 돼서 공연히 위험을 감수하고 싶지 않았다. 대여한 개와 죽은 고양이 이외에 다른 동물이 보이지 않는 일에도 무신경해진 지 과연 몇 년이나 지났을까. 몰래 토끼를 키우는 사람들이 '토끼조'라는 조직을 만들었다고 하는데, 친척이나 지인 중에 그런 사람이 없어서 무메이에게 토끼를 보여 줄 수 없다.

"무메이, 너는 동물학자가 될 거냐."

무메이가 동물도감을 보며 열심히 얼룩말을 그리는 모습을 보고 요시로는 이렇게 말한다. 무메이가 동물학 교수뿐 아니라, 여행을 하며 야생 동물을 관찰하는 에세이 작가로서 이름을 날리는 일까지 꿈꾸어 본다. 그러나 눈가를 풀리게 했던 미소도 잠시 뒤에 굳어진다.

요시로는 화장실에 들어가서 변기에 엉덩이를 올리고 나우만코끼리의 뒷모습을 떠올려 봤다. 무메이가 물이 괸 코끼리의 발자국을 돋보기로 관찰하는 모습을 떠올려 봤다. 그러고는 화가 난 듯 휴지를 홱 손에 쥐었다. 요시로는 오린 신문지를 손으로 부드럽게 비빈 다음, 나무 상자에 넣어서 휴지로 쓴다. 신문의 정치 기사가 엉덩이에 달라붙는 것 같아서 섬찟할 때도 있으나, 살에 붙으면 거울 글자[12]가 되니 통쾌한 일이다,

---

12) 鏡文字. 글자의 좌우를 반대로 쓴 것으로서, 거울에 비추면 바르게 보인다.

하고 스스로를 위로한다. 자기 엉덩이 아래에서 지금까지의 정치가 '거꾸로' 또는 '반대'가 된다.

어린이 건강에 대한 기사를 신문에서 발견할 때마다 오려 보관하던 시기도 있었지만 언제부터인가 그만뒀다. 한번 읽은 기사를 다시 읽는 일은 사실상 없었고, 철해 둔 파일이 점점 책장을 차지하기 시작하자 벽에 중압이 갔다. 요시로는 오랫 동안 '버릴 이유가 없는 것은 버리지 않는다.'라는 규칙에 따라 살았다. 가설 주택에서 사는 생활이 오래 이어질수록 지난 규칙은 '지난 육 개월 동안 생활에 쓰이지 않은 것은 모두 버린다.'라는 새로운 규칙으로 바뀌었다.

오래된 신문 기사에 대한 미련을 버린 이유는 또 하나 있다. 어린이 건강 정보는 가을 날씨보다, 남자의 마음보다 더 변덕스럽게 바뀐다. '일찍 일어나는 건강 습관'이라는 기사가 실리면, 며칠 뒤에 또 '낮잠 자는 어린이일수록 키가 큰다.'라는 커다란 헤드라인이 눈에 들어온다. '간식을 먹는 어린이는 식욕이 없다.'라는 기사의 뒤를 쫓듯이 '과자를 원하는 어린이에게 단것을 주지 않으면 성격이 어두워진다.'라는 내용의 칼럼이 나온다. '어쨌든 걷게 하는 게 중요'라는 전문가의 충고가 실리는가 하면, 무리하게 걷게 했다가 무릎 관절이 닳아 버렸다는 어린이의 사연이 실린다. 요시로는 무메이의 장래에 어떤 운명이 기다릴지 예상할 수 없었다. 다만 적어도 발밑에 있는 현재라는 시간이 무너지지 않도록 필사적으로 눈을 부릅 뜨고 하루하루를 보내는 것이었다.

부엌에서는 냄비가 오만하게 번쩍거린다. 고급 냄비도 아닌 주제에 왜 이렇게 번쩍거릴까. 요시로는 틈틈이 곁눈으로 냄비를 노려보면서 큰 채소 칼로 오렌지를 싹둑 두 동강 냈다. 칼도 번쩍거리긴 했으나 그 번쩍거림에는 오만한 구석이 조금도 없었다. 빵집 주인 덕분에 잘 드는 채소 칼을 구입할 수 있었다. 다음 주에 근처 책방에서 지인이 칼을 판다고 말해 주었다. 왜 하필 책방에서 칼을 파느냐고 물으니, 칼을 만드는 남자가 쓴 자서전이 잘 팔려서 사인회를 여는데 그때 칼도 같이 판다는 것이다. 나무로 된 손잡이 부분에 '도사견'[13]이라는 글자가 새겨져 있는데, 개를 가리키는 것으로 생각하면 안 된다고 빵집 주인이 싱글대며 알려 주었다. 도사견은 칼로 유명한 상표라고 한다. 그날 아침 책방 앞에는 이미 사람들이 오십 명 가까이 줄을 섰다. 요시로는 이렇게 들뜬 기분으로 줄을 서는 것이 정말 오랜만이었다. 드디어 차례가 왔다. 요시로는 책과 칼을 세트로 사서 사인을 받으며 "전국을 돌고 계시나요?" 하고 물었다.

"아뇨. 이번에는 효고현하고 도쿄 서역만 돌아요."

'그렇군. 이 근처 지역은 외부에서 "도쿄 서역"이라고 불리는가 보군. 옛날에 자주 썼던 '중근동'이라는 명칭과 비슷하고, 어느 모로 보아도 멀고 이국적인 장소라는 인상을 주는 묘한 이름이다.'라고 요시로는 생각했다. 칼 제작 장인은 요시로가 "도쿄 서역"이라는 말에 신경을 쓰는데도 알아채지 못했는지

---

13) 土佐犬. 개의 품종 중 하나로 시코쿠 지방의 토종 견종이다.

계속 말했다. "사실은 동북 지방이나 홋카이도 쪽이 잘 팔려요. 그쪽은 경기가 좋아서요. 하지만 어쨌든 머니까요. 옛날에는 뉴욕까지 팔러 갈 때도 있었는데, 멀다는 생각은 안 들었어요. 거리란 참 이상하지요."

유독 '뉴욕'이라고 말할 때 목소리가 낮아지고 거칠었다. 외국의 도시명을 입 밖에 내서는 안 된다는 기이한 법을 어겨 벌을 받았다는 이야기는 아직 들은 적 없다. 그래도 외국의 지명을 언급할 때는 모두가 경계했다. 여태껏 적용된 적 없는 법만큼 무서운 것도 없다. 누군가를 감옥에 집어넣고 싶다면 모두가 태연하게 어길 만한 법을 난데없이 들고나와서 체포하면 된다.

칼은 사길 잘했다는 생각이 들지만, 자서전은 전형적인 노력파 인간의 눈물을 쥐어짜는 이야기라서 절반까진 참아 냈으나 그 이상은 도무지 읽을 수 없었다. 그런 책이어도 빛나는 부분이 한 군데는 있었다. 작가가 해 뜨기 전에 일어나서 양초에 불을 붙이고 작업장에 들어갈 때쯤 잠시 졸려서 스스로가 누군지조차 모른다고 말하는 대목이었다. 자신은 올빼미형 인간이라서 아침에 일어나기가 괴롭지만 동트기 전에 일어나야 한다는 규칙만은 지킨다고 쓰여 있었다. 그 규칙이 어떤 종교의 영향 때문인지 아니면 장인의 전통인지, 가문의 전통인지 설명은 전혀 없다. 그 대신에 이상하게도 지름 5센티미터, 높이 10센티미터라는 양초의 크기만이 자세히 적혀 있다.

요시로는 빵집 주인이 시코쿠 지방에서 칼을 만드는 이 남자를 어떻게 알게 됐을까, 궁금했다. 그래서 다음에 빵을 사러 갔을 때 "시코쿠에 산 적이 있으세요?" 하고 아무렇지 않게 물으니, "사실은 사누키 빵의 유래를 찾아서 시코쿠까지 간 적이 있어요."라는 대답이 바로 돌아왔다. 그 여행 이야기도 좀 더 자세히 묻고 싶었지만 항상 수다쟁이였던 빵집 주인이 이때만은 흥이 가신 듯 얼굴을 돌리고 일하러 가 버렸다.

칼을 사길 잘했다. 이 칼을 집으면 요시로 손안에서 두 번째 심장이 뛰기 시작한다. 과일은 그렇게까지 힘주어 자르지 않아도 된다고 말하는 사람도 있지만, 지금 요시로에게는 고기나 생선보다 이 오렌지야말로 칼이 얼마나 잘 드는지 시험해 볼 수 있는 진검 승부 상대였다. 촘촘한 식이 섬유에 감싸인 안쪽 깊은 곳에서 귀한 과즙 한 방울을 찾아내 무메이에게 준다는 사명감에 취해, 요시로는 흥분감에 전율한다. 오렌지의 뻔뻔한 낯짝인 껍질이여, 그 밑에서 과육을 한 번 더 감싼 감귤 귀족의 흰 장갑이여, 그리고 다시 그 밑에서 수분을 담뿍 머금고 문을 잠가 버린 음란한 방이여. 이처럼 몇 겹으로 싸여 있으니 우리 사랑하는 증손자가 과즙의 단맛을 만끽할 수 없다.

과일만이 아니다. 양배추도, 우엉도 그렇게 쉽게 먹히겠느냐며 섬세한 섬유로 바리케이드를 친다. 식물은 아주 조용한 듯 보이지만 한 발짝도 물러서지 않는 완고함을 지녔다. 그것이 밉다. 칼은 목적지를 향해서 망설이지 않고, 멈추지 않고 싹싹 자르며 나아간다. 강인해서가 아니다. 쓸데없이 망설이지 않으니까 가늘고 날카롭게 계속 나아갈 수 있는 것이다.

'무메이, 기다려라. 네가 네 이로 잘게 자를 수 없는 식이 섬유라는 정글을 증조할아버지가 대신 잘라서 생명의 길로 인도할 테니까. 증조할아버지는 무메이의 이다. 무메이, 햇빛을 힘껏 몸으로 받아들여라. 스스로가 상어라고 생각해 보려무나. 입속에 멋있는 이가 자라 있는 거야. 보기만 해도 모두 도망가고 싶어 하는 크고 날카로운 이지. 침은 밀물이고 주름진 파도가 철썩철썩 덮치는구나. 너는 목 근육이 아주 잘 발달했으니까 지구를 그대로 삼켜도 된다. 네 위는 실내 수영장이다. 위액이 철렁이며 수영장에 가득 차 있구나. 천장이 유리로 돼 있어서 수영장 위액 속에 태양이 그대로 잠긴다. 지구는 다른 별과 달라서 풍요로운 햇빛을 매일 누리고 있어. 해님 덕분에 이 지구에는 이상한 형체가 가득 생겨났지. 지금도 해파리, 낙지, 목도리도마뱀, 게, 코뿔소, 사람, 그 밖에 여러 가지 생물이 끊임없이 변화하면서 살아가고 있어. 콩 같은 태아에서 싹이 움트며 하트 모양으로 피어나고, 음표 같은 올챙이가 목어 같은 개구리로 변신하고, 애벌레는 나비가 되고, 주름 덩어리 아기는 주름 덩어리 노인이 된다. 최근 몇십 년 동안 엄청나게 많은 생물이 멸종해 버렸다. 그래도 아직 지구는 따뜻하고 밝아.'

부끄러워서 감히 말로 할 수 없는 대사를 마음속으로 외치면서 요시로는 손에 쥔 칼을 이거다, 싶을 때까지 몇 번이고 다시 고쳐 잡는다. 오렌지를 절반으로 자른 다음, 즙을 내서 무메이에게 주스를 만들어 줄 테다. 과일을 과일 그대로 먹이고자 껍질만 벗겨서 잘게 잘라 준 적도 있지만, 그러다간 학교에 지각해 버린다. 주스라면 십오 분 사이에 다 먹을 수 있다. 이렇게 말해도 '마시는' 행위가 무메이에게 편한 일은 아니다. 무메이는 검은 눈동자를 돌리면서, 목 속의 엘리베이터를 죽을힘을 다해 상하로 움직이며, 액체를 밑으로 내려보내려고 노력한다. 액체가 역류해서 목이 탈 때도 있다. 그것을 다시 억지로 삼키려다가 기도가 막혀서 심하게 기침할 때도 있다. 한번 기침을 시작하면 좀처럼 그치지 않는다.

"무메이, 괜찮으냐, 괴로우냐. 숨 쉴 수 있느냐." 하고 요시로는 눈물을 글썽이면서 무메이의 등을 가볍게 다독이고, 머리를 팔로 감싸 가슴에 끌어안는다. 무메이는 괴로운 듯 보이면서도 어딘가 평온하다. 마치 바다가 태풍을 맞이하듯이 아무런 저항 없이 기침 발작이 지나가기를 기다린다.

이윽고 기침이 멎으면 무메이는 아무 일도 없었다는 듯한 얼굴로 다시 주스를 마신다. 그러다가 요시로의 얼굴을 보고 놀란 무메이는 "증조할아버지, 괜찮아요?" 하고 묻는다. 무메이는 '괴롭다'라는 말의 뜻을 모르는 양 기침이 나오면 기침을 하고, 음식이 식도로 역류하면 토할 뿐이었다. 물론 아픔을 느끼지만 요시로가 아는, "왜 나만 이리 괴로워야 하지." 같은 우는소리에 물들지 않은 순수한 고통이었다. 그것이 무메이 세대가 부여받은 보물일지도 몰랐다. 무메이는 스스로 불쌍하다고 여기는 기분을 모른다.

요시로가 아이였을 때, 감기에 걸려 열이 나기만 해도 어머니는 아기처럼 보살펴 주었다. 자신을 불쌍하게 여기는 기분은 달콤하고, 애절하고, 몸에 절절히 스며들었다. 어른이 돼서

도 아프기만 하면 아무리 내키지 않아도 반드시 가야만 하는 회사를 당당히 쉬고 이불 속에서 소설을 읽거나 생각에 잠길 수 있음을 알았다. 독감에 걸리기는 쉬웠다. 자는 시간을 줄이면 된다. 게다가 약을 먹고 나으면 몇 개월 뒤에 또다시 독감에 걸릴 수 있다. 결국 요시로는 자신이 사실 원하는 것은, 독감에 걸리는 게 아니라 회사를 그만두는 일임을 깨달았다.

무메이는 다행히 병에 집착하는 어른의 추함을 본 적이 없다. 이대로만 성장한다면 이 아이는 병에 걸려도 주변 사람한테 알랑거리거나 자신을 가엾게 여기지 않고, 죽는 순간까지 편하게 살 수 있을지도 모른다.

요즘 어린이의 90퍼센트는 미열을 반려 삼아 산다. 무메이도 늘 미열이 있다. 매일 체온을 재면 도리어 예민해지므로 학교에서는 열을 재지 말라고 지시한다. "오늘은 열이 있네." 하고 말하면 아이는 몸이 나른하다고 느낀다. 열이 날 때마다 학교를 쉬면 대다수의 어린이는 학교에 다니지 못할 것이다. 어떤 학교에든 착실한 의사가 반드시 한 명은 있으니, 오히려 아플 때 등교하는 편이 낫다. "열은 세균을 죽이려고 나는 것이기에 해열제를 먹으면 안 된다."라는 말은 꽤 오래전부터 있었다. 그러나 "열을 재면 안 된다."라는 지시는 비교적 최근에 생겼다.

요시로는 무메이와 함께 체온계를 모노노묘지[14]에 묻어버렸다. 모노노묘지는 경의를 표하며 작별하고 싶은 물건을

---

14) もの墓地. 물건의 묘지(物の墓地)라고도 읽힌다.

누구나 자유롭게 묻을 수 있는 공원묘지였다. 한번 묻으면 미련이 남은 듯 다시 지상으로 기어 나오는 것도 있다고 하는데, 그날은 빗발로 흐트러진 흙 표면에서 빨간 해가 그려진 하얀 머리띠가 얼굴을 반만 내민 채 바람에 흔들리고 있었다. 입시 공부를 마친 고등학생이 묻었을까, 우익 단체를 졸업한 젊은이가 묻었을까. 요시로는 그 주인을 상상해 봤다. 거꾸러진 곰돌이 인형 한쪽 발도 땅 위로 튀어나왔다. 그 곰도 밖으로 나오고 싶은 것이다. 무메이도 흙 속에 묻힌 여러 가지 것들을 떠올려 보는 듯했다. 각각으로 쪼개져서 두 마리의 올챙이가 돼 버린 정원용 가위. 마구 신어서 밑창이 종이처럼 얇아진 구두, 찢어진 작은북, 이혼한 부부의 결혼반지, 끝이 구부러진 만년필, 세계 지도. 요시로도 쓰다 만 소설을 통째로 묻으러 온 적이 있다. 집 정원에서 태울까, 생각했지만 불꽃의 혓바닥이 잔혹하게 보여서 차마 성냥을 긋지 못했다. 누구에게든 개인적 이유로 태울 수 있는 쓰레기와 태울 수 없는 쓰레기가 있다. '견당사'[15]라는 제목의 역사 소설인데, 요시로에게는 처음이자 마지막이 될 역사 소설이었다. 하지만 상당히 많이 쓰고 난 뒤에야 외국 지명을 너무 많이 언급했음을 깨달았다. 지명은 작품 속에서 혈관처럼 세세하게 가지를 뻗었으므로 지명만을 지우기란 불가능했다. 신변의 안전을 위해서라도 버릴 수밖에 없었는데, 태우기는 괴로워서 묻어

---

15) 遣唐使. 7~9세기 무렵에 고대 일본에서 당나라로 파견한 사절단. 이 작품의 제목인 '헌등사(献灯使)'와 동일하게 발음된다.

버렸다.

새하얀 사기 날에 갈려서 주황색 즙이 흐른다. 피도 아니고
눈물도 아닌, 오렌지색 과즙을 매일 철철 흘리면서 살고 싶다.
주황색이 가진 명랑함, 따뜻함, 단맛과 몸을 옥죄는 듯한 신맛
을 모두 받아들여 자신의 장으로 태양을 느끼고 싶다.

요시로는 그릇에 찬 오렌지즙을 한 방울도 흘리지 않게끔
가만히 컵에 옮겼다. 그러고는 과육을 거의 다 잃은 채 늘어
서 있는 오렌지 조각을 오른손으로 감싸 쥐고 마지막 한 방울
까지 힘껏 짰다.

"왜 증조할아버지는 마시지 않아요?" 하고 무메이가 물어서
"한 개밖에 사지 못했다. 어린이는 앞으로도 계속 살아가야
하니 뭐든지 어린이 우선 아니겠느냐." 하고 대답했다.

"하지만 어른은 어린이가 죽어도 살 수 있는데, 어른이 죽으
면 아이는 못 살아요." 하고 노래하듯이 무메이가 말하자 요
시로는 입을 다물어 버렸다.

자신이 죽은 뒤에 무메이가 살아갈 시간을 상상하면 늘 벽
에 부딪친다. 자기가 죽은 뒤의 시간 따위는 존재하지 않는다.
죽을 수 없는 몸을 부여받은 우리 노인들은 증손자를 앞세워
야 하는 무서운 운명을 짊어졌다.

어쩌면 무메이 같은 이들이 새 문명을 지어서 후세에 남겨
줄지도 모른다. 무메이는 태어날 때부터 기묘한 지혜를 가진
듯 보였다. 지금까지 보아 온 어린이들에게서는 전혀 찾아볼
수 없었던 새로운 종류의 지혜.

딸 아마나는 무메이 정도 되는 나이였을 무렵에, 과자 상자를 자물쇠로 잠가 놓지 않으면 비스킷 한 통 혹은 초콜릿 한 덩어리를 통째로 먹어 버리곤 했는데, 요시로가 혼내면 곧장 말싸움으로 이어지곤 했다.

"그렇게 한꺼번에 많이 먹으면 안 되지"

"왜요?"

"몸에 나쁘니까."

"왜요?"

"밥을 안 먹게 되고, 결국 영양 부족이 돼."

"그럼 밥만 제대로 먹으면 그 전에 과자를 많이 먹어도 되는 거예요?"

"당연히 안 되지."

"왜요?"

언제까지고 끝없이 되풀이되는 문답에 지쳐서 끝내 요시로가 큰 소리로 "안 된다면 안 돼!" 하고 소리를 지른 적도 있다. 굳이 부모의 권위를 내세울 마음은 없었지만, 말을 하게 된 딸의 입에서는 뭔가를 원하고, 뭔가를 하고 싶다, 라는 말만이 흘러넘쳤다. 민주적으로 싸우자면 부모가 아이에게 진다. 권위주의는 부모라고 하는, 쉽게 상처 입고 바보 같기만 한 생물을 지키기 위해 존재한다는 생각마저 들었다.

딸의 욕망은 끝이 없었다. 단것은 탈이 날 때까지 계속 먹었고, 갖고 싶은 장난감은 사 줄 때까지 가게 앞을 떠나지 않았다. 다른 아이의 과자나 장난감을 뺏을 때도 있었어 그걸 막는 일이 요시로의 역할이었다. 딸이 욕망을 휘두르는 역할이라면 요시로는 그 욕망을 막는 역할. 그런 역할 분담도 딸아이가 아직 어릴 때까지는 참을 만했다. 그러나 날이 갈수록 딸의 목소리에는 점점 힘이 들어갔고, 어휘가 많아졌고, 가져다 붙이는 이유도 교묘해졌다. 한번 혼을 내면 가시 돋친 말이 열 배로 돌아왔다. 예리한 말의 송곳에 찔려 피를 흘릴 때면 요시로는 딸이 아이스크림을 너무 많이 먹어서 배탈이 나면 좋겠다고 생각하기도 했다. 아무리 그래도 어느 때는 딸에게 무언가 유익한 것을 가르쳐 줄 수 있다는 자신감을 잃은 적은 없었다. 자기 말대로 하면 쓰라린 경험을 하지 않아도 될 텐데, 악을 쓰고 반항하는 딸의 어리석음에 답답해했다. 무메이는 딸과 전혀 다르게 뭔가를 너무 많이 먹지도, 먹지 말아야 할 것을 입에 대지도 않았지만, 그 대신 요시로는 무메이에게 앞으로 살아가는 데 필요한 뭔가를 하나도 가르쳐 줄 수 없었다. 그런 생각을 하면 스스로가 한심해서, 요시로는 두 주먹으로 자기 눈알을 세게 짜부라뜨리는 몸짓을 한다.

손자인 도모가 아직 가볍게 안아 올릴 수 있을 만큼 컸을 때, 요시로는 손자에게 자동차 운전에 대해 조언해 줄 날을 손꼽아 기다렸다. 세상은 작가에게 상상력이 있다고 생각하지만 요시로는 자동차가 존재하지 않는 날이 오리라고는 상상해 본 적이 없었다. 공부를 좋아하지 않는 손자에게 요시로는 삼 년 동안 직업전문학교에 다닐 수 있을 만큼의 자금을 모아 놓은 예금 통장을 선물했다. 그런데 손자는 계좌를 몰래 해약한 뒤 현금을 가득 넣은 스포츠 가방을 도둑처럼 끌어안고 집을 나갔다. 은행에서 온 서류를 보고 손자가 해약했음을 알았을 때 요시로는 속이 부글거리고 머리에서 김이 나왔다. 그러고는 한 달 뒤에 거대 은행이 연달아 파산하더니, 계좌를 가지고 있던 사람들은 예금을 모조리 잃었다. 언젠가 돌려준다는 소문 외에는 붙들 만한 것이 전혀 없었다. 코로 거친 숨을 내뿜으며 분노로 화끈거리는 얼굴을 하고 각 은행의 지점들을 덮친 사람들은, 양복을 차려입고 지점 앞에 일렬로 서서 땀을 흘리며 머리를 숙이고, 진지하게 사과하는 남자들의 모습을 보았다. 낮에는 욕을 먹으며 심한 더위 속에서, 저녁에는 소나기에 젖어서, 밤에는 모기에 물리면서까지 머리 숙여 사과하는 은행 직원들의 모습을 보자, 고객들은 일단 분노를 가라앉히고 집으로 돌아갔다. 나중에 신문에 난 기사에 따르면, 그 은행 직원들은 이른바 '미안맨'이라고 불리는 아르바이트를 하는 사람들로, 그저 시급 몇 푼을 받고 머리를 숙이는 일을 했을 뿐이라고 한다. 은행 따위의 기관을 처음부터 결코 신뢰하지 않았던 손자가, 저금을 해야 인생이 안정되리라고 굳게 믿었던 요시로보다 경제 구조를 더 잘 간파하고 있었다. 직업 전문학교도 마찬가지다. 그 뒤로 몇 년이 지나고 요시로는 어느 평론가가 신문에 기고한 글을 읽었다. "자격증을 따도록 교육하는 학교는 학비로 확실한 돈을 벌지만, 자격증을 딴 학생들은 일자리를 못 구하거나 값싼 월급에 몸을 파는 꼴이 된다. 이제까지 없었던 멋진 이름을 가진 직업에는 특히 주의해야 한다. 학생도, 그 부모도 학교에서 받아 주었다는 사실만으로 재능을 인정받았다고 굳게 믿으면서 고마워하며 학비를 낸다. 학비가 비싸면 비쌀수록 자기 가치가 올라간 것 같으므로 더욱 기쁘게 낸다. 부모나 학생이나 모두 허영에 빠졌다. 아무것도 하지 않는 사람처럼 보이고 싶지 않은 불안도 있다. 그런 심리를 이용한 악질적인 직업전문학교가 최근 늘었다. 직업 교육은 원래 무료로 행해져야 하는데도 그러지 않는 것이 이상한 일임을 사람들은 어느새 잊어버린 것일까." 얼굴이 알려진 평론가 선생이 이처럼 그럴싸하게 이야기하기 훨씬 전에, 불량 소년은 은행 계좌도 직업전문학교도 믿지 않고 집을 나갔다.

　요시로는 손자에게 준 가르침들이 틀렸음을 인정해야만 했다. "도쿄 일등 지역에 땅이 있으면 장래에 그 가치가 떨어지는 일은 일어나지 않는다. 부동산처럼 믿을 만한 건 없어."라고 손자에게 말했던 기억이 있다. 일등 지역을 포함해서 이제 도쿄 23구[16] 전체가 '오래 살면 복합적 위험에 처하는 지역'으로 지정됐고, 땅도 집도 돈으로 환산할 수 있는 가치를 잃었다. 개별적으로 측정하면 물도, 바람도, 햇빛도, 식량도 기준치를 넘어설 만큼 위험하지 않지만 장기간 이곳 환경에 노출되면 복합적 악영향을 받을 확률이 높은 땅이라는 것이다. 측량은 개별적으로 할 수밖에 없더라도 사람은 종합적으로 살아야 한다. 아직 위험 지역으로 결정되지 않았지만 23구를 떠나는 사람들이 늘었다. 그래도 너무 멀리는 가고 싶지 않고, 또 바다 근처는 위험하므로 오쿠타마에서 나가노에 걸친 지역으로 눈을 돌리는 사람이 많았다. 23구에 자리한 상속받은 집이나 땅을 팔 수가 없어서 그대로 머무는 사람은 요시로의 아내

---

16) 도쿄의 스물세 개 특별구를 가리키며, 기초 지방 자치 단체다.

마리카만이 아니었다.

　손자에게 재산이나 지혜를 물려주려고 했던 것은 자신의 오만이었을 뿐이라고, 요시로는 생각한다. 지금 할 수 있는 일은 증손자와 함께 살아가는 것뿐이다. 그러려면 유연한 머리와 몸이 필요하다. 지금까지 100년이 넘는 동안 옳다고 믿었던 것들을 의심할 용기를 가져야 한다. 자랑스러움 따윈 재킷처럼 가볍게 벗어던지고 얇게 입어야 한다. 추위가 닥쳐오면 새 재킷을 사겠다고 생각하지 말고, 어떻게 해야 곰처럼 온몸에서 털이 날 수 있을지를 고민하는 편이 낫다. 사실 자신은 '노인'이 아니라, 백 살이라는 경계선을 넘은 시점부터 마침내 걷기 시작한 신인류라고 생각하며 요시로는 몇 번이나 주먹을 다시 쥐었다.

　요시로는 문 앞에 신문이 툭 떨어지는 소리를 들었다. 매일 아침 이 소리가 들릴 때마다 바로 문으로 달려가는데, 아무리 서두르며 밖에 나가도 배달원 여성의 뒷모습은 벌써 가운뎃손가락만큼 작아져 있다. 머리카락을 공처럼 위로 틀어 올렸고, 목은 길고 가늘었으며, 어깨는 처졌고 등엔 근육이 없다. 허리가 단단하고 엉덩이가 동그랗고 종아리에는 아쉬움 없이 근육이 붙은, 그 뒷모습을 향해 요시로는 큰 목소리로 "수고하셨어요!" 하고 외친다. 반응이 없으므로 목소리가 들렸는지 안 들렸는지 알 수 없다.

　요시로는 선 채로 신문을 펼쳤다. 사실 젊었을 때는 신문을 읽지 않았는데, 언젠가 한번 신문이라는 매체가 사라진 적이 있었다. 다시 부활한 뒤로는 신문을 구석구석 읽는 일이 하나의 일과가 됐다. 정치면을 저공비행하며 가까이서 읽으니 '규제', '기준', '적합', '대책', '조사', '신중' 등의 뾰족한 칼끝이 눈에 띈다. 내용을 읽기 시작하자 늪 속으로 푹푹 들어간다. 아침부터 신문 따위를 읽는 게 아니다, 우선 무메이를 학교에 보내야 한다. '학교'라는 말에는 아직 희미한 희망이 남아 있는 느낌이 든다.

신문을 현관에 놔두고 부엌으로 돌아와서 요시로는 막 짜낸 오렌지주스가 들어 있는, 입구가 작은 대나무 컵을 무메이에게 건넸다.

"오렌지는 오키나와에서 나지요?" 하고 무메이가 한 모금 마신 뒤 묻는다.

"그렇지."

"오키나와보다 더 남쪽에서도 나요?"

요시로는 침을 삼켰다.

"글쎄, 잘 모르겠구나."

"왜 몰라요?"

"쇄국 중이니까."

"왜요?"

"모든 나라가 큰 문제를 겪고 있어서 또 다른 문제가 세계로 퍼지지 못하도록 각 나라들이 자기들 문제를 내부에서 해결하기로 했단다. 전에 쇼와·헤이세이[17] 자료관에 다녀온 적

---

17) 昭和, 平成. 일본의 연호로 쇼와 시대는 1926년부터 1989년까지, 헤이

이 있지? 방마다 쇠문을 설치해서 어떤 방이 불타 버려도 그 옆방은 타지 않도록 돼 있었지 않았느냐."

"그게 좋은 거예요?"

"좋은지 어쩐지는 모른다. 하지만 쇄국을 하면, 적어도 일본 기업이 다른 나라의 가난을 이용해서 돈을 버는 위험은 줄어들겠지. 또 외국 기업이 일본의 위기를 이용해서 돈을 버는 위험도 줄어들 거다."

무메이는 알쏭달쏭한 얼굴을 했다. 요시로는 자신이 쇄국 정책에 찬성하지 않음을 증손자에게 분명히 밝히려 하지 않았다.

쇄국에 관해서 공공연하게 토론하는 사람은 없지만 과일에 대한 불만과 불평은 세상에 넘쳐 났다. 외국산 농산물을 더 이상 수입하지 않은 뒤로 오렌지도, 파인애플도, 바나나도 오키나와산만을 먹게 되었다. 귤은 시코쿠 지방에서 상당한 양을 수확하는 것 같은데, 좀체 도쿄까지는 오지 않는다. 시코쿠 지방은 농산물을 거의 다 자급자족하는 정책을 펴는 데다, 특허를 낸 사누키 우동 만드는 법, 독일 빵 만드는 법으로 돈을 번다.

한번은 요시로가 빵집에서 귤을 파는 모습을 발견하고 바로 두 개를 샀다. "시코쿠산"이라고 쓰여 있었다. 빵집은 역시 시코쿠 지방과 뭔가 깊은 인연이 있는 듯했다. 구입해 온 귤은 토요일 아침까지 놔두었다가 무메이와 둘이서 느긋하게 먹기

_____

세이는 1989년부터 2019년까지다.

로 했다. 그런데 토요일이 오기 전에, 까맣게 잊고 있던 새로운 휴일이 있었다. 최근 늘어난 휴일을, 요시로는 기억하지 못한다. 달력을 자주 보려고 애써도 쉽게 머리에 들어오지 않는다.

새로 생긴 휴일은 역대 천황의 생일이 아니라, 대부분 이름도 날짜도 국민 투표로 정한 민주주의에 따른 정식 휴일이었다. 우선 공모로 아이디어를 모은다. '바다의 날'이 있어서 해양 오염을 자주 생각하듯이 오랜 옛날부터 공장의 폐수 때문에 곤욕을 치르는 강에도 경의를 표하고자 '강의 날'을 만드는 편이 좋지 않겠느냐, '초록의 날'과 한 쌍이 되도록 '빨강의 날'도 있으면 좋지 않겠느냐 등 여러 의견이 나왔다. '문화의 날'은 추상적이고 어딘가 부족한 듯하니 '책의 날', '노래의 날', '악기의 날', '회화의 날', '건축의 날' 등을 구체적으로 만들자는 국민들의 강한 희망은 결국 받아들여졌다. '경로의 날'과 '어린이의 날'은 이름을 바꿔 '노인 힘내라 날', '어린이에게 사과하는 날'이 됐고, '체육의 날'은 몸이 뜻대로 자라지 않은 어린이가 슬프지 않도록 '몸의 날'이 됐으며, '근로감사의 날'은 일하고 싶어도 일하지 못하는 젊은 사람들이 상처받지 않도록 '살아 있는 것만으로도 좋아 날'이 됐다. 국민들은 휴일을 늘리는 데에만 관심이 있지는 않았다. '건국 기념일'을 폐지하자는 의견이 홍수처럼 범람해서, 끝내 이 휴일은 행방불명이 됐다. 이렇게 훌륭한 나라를 단 하루 사이에 지었을 리 없다는 것이 주된 이유였다. 그 밖에도 최근 들어 완전히 퇴색한 성관계를 장려하자며 '베개의 날'이 생겼고, 일본에서 멸종한 새나 동물을 위해 향을 피우는 '절멸종의 날'이 신설됐으며, 인터넷이 없어진 날을 축하하는 '부인·나체·음란을 기리는 날,'[18] 칼슘을 진지하게 생각해 보는 '뼈의 날' 등이 지정됐다.

무메이는 귤을 손에 쥔 날이면 기분이 좋아서, 제 손가락 끄트머리만큼이나 부드러운 귤의 살점을 누르며 놀았다. 요시로는 "먹을 것 가지고 장난하면 안 된다."라고 말할 뻔했으나, 귤로 자기 입을 틀어막고 아무 말 없이 침을 삼켰다. 먹을 것으로 장난해도 된다. 장난하는 동안 새로운 먹는 방법을 떠올릴지도 모르니까. 놀아라, 놀아라, 먹을 것으로 놀아라! "귤은 어떻게 먹는 거예요?" 하고 무메이가 물으면 요시로는 "그건 스스로 생각해라." 하고 대답할 작정이었다. 어떻게 먹든 좋다. 놀면서 스스로 생각해라. 그런데 무메이는 그런 질문을 하지 않았다. 요시로 세대는, 오렌지는 이렇게 껍질을 벗겨서 먹어야 한다, 자몽은 이런 스푼을 사용해서 먹어야 맞다, 라는 식으로 과일을 먹는 올바른 방법이 있다고 믿었다. 먹는 방식을 하나의 의식으로 승화하면 신맛이라는 위험 신호를 세포가 눈감아 주리라고 믿었다. 그런 어린이를 속이는 듯한 속임수에 무메이 세대는 속지 않는다. 어떤 방식으로 먹든 과일 속에 있는 위험 신호는 반드시 울린다. 키위를 먹으면 숨이 차고 레몬즙이 스미면 혀가 마비된다. 과일만이 아니다. 시금치를 먹으면 속이 쓰리고 표고버섯을 먹으면 어지럽다. 음식의 위험함을 무메이는 한순간도 잊지 않는다.

"레몬은 눈앞이 파래질 정도로 시네요."

---

18) 御婦裸淫. '오후라인'으로 읽히며, 즉 '오프라인'을 의미하는 언어유희다.

레몬이 들어간 아이스크림을 처음 먹었을 때, 무메이는 그렇게 말했다. 그 뒤로 요시로는 레몬의 노란색을 보면 거기에 파란색이 섞인 듯이 보인다. 그러면 일순간, 있는 그대로의 지구를 손으로 만진 것 같은 기분이 든다.

증손자에게 먹일 과일을 사려고 혈안이 된 노인들은 시장에서 시장으로 유령처럼 떠돈다. 옛날에는 책 정도만 가격이 정해져 있었는데, 지금은 과일과 일부 채소가 전국에서 같은 가격이다. 예컨대 오렌지는 부족하든 남든 한 개당 10만 원으로 정해졌다. 인플레이션이 없었다면 이토록 많은 동그라미가 과일 가격에 붙지는 않았을 것이다.

혼슈 지방은 거칠고 변덕스러운 기후가 된 탓에 농사를 짓기가 힘들었다. 그래도 동북 지방은 그나마 나아서 '신종 잡곡'이라 불리는 영양가 높은 비싼 곡물을 생산했고, 그러한 혜택에 더해 기존의 쌀, 보리도 생산량은 줄었지만 여전히 출하했다. 문제가 많은 곳은, 혼슈 안에서도 이바라키와 교토에 걸친 지역이었다. 8월에는 가루눈이 날리고, 2월에는 뜨거운 바람이 수시로 대량의 모래를 싣고 왔다. 안약을 넣은 빨간 눈의 남자들이 인도 구석을 게처럼 걷는 까닭은 길 한가운데서 부는 폭풍에 기력을 뺏기지 않기 위해서다. 스카프로 머리를 감싸고 선글라스를 쓴 여인이, 순조롭지 않은 영화 촬영을 하듯이 같은 장소를 맴도는 이유는, 바깥 공기가 일으키는 불안과 싸우고 있기 때문이다. 여름에는 비가 석 달 동안 내리지 않아서 풍경이 갈색으로 물들 때도 있고, 갑자기 열대 저기압이 큰비를 토해서 지하철역 내부가 물에 잠길 때도 있다.

가뭄과 폭풍과 큰비에 쫓기다시피 하여, 혼슈에서 오키나와로 많은 남자와 여자가 이주했다. 농업으로 번성한 지역이라면 오키나와 외에 홋카이도를 들 수 있는데, 오키나와와 달리 홋카이도는 이주자에게 배타적인 정책을 펴고 있다. 자연과 사람 사이의 균형이 무너질까 봐 그런다고 한다. 옛날에 홋카이도는 쓸데없이 땅만 넓고 그에 비해 인구가 너무 적다고 말했었지만, 홋카이도 아사히카와 출신의 인구학자가 사실 그 정도 넓이에 그 정도 사람이 살아야 이상적이라는 결론을 내린 뒤, 이제 홋카이도는 인구를 더는 늘리지 않기로 방침을 정했다. 다른 지역 사람들이 이사를 하려면 반드시 허가를 받아야 했고, 특별한 사정이 없는 한 허가는 나지 않았다.

오키나와는 애당초 혼슈에서 이주해 오는 사람들을 제한 없이 받아들일 방침이었지만 남성 노동자만이 늘어날까 봐 우려했다. 그리하여 오키나와 농장에서 일하고 싶은 사람은 부부로 신청해야만 했다. 여성 독신자 또는 여성 동성애자 부부, 남성 동성애자 부부는 그대로 응모할 수 있지만 남성 독신자는 불가능하다. 단, 독신자 여성이 이주한 뒤에 성전환을 해서 남성이 되면 그대로 계속 머물 수 있다. 우선 일자리를 얻어 이주할 수 있으며, 농장 외에는 일자리가 거의 없으므로 농장에 취직한 뒤에야 이주 허가를 받았다.

어린이집이나 어린이를 맡길 만한 시설이 모자라서 열두 살 이하의 아이를 동반하는 부부에게는 이주 허가가 나오지 않았지만, 아이가 있더라도 친척 등에게 아이를 맡기면 이주 허가를 받을 수 있었다. 아이가 새로 생기면 곤란하므로 여성은 55세 이상, 남성은 거세 수술을 한 사람이 우대받았다. 나이를 속이려고 얼굴에 주름을 그리고 머리를 탈색해 취직하려 한 여성이 신문에 실렸는데, 실제 나이보다 더 늙어 보이게 하기는 의외로 어렵다. 오래된 농기구의 스위치에 적힌 영어 ON, OFF를 이해하지 못해서 의심받았고, 결국 아직 젊은 나이임이 들통났다고 한다. 영어를 조금이라도 이해하면 나이가 들었다는 증거다. 전기 제품에 ON, OFF가 쓰인 것을 본 적이 없는 젊은 사람들은, 그런 영어 단어조차 알지 못한다. 영어 학습은 금지됐다. 타갈로그어, 독일어, 스와힐리어, 체코어 등 영어가 아닌 몇몇 언어들은 학습 허가를 받더라도 교재나 선생을 찾기가 몹시 어려워서, 또 그런 언어를 배운 사람들의 이야기를 들을 기회마저 없어서 배우려는 사람이 없었다. 공공장소에서 외국어 노래를 사십 초 이상 부르는 것도 금지됐다. 번역 소설 역시 출판되지 않는다.

요시로의 외동딸 아마나와 그 신랑은 육십 대의 젊디젊은 근육을, 특별히 주문한 파란색 무명 작업복으로 감싸고 힘차게 오키나와로 이주했다. 두 사람은 노동복이란 그 사람됨을 드러내야 한다고 생각했으므로, 농장에서 기성복을 입는다는 발상은 애초에 하지 않았다. 누우면 바닥을 덮어 버릴 만큼 풍성한 머리칼을 가진 아마나는 작업할 때 머리를 하나로 묶어서 밀짚모자 속에 집어넣었다. 물론 그 모자도 특별히 주문한 것이었다.

요시로는 오랫동안 딸 아마나의 얼굴을 보지 못했다. 오키나와 생활은 도쿄에 사는 사람으로서는 상상할 수 없을 정도로 윤택하다는 기사가 가끔 신문에 실린다. 매일 거의 공짜로 과일과 채소를 얻을 수 있다. 그러나 오키나와의 농산물을 개인적으로 반출하는 일은 금지돼 있으므로 혼슈 지방에 사는 가족에게는 아무것도 보낼 수 없다.

오키나와의 여러 섬에서는 농장의 농산물을 '마차'로 항구까지 운반하고, 거기서 규슈 운송 회사 소속의 배가 다시 신마쿠라자키 대항구까지 실어 나른다. 마차라고 해도 말은 한 마리도 없다. 개, 여우, 멧돼지가 과일을 실은 수레를 끄는 풍자화가 가끔 신문에 실리는데, 어쩌면 풍자화가 아니라 현실 묘사일지도 모른다.

규슈 지방에는 거대한 버섯처럼 태양열 집열판을 설치한 큰 수송선을 소유한 운송 회사가 몇 개인가 있는데, 그중에서도 릿신 해상 운송의 규모가 가장 크며 대부분의 농산물이 이 회사 수송선에 실려 일본 전국으로 출하된다. 하지만 비싼 과일은 대부분 동북 지방, 홋카이도로 가고 도쿄에 오는 것은 극히 일부다. 북부 지방에서는 그에 대한 답례로 대량의 쌀과 연어를 오키나와로 보낸다. 지폐 다발도, 주식도, 금리도 빛을 잃은 시대에 물물 교환할 수 있는 상대방을 우대하는 것이다. 연어는 한 번 멸종했지만 몸 전체에 별무늬가 있는 희귀종이 부활했다. 그 연어를 먹으면 간에 나쁘다고는 하나 옛날 맛이 나서 사람들은 좋아한다.

사람이 더는 살지 않는 23구와 달리, 다마 지역의 인구는 아직 많다. 하지만 먹고살 만한 산업이 없어서 이대로 가면 빈곤해진다. "도쿄가 망하면 일본도 망하니, 지방을 전부 희생해서라도 도쿄를 살려 내라."라고 발언한 정치인이 자리에서 물러나고도 아직 살아 있던 시대를 기억하는 요시로는 에도[19]의 '에고이즘'인 '에도이즘'에 대해 비판적이었다. 그러나 "도쿄"라고 말했을 때 가슴속에서 일어나는 두근거림, 술렁임, 열기 따위를 애지중지하는 마음은 여전하므로 도쿄가 없어진다고 생각하면 자신도 같이 사라지고 싶어진다.

특산품을 만들어서 지역을 재생하려는 시도는 도쿄에도 있었다. 산업화 이전 도쿄의 매력을 되살리기 위해 '에도'라는 브랜드와 신제품을 개발한다는 프로젝트를 신문에서 읽었을 때 요시로 역시 참가해 볼까, 하고 고민했다.

도쿄 '서역'에서도 콩과 메밀, 신종 보리는 적잖이 재배하지만 다른 지방으로 수출할 만큼의 생산량은 아니어서, 이 지방 고유의 특산품이라고 말할 정도는 아니다. 도쿄가 새로운 것을 만든다고 하면 옛날에는 으레 전기 코드 꼬리가 달린 전자 제품을 먼저 떠올리곤 했으나 이제 그런 물건은 팔지 않는다. 시내에 전기가 흘러 다녀서, 속된 말로 찌르르병에 걸려 손과 발이 마비되고 신경마저 손상되어 밤에 잠들지 못하는 사람들이 늘어난 무렵부터 전자 제품을 냉대하기 시작했다. 불면증에 시달리는 사람들이, 전기가 들어오지 않는 산속 캠프촌에선 바로 푹 잠들었다는 골자의 기사가 신문에 실렸다. 어느 인기 작가는 청소기 소리를 듣는 순간 집필하려 했던 소설이

---

19) 일본의 에도 시대는 17세기에 성립해 19세기까지 이어졌고, 에도는 그 시기의 도쿄를 가리킨다.

써지지 않더라는 내용의 에세이를 신문에 게재했다. 그것 때문만은 아니겠지만 딱 그 시기부터 청소기에 대한 증오 비슷한 감정이 세상에 퍼지기 시작했다. 지옥 바닥에서 길어 올린 듯한 그 불쾌한 청소기 소리가 무엇보다 고역이었던 요시로에게는 차라리 고마운 일이었다. 가설 주택은 걸레나 빗자루로 간단히 청소하게끔 고안되었기에, 우선 가설 주택에 사는 사람들부터 청소기를 사용하지 않게 되었다. 세탁기도 모습을 감췄다. 무명 속옷을 문질러 빨아서 바깥에 너는 사람들이 가장 먼저 늘어난 곳도 가설 주택이다. 다른 종류의 옷은 세탁소에 맡기면 빨아서 돌려준다. 일찍이 '클리닝업자'로 불리던 직업은 한때 절멸 위기에 처했으나 얼마 지나지 않아 '구리닌구'[20]로 이름을 바꿔서 다시 번성했다. 삼 년에 한 번 새 세탁기를 사기보다 구리닌구에 세탁을 맡기는 편이 더 싸기도 하지만, 그보다 기계가 돌아가는 동안엔 머리가 제대로 돌아가지 않는다는 특이한 속설이 묘하게 설득력을 얻으면서 유행한 배경도 있다. 실제로 어느 초등학교에서 실험을 했는데, 어린이가 숙제하는 동안 집 안의 모든 전자 제품을 껐더니 성적이 훌쩍 올랐다고 한다.

요시로는 젊었을 때 세탁기 소리를 듣기만 해도 기분이 처지곤 했는데 지금은 그런 걱정이 없다. 텔레비전을 보면 체중이 늘어나서 다이어트를 이유로 텔레비전을 버리는 사람도 늘어났다. 에어컨 따위는 벌써 한 세대 전부터 쓰지 않는다. 마

---

20) '栗人具'의 독음이다.

지막으로 남은 것은 냉장고뿐이지만 여기에도 전기 코드는 달려 있지 않다. 유일하게 유통되는 냉장고란, 태양열 에너지로 냉기를 유지하는 '남극의 별'이다.

전자 제품을 안 쓰기로 소문난 도쿄 가설 주택의 생활 방식이, 전국 라이프스타일의 첨단을 선도하는 모범이 됐다. 하지만 '있는 물건을 쓰지 않는다.'라는 생활 방식을 특산품으로 팔기는 어렵다. 지역을 재생하려 한다면 뭔가 눈에 보이는 것을 제시하고 싶다.

도쿄 하면 시타마치.[21] 시타마치 하면 가미나리오코시.[22] 번개[23]가 일으킬 수 있는[24] 것은 유감스럽게도 '전기'밖에 없다. '전자 제품 안 쓰기'는 전기가 굳이 필요하지 않았던 에도의 전통 속에서 도쿄를 되찾자는 시도였으나, 오히려 '가미나리오코시'라는 전기의 벽에 부딪쳐 진전되지 않았으니 얄궂은 일이었다.

도쿄에서만 나는 채소가 있다면 특산품이 되겠지만 마땅

---

21) 下町. 도쿄 동쪽의 저지대 지역을, 서쪽의 고지대 지역 야마노테(山手)와 구분하여 가리키는 말. 야마노테가 주거 지역인 반면 시타마치는 상인, 장인이 많은 상공업 지역이다.

22) 雷おこし. 시타마치 중 하나인 아사쿠사(浅草)의 특산품인 쌀과자 이름이다. 아사쿠사와 한자가 같지만 독음이 다른 센소지(浅草寺)라는 절의 정문을 가미나리몬(雷門)이라 하는데, 그 가미나리몬 옆에서 과자를 팔았다고 하여 붙은 이름이다. 집안을 일으키고 입신양명하는 행운을 가져다주는 과자로 인기가 있었다고 한다.

23) 雷. '가미나리'라고 읽는다.

24) 起こす. '오코스'라고 발음한다.

히 없는 듯하다. 바로 그 부분이 고민해야 할 지점인데, 머리 말고는 달리 쓸 만한 것이 없기에 머리를 쓸 수밖에 없다. 예컨대 다른 지역에서 재배할 수 있지만 아무도 눈여겨보지 않는 채소가 있다면, 바로 그 채소를 재배해 보는 것이다. 도쿄 토박이는 새로운 문물을 좋아한다고들 말하는데 새로운 문물을 수입해 돈을 벌 수 없는 오늘날, 발상을 전환함으로써 오래된 전통을 발굴하여 지금 시대에 소생시키려 하는 사람들도 있다.

그러한 분위기 속에서 '양하[25] 박사'가 잠깐 사람들의 이목을 끌었다. 양하 박사는 어느 옛날 소설에 언급된, "양하는 변소 뒤에서 잘 자란다."라는 대목에 주목했다. 도쿄엔 아주 많지만 다른 지역에서 거의 찾아볼 수 없는 것을 든다면 거대한 공중화장실이다. 양하 박사는 공중화장실을 찾으러 다녔고, 그 뒤쪽에 어둡고 습한 공터가 있으면 발견하는 즉시 속속 사 모았다. 그 공터에 높이 2미터 남짓 되는 유리 상자를 설치하고는, 30센티미터 정도의 간격으로 선반을 놓은 다음, 미네랄 성분을 배합한 인공 흙을 사용해 양하를 길렀다. 왜 화장실 뒤에서 양하가 잘 자라는지, 박사는 어느 누구에게도 그 이유를 들려주지 않았다. 그 대신 박사는 양하가 영양이 없는 듯 보이지만 일찍이 수도승들이 일부러 먹지 않았을 만큼 믿기 어려울 정도로 활력을 준다고 강조했다. 어린이는 양하를 좋아

---

25) 생강과 식물로 아시아 열대 지방이 주요 원산지이며, 특유의 쌉싸름한 맛, 향, 식감이 있다. 일본에서는 메밀국수, 샐러드, 절임 음식 등 요리에 폭넓게 쓰인다.

하지 않는다고들 얘기하지만, 요즘 어린이는 양하를 아이스크림처럼 즐거이 먹는다. 왜냐하면 양하에 요즘 어린이들을 내면에서부터 격려해 주는 미지의 영양소가 풍부하게 들어 있기 때문이라고, 양하 박사는 설명했다.

요시로도 시장에서 양하를 구해 무메이에게 준 적이 있다. 무메이는 양하의 냄새를 맡으면 웃음을 지으며 명랑한 얼굴을 했다. 하지만 양하를 구한 건 그때뿐, 그 이후로는 보이지 않았다. 양하 박사의 이름에도 어느 순간 망각의 풀이 자라난 것이다.

잠깐 인기를 끌었던 도쿄 채소로는 양하 외에도 여뀌가 있다. "여뀌 먹는 벌레도 있다."[26]라는 속담이 여뀌에 대한 편견을 낳아서, 다른 지역에선 선뜻 여뀌를 재배하려 들지 않았다. 그 점을 노리고, 도쿄 특산품으로 여뀌를 재배해서 판매한 회사가 있다. 도쿄 도지사가 여뀌 샐러드를 먹으면서 싱긋 웃는 포스터까지 내붙였는데, 외려 여뀌 홍보에 역효과만 낳았다는 말도 있다. '여뀌를 공짜로 먹었어.'[27]라는 말놀이가 사람들 입에 오르기도 했지만, 정작 여뀌는 사람들 입속으로 들어가지 않았다. 요시로도 한번 채소 가게 앞에 놓인, 영 익숙하지 않은 진녹색의 푸성귀 다발에 시선을 뺏긴 적이 있다. 그래서 멈춰 섰더니, 파는 사람이 곧장 다가와서 "요즘 인기 있는 여뀌예요. 도쿄를 응원하는 셈으로, 어때요?" 하고 말을 걸었다.

---

26) 매운 여뀌를 먹는 벌레도 있는 만큼, 취향이란 저마다 다름을 뜻하는 속담이다.

27) 蓼ただで食べたで. '타데타다데 타베타데'라고 읽는다.

평소 같았으면 "맛있어요."라고 말했을 가게 주인이 이번엔 무슨 운동회도 아니고 '응원'이라는 말을 쓰다니 더욱 의심스러웠다. 요시로는 여뀌 한 다발을 사서 집에 가져왔다. 절구에 빻고 식초를 섞어서 먹어 보았다. 여뀌는 은어와 잘 어울린다고들 하는데, 오염돼 버린 생선을 무메이에게 먹이고 싶지는 않았으므로 요시로는 끓는 물에 데친 두부에 곁들였다.

"미안하다. 맛이 없구나."

후회막심하여 머리를 박박 긁으며 무메이에게 사과를 하니, 무메이는 이상하다는 얼굴로 "맛이 없든 있든 우리는 크게 신경 쓰지 않아요." 하고 대답했다. 요시로는 느닷없이 자신의 어리석음을 지적받자 부끄러워서 숨이 막혔다. 젊은 사람들한테 비판을 들으면 화를 내는 노인이 적잖지만, 요시로는 무메이에게 전혀 분하지 않았다. 오히려 자기 같은 노인들이 몰지각하게 젊은 사람들을 상처 입히는 것 같아서 마음이 괴로웠다. "이건 맛있네." "이건 맛없네." 같은 말만 하며, 마치 미식가가 무슨 벼슬이라도 되는 양 오만에 빠져서, 모두 똑같이 허리까지 차오른 문제를 외면하려 하는 어른의 모습이 어린이의 눈에는 어떻게 비칠까. 독소는 대개 아무 맛도 없으므로 아무리 미각을 갈고닦는다 한들 생명을 지킬 수는 없다.

오키나와 사람들은 도쿄 사람들이 양하, 여뀌를 고급 채소로 팔겠답시고 재배한다는 사실을 알면 아마 비웃을 것이다. 이런 아이러니를 엽서에 담아, 가끔 딸에게 여뀌 이야기를 써서 보내 보았지만 아무런 반응이 없었다. 여뀌라는 식물을 아예 들어 본 적이 없을지도 몰랐다.

요시로는 여뀌(蓼)라는 한자를 적을 때마다 글자를 쓰는 즐거움으로 되돌아갔다. 손톱으로 나무껍질을 비스듬하게 할퀴는 고양잇과의 새끼처럼 천천히 그 한자를 썼다.

요시로는 그림엽서에 글쓰기를 좋아했다. 관광객도 아닌데 가족에게 그림엽서를 보내는 것이 이상하게 보일 수 있겠다고 생각하지만, 사실 편지지는 공백이 너무 넓어서 뭘 써야 좋을지 모르겠고 결국 아무것도 못 쓰게 된다. 그림엽서는 쓰기 전부터 마침표를 찍어야 할 곳을 예상할 수 있을 만큼 여백이 좁다. 끝이 보이면 차라리 안심이 된다. 어렸을 때는 의학의 최종 목적이 불사의 영원한 신체를 만드는 일이라고 굳게 믿었지만, 죽을 수 없는 고통을 생각해 본 적은 없었다.

오렌지는 정해진 가격이 있지만, 우표는 정해진 가격이 없다. 양극단의 예를 들자면, 뇌조 그림 우표는 가격이 아주 비싸고 국회 의사당 그림 우표는 거의 무료로 얻을 수 있다. 우체국에서 가끔 '우표 1000장'을 특별 가격으로 팔 때가 있는데, 요시로는 그 행사를 볼 때마다 그림엽서 1000장을 써도 여전히 죽을 수 없음을 알려 주는 것 같았으므로 전혀 사고 싶지 않았다.

오늘은 그림엽서 쓰기에 좋은 날이구나, 하는 느낌이 들면 장을 보고 돌아오는 길에 그림엽서 가게에 들러 엽서를 열 장 산다. 누구나 언제든지 가게를 열고, 팔고 싶은 물건을 판매할 수 있기에 학교 축제에서나 볼 법한 노점 같은 가게가 늘었다. 그림엽서 가게도 그런 곳으로, 초보자가 고안해 낸 가게임을 굳이 숨기려 하지 않았으며, 입구 위에 걸린 손글씨 간판도 기울어져 있었다. 그래도 직접 만든 그림엽서만을 팔기엔 부족하다고 느꼈는지, 변명이라도 하듯 양산과 문구 등을 구비해 놓았다. 요시로는 투명한데도 햇빛을 투과하지 않는 양산에 무심결 마음이 동해서 한 개 샀다. 동물 울음소리가 들리는 연필, 물방울을 떨어뜨리면 줄어들면서 원앙 모양이 되는 색종이, 레몬과 감쪽같이 똑같은 커다란 지우개 등 무메이가 가지고 싶어 할 만한 물건도 수두룩하므로 혼자서만 온다.

이 그림엽서 가게 주인은 딸 아마나의 중학교 동창으로, 중학생 때부터 '말린 꽃 만들기'가 취미였다. 제비꽃을 친한 친구라 부르고, 질경이에 손을 흔들고, 냉이에 허리를 굽혀 인사하고, 코스모스에 연애편지를 쓰는 사람이 일요일이면 식물을 꺾어서 짜부라뜨리고, 자연을 2차원으로 압축해 그림엽서로 만들어 판다. 대부분 잡초를 쓰는데, 정원에서 인공 흙을 쓰면서까지 일부러 재배를 하니 잡초라고 말할 수 없을지도 모른다. 요시로가 왜 굳이 잡초를 심느냐고 물으니, 잡초는 멸종할 것 같아서 더 길러야 한다고 말한다.

"잡종개도 멸종 중이에요. 아셨나요?"

그러고 보니 개 대여소에서 보았을 때 '모든 개가 순종'이라고 쓰여 있었다. 그 밖의 다른 장소에서는 개를 본 적이 없다.

요시로는 그림엽서를 사러 가면 계산대 옆 기둥에 몸을 기대고 이 사람과 딸 이야기를 나누는 일이 즐거웠다.

"아마나는 잘 지내고 있어요?"

"아프거나 하지는 않은 것 같아요."

"오렌지 농장 일은 중노동이지요?"

"몸은 괜찮은 것 같아요."

"고등학생 때 오미코시[28] 동아리에서 몸을 단련했으니까요."

"그러는 당신은 육상부에 있었지요?"

"단거리 달리기라서 지금은 실생활에 도움이 되지 않아요. 동물도 없는 벌판에 사냥을 하러 나가기도 공허하네요."

이렇게 말하면서 말린 꽃 예술가는 연필을 창처럼 들어 올리고, 무릎이 가슴에 닿을 정도로 한쪽 다리를 높이 올려 보였다. 주인은 아직 칠십 대인 젊은 노인이었고, 젓가락이 굴러가기만 해도 웃는 나이였다.

"아마나가 전에 보낸 편지에는 어떤 내용이 있었나요?"

"신종 빨간 파인애플을 처음 봤다고 하더군요."

"부럽네요, 오키나와."라고 말하며, 말린 꽃 예술가는 그림엽서 열 장을 식물 섬유로 만든 작은 봉투에 넣어 건네준다. 요시로는 아마나 이야기를 조금 더 하고 싶어서 "오키나와에 사는 사람들은 오키나와를 류큐라고 부르는 모양이더라고요." 하고 흥미를 끌 법한 새로운 화제를 아무렇지도 않게 꺼냈다.

"류큐요? 좋네요. 그런데 설마 독립운동을 하는 것은 아니겠지요."

"그건 아닌 것 같아요. 외국이 돼 버리면 쇄국 중인 일본에 과일을 팔 수도 없고, 노동력도 구할 수 없잖아요."

"잘됐네요. 이제 아마나와 못 만난다면 쓸쓸한 일이죠."

---

28) 御神輿. 전통 축제 때 사람들이 가마를 짊어지고 행진하는 의식. 신사 안에 모시는 신을 가마에 태워 밖으로 모시는 이 의식은 재난과 화를 정화하고 풍작을 기원하는 의미를 지닌다.

그 순간 요시로는 문득 힐데가르트에게 쓰유쿠사라는 이름의 일본인 친구가 있었음을 떠올렸다. 만난 적은 없지만 힐데가르트가 곧잘 온갖 이야기를 들려주었으므로 꽤 친했던 사람인 듯했다. 쓰유쿠사 씨는 젊었을 적에 바이올린을 공부하러 독일에 간 뒤로 계속 크레펠트라는 도시에서 살고 있다고 한다. 콘서트에서 만난 이란 사람과 결혼하여 쌍둥이를 낳고, 부부가 아기를 한 명씩 무릎에 얹은 채 비행기를 타고 친정으로 갔다고 말했던 것 같다. 그 뒤로 매년 신정이 가까워지면 일본으로 날아왔는데, 그것도 언제부터인가 끊겼다. 일본에 평생 돌아오지 못한다면 도대체 어떤 기분일까.

오키나와라면 멀어도 국내이니 무리해서라도 갈 수 있다. 막상 실제로 가려 하면 몸이 나른해지고, 체력은 무메이를 위해서 아껴야 하니 관두게 된다.

대학생 시절에 촌스러운 가방을 들고 남미, 아프리카를 여행하던 멋진 친구가 있었다. 왜 배낭을 새로 사지 않느냐고 물으니, 너무 여행객 같으면 창피하다는 대답이 돌아왔다. 거창하게 외국을 다녀오겠습니다, 하고 떠드는 것이 아니라, 서클 활동에 나가듯이 흔해 빠진 스포츠 가방을 메고, 운동화를 꺾어 신고, 그 상태 그대로 외국에 간다면 얼마나 멋있을까. 그렇게 눈에 띄지 않는 차림이라면 체포될 염려도 없을 터다.

"아마나가 보내 주는 그림엽서는 아부리다시[29] 기법으로

---

29) 炙り出し. 레몬이나 귤 등의 과즙을 펜에 묻혀서 종이에 글자를 쓰거나 그림을 그리는 놀이. 말린 뒤 불을 쬐면 과즙으로 적은 자리에 글자와 그림이 나타난다.

만든 종이일 때가 많아요."

대화가 중간에 끊겼으므로, 요시로는 우연히 눈앞에 흩날리는 민들레 홀씨를 잡듯이 그렇게 말했다.

"와, 좋네요. 과일을 그런 데 쓰다니 역시 오키나와는 풍족하네요. 레몬이에요?"

"글쎄요, 다음에 물어볼게요. 아득한 옛날, 초등학교 시절에 아부리다시를 했던 기억이 있는데 재미있었지요. 비밀 결사를 만들고, 친구가 건넨 극비 문서를 집에 가져가서 난롯불에 쬐어 읽었어요."

"저도 그랬어요. 하지만 양초에 불을 붙여서 부모님께 혼났답니다. 지진이 일어나서 불나면 어떡하느냐고요."

"아부리다시는 어떤 원리인가요?"

"신 것이 스민 종이는 쉽게 그을거든요. 그래서 불 가까이에 가져다 대면 레몬즙으로 쓴 부분만이 먼저 갈색으로 그을어요."

"과연 그렇군요. 수채화처럼 스미고, 노란색부터 갈색까지 농도도 가지각색이라 아름다워요."

"얼룩은 왠지 저에게는 풍경처럼 보여요."

"딸이 보내 준 그림엽서도 처음에는 전부 물이 있는 풍경 같았어요. 그런데 가만 들여다보니 그 물은 그을어 있고, 작은 불길이 남은 느낌마저 있어서 조금 무서워요."

"물이 불타기도 하나요?"

"바다에 대량의 석유가 떠다니면 바다도 타오르겠지요."

"그런 무서운 이야기는 하지 마세요. 아마나는 여유롭게 생활하나 보군요."

"아마도요."

"과일이 흘러넘치지요."

"아마나는 과일 이야기를 아주 많이 해요. 빨간 파인애플이 생기든 네모진 파파야가 생기든 어차피 도쿄에는 당도하지 않을 테니 저는 그다지 재미가 없지만요. 사실은 걱정되기도 해요. 조금 이상하지 않나요? 과일 이야기만 하다니. 옛날이었다면 혹시 세뇌당하진 않았는지 일단 의심해 봤을 거예요."

두 사람은 여기서 갑자기 침묵했는데, 생각하는 바는 거의 똑같았다. 과수원은 과일 공장 같은 곳이니, 거기에 갇혀서 일하는 생활이 혹시 괴롭지는 않을까. 과수원이라는 말을 들으면 사람들은 낙원으로 착각하고 부러워한다. 산속을 거닐며 버섯을 찾아다니고, 이끼로 만든 자그마한 농장이나 양치류 식물이 빗질해 준 공기의 수분을 만끽하고, 사슴 발자국을 더듬고, 새들이 지저귀는 소리를 느끼며 자연 속에서 유희하는 생활을 떠올리곤 한다. 그러나 아마나는 그런 생활을 하는 것이 아니라, 아침부터 밤까지 과수원이라는 이름의 공장에서 일한다. 도시라면 주말에 전시회, 음악회, 강연회에 가거나 새로운 사람과 만날 수 있고, 산책을 하며 새로 생긴 가게를 발견하는 생활의 기쁨도 누릴 수 있다. 도쿄는 분명 경제적으로 가난한 도시가 되었다. 그러나 작고 새로운 가게가 깊디깊은 거품처럼 수면 위로 피어오르고, 벤치에 앉아서 길거리의 사람을 바라보기만 해도 질리지 않는다. 길을 걸으면 머릿속 톱니바퀴가 천천히 돌아가기 시작한다. 그런 즐거움이 일상이라는 과일 속의 가장 맛있는 부분임을 알기에 집이 좁아도, 식재료가 부족해도, '도쿄에서 살고 싶어 하는 사람들'의 수는 줄지 않는다.

아마나는 이제 과일밖에 생각하지 않는 것일까, 아니면 우편물을 검열당해서 그림엽서에 감히 쓸 수 없는 말이 있는 것일까, 그것도 아니라면 부모한테 숨기는 뭔가가 있는 것일까. 하여튼 요시로는 그 이면에 뭔가가 있다고 의심한다. 편지를 바라보는데, 그 일부가 손등에 가려져서 읽을 수 없는 듯한 답답함을 느낀다.

옛날같이 전화가 존재했더라면 잠깐이나마 연락해 봤을 텐데, 사실 전화가 사라져서 좋다는 생각도 한다. 과거에 아마나와 전화로 이야기하면 늘 싸움이 일어나서, 결국 어느 한쪽이 수화기를 쾅 하고 내려놓고는 했다. "신 것은 좋아하지 않아요." 하고 아마나가 말하면 요시로는 "너는 가리는 게 많아서 어렸을 적부터 늘 감기에 걸렸다." 하고 응수해 버린다. 그러자 상대가 벌컥 화를 내며 "아이한테 싫어하는 것을 무리하게 먹이면 자기가 뭘 좋아하는지 모르게 돼요. 그렇게 무감각하고 무기력한 사람으로 자란다고요!" 하고 대꾸한다. 그러면 요시로는 거기에 대해 "무리하게 뭘 먹인 기억이 없다."라고 맞받아치고, 곧장 반격이 이어진다. 이런 대화가 그림엽서로 오가면 요시로도 바로 대답하기 어렵고, 벌써 일주일 전에 쓴 글이라 생각하면 분노 역시 사그라든다.

그림엽서가 도착하면 요시로는 반드시 무메이에게 보여 준다. 회화와 달리 원래 3차원의 존재가 2차원으로 변해 버린,

말린 꽃이라는 기이한 대상을 무메이는 잠시 흥미롭게 바라
본다. "할머니한테서 왔다." 하고 요시로가 말해도 지금은 잘
모르겠다는 낌새다. '할머니'라는 말이 익숙하지 않고, 아마나
를 무리하게 떠올려 본들 그저 전에 보내 주었던 아부리다시
그림엽서만이 어른거릴 따름이다. '할아버지'라는 말을 해 본
기억도 없다. 무메이는 '증조'를 떼고 '할아버지'를 생각해 본
적이 없다. 옛날 어린이들의 '마마'[30]가 무메이에게는 '증조할
아버지'이고, 그 밖의 가족은 없는 것이나 마찬가지다. 살아가
는 데 필요한 모든 것을 '증조할아버지'가 준다.

증조할머니도 무메이에게는 먼 사람인데, 얼마 전에 만나러
왔을 때 무메이는 마치 축제의 밤을 즐기듯 흥분해서 좀처럼
잠들지 못했다. 요시로도 그날 밤은 몸을 뒤척이기만 했다.

"증조할머니 이름은 뭐라고 불러요?" 하고 무메이가 묻기
에 요시로는 "마리카."라고 나직이 대답했다. 최근 들어 조숙
해진 무메이는 "마리카, 라니 꽤 최신식 이름이네요."라며 싱
글벙글 웃는다. "어디서 알게 됐어요?" 하고 무메이가 묻기에
요시로는 헉하고 놀랐다. '알게 됐다.'라는 표현에는 아무런
느낌이 없다. 마리카와 언제 처음 만났더라. 기억나지 않는다.
어느 순간부터 데모 자리에서 매주 만나고 있었다. 연애는 데
모에 대한 기억으로 시작한다. 당시에는 일요일마다 데모가
있어서 그때 알게 된 상대와 결혼했다는 사람이 의외로 많았
다. 어쩌면 선보러 가는 대신에, 데모에 나가는 사람도 있었을

---

30) ママ. 흔히 어린아이가 어머니를 부르는 말이다.

지 모른다.

　데모에 가면 반드시 만나니 연락처를 주고받을 필요도 없
었고, 약속 장소를 정해 만나지도 않았다. 둘 다 걸음이 빨라
서 행진하는 동안 맨 앞줄에 서게 됐다. 사람이 많고 줄이 긴
날도 십오 분 정도 걸으면 마리카는 어느새 옆에서 걷고 있었
다. 날씨 이야기든 구두 이야기든 무슨 이야기를 해도 금방 열
기를 띠었고, 웃는 얼굴이 서로 마주치며 더욱 빛났고, 마지막
엔 언제나 잘 가, 하고 인사하며 산뜻하게 헤어졌다. 사랑한다
고는 전혀 생각하지 않았다. 그런데 어느 화요일 깊은 밤, 요시
로는 헌책방에서 나오는 길에 몇 명의 소년들에게 습격을 당
했다. 야구 방망이로 머리를 맞고 지갑을 빼앗기고 의식을 잃
었는데, 정신을 차려 보니 병원 침대에 누워 있었다. 병원 천
장의 형광등이 흔들흔들 겹쳐 보였지만, 의사의 말을 들어 보
니 뇌파에는 이상이 없다고 했다. 온몸이 맥없이 풀린 느낌이
가시자 이번에는 명치, 손가락 등 곳곳이 아프고, 뼈에 금이
간 듯 느껴지는 부위, 살이 까진 부위, 부어오른 부위 따위를
모두 합해 여든여덟 군데 정도가 아팠다. 그래도 일요일 데모
에 참가하지 못하면 어쩌나, 하는 걱정뿐이었다. 결국 토요일
에 이르자 도저히 참을 수 없어서 일요일 아침, 아직 어두울
때 병원을 도망쳐 나왔다. 그러고는 그 길로 데모에 나갔다.
눈꼬리와 턱에 반창고를 붙이고, 머리와 손목에 붕대를 싸맨
요시로의 모습을 보고, 사람들은 일종의 퍼포먼스라고 착각했
는지 박수를 보냈다. 드디어 마리카의 등이 보였고, 그 뒷모습
을 세로로 가르는 지퍼를 향해 달려갔다. 자신이 어떤 몰골인

지도 잊어버린 채 그 어깨를 두드리니, 마리카가 뒤돌아보았고 요시로의 모습에 놀랐다. 더욱이 요시로가 그런 상태로 데모에 나왔음에 놀랐고, 얼굴이 붉게 물들었다. 요시로는 가슴이 꽉 죄는 느낌이었다. 사랑이라는 이름의 이상한 함정에 빠졌다. 자기 힘으로 기어 나가려 해도 팔에 힘이 들어가지 않았다. 항복하고는 웅크리고 앉아 두 손으로 얼굴을 감쌌다.

마리카가 임신했다고 말했을 때는 슬며시 기뻤고, 마리카가 결혼하자고 말했을 때는 은근히 거슬리던 마리카의 새된 목소리나 몇몇 말투를 몇십 년 동안 잘 참아 낼 수 있을지, 불안을 느꼈다. 결혼하더라도 그다지 집에 붙어 있지 않을 텐데 괜찮겠느냐고 마리카가 말했을 때는 슬며시 안심했다. 집에 없는 사람이라면 결혼해도 괜찮겠지. 그런 속마음을 가지고 결혼을 결심한 스스로를 한때 경멸하기도 했지만 그 뒤로 두 사람 사이에선 갖가지 음악이 연주되었고, 이젠 오답과 정답의 경계가 흐려질 만큼 오랜 세월이 흘렀다. 어렸을 때 어떤 백화점에서 "이 기계 위쪽에 우유와 달걀과 설탕을 넣으면 밑으로 아이스크림이 나옵니다."라는 말을 들으며, 눈앞의 작은 믹서기가 뱅글뱅글 돌아가는 광경을 본 적이 있다. 그 믹서기와 마찬가지로, 위쪽으로 마리카와 요시로가 들어가니 두 단계 공정을 거쳐, 그 밑에서 증손자 무메이가 죽 하고 나왔다. 위쪽에 아무것도 넣지 않았다면 밑으로 아무것도 나오지 않았을 테니, 그 나름대로 좋았으리라. 그 공정을 되돌아볼 때마다 스스로가, 요리사가 아닌 재료로만 느껴진다.

아이가 태어난 뒤에도 마리카는 집에 가만히 있지 않았다.

아침 식사를 마치면 유아차에 지갑, 장바구니를 아기와 함께 밀어 넣고 집을 나선다. 우선 오전 10시에 문을 여는 찻집 '밀크 마을'로 날아가서, 그날 신문 세 부를 몽땅 싸안고 자리에 앉는다. 아기는 유아차 안에서 쌔근쌔근 잠자고, 종업원은 일부러 멀리서 마리카의 입술 움직임으로 커피라는 말을 읽어 내고 카운터에 기댄 채로 고개를 끄덕인다. 잠시 뒤에 다른 어머니들이 모여들고, 찻집은 유아차로 가득 찬다. 기가 막힌다는 듯한 한숨, 못을 푹 찌르는 비판의 목소리, 날카롭게 웃는 소리, 다그치듯이 불만을 열거하는 목소리, 원한이 섞인 것 같지만 끈적끈적 달콤하게 교태 부리는 목소리. 낮이면 마리카는 집 근처의 공정 무역 식품 가게에서 샐러드 재료를 사서 집에 돌아오고, 솜씨 좋게 점심 식사를 준비한다. 그러고는 서재에서 글을 쓰는 요시로와 함께 먹는다. 이십 분 정도 두 사람은 부부로서 마주 보고 서로 친밀하게 침묵한다. 하지만 그 시간이 끝나면 마리카는 재빨리 그릇을 정리하고 또 유아차를 밀면서 밖으로 나간다. 아기를 데리고 나간다기보다는 유아차라는 탈것이 마리카의 기분을 태우고 앞으로 착착 달리는 듯싶었다.

그즈음 요시로는 집 밖으로 한 걸음도 나가지 않는 남자를 주인공 삼아서 소설을 쓰고 있었다. 은둔형 외톨이는 아니다. 소라게처럼 집 밖에 나가면 생리적으로 불안해져서, 어떻게 해야 재미있는 사람이 자신을 찾아올지 궁리하는 남자였다.

아내가 그와 둘이서, 아침부터 밤까지 같은 지붕 밑에서 시간을 보내면 숨 막혀 하리라고 요시로는 생각했다. 그러니 무리해서라도 용무를 만들어, 유아차를 밀고 아침부터 허겁지겁 나가는 것이리라.

어느 날 요시로는 편집자와 찻집에서 만나기로 약속했다. 그와 논의할 기획 아이디어를 메모하고 집 밖으로 나왔는데 이미 상당히 늦은 시간이었다. 가게 안쪽에서 외롭게 어깨를 움츠리고 홍차 위에 뜬 얇은 반투명 막을 노려보며 고개를 숙인 편집자를 발견했다. 요시로는 당장이라도 사과하고 싶어서 테이블까지 달려가려 했으나 좀체 찻집 안을 지나갈 수가 없었다. 그때 처음으로 그 찻집이 유아차 주차장이 됐음을 깨달았다. 갓난아기들은 이동 가능한 침대 위에서 곤히 잠자고, 어머니들은 이마에 세로 주름살을 세우고 이야기를 하고 있었다. "재생 가능한 자원"이니, "주민의 건강을 무시한 이윤 추구"이니, "아들이 새가 돼 버릴 것만 같아서 불안하다"느니, 허공을 부유하는 산산이 찢긴 파편들이 귓속으로 날아 들어왔다. 모두가 이야기에 집중한 까닭에 잔 속의 커피는 이미 식었고, 주문받지 못한 케이크는 유리 상자 속에서 쩍쩍 메말라 간다. '어머니를 위한 페시미즘'이라고 적혀 있는 책등이 문득 눈에 들어왔다. 한쪽 손으로 이 책을 들고 다른 손으로 유아차 속을 휘젓고 있는 어머니가 있다. 요시로가 기린처럼 목을 내밀고 유아차 안을 들여다보니, 어머니의 손은 칭얼대는 갓난아기의 머리를 헝클어질 때까지 어루만지고 있었다. 마리카도 다른 찻집에서 이곳 사람들과 똑같이 책을 읽거나 이야기를 하고 있을까. 어쩌면 뭔가 배우는 모임을 하거나 이야기하는 모임(話す會)을 하거나 비스듬함(はすかい)이거나 파괴(破

壞)이거나,[31] 아아, 그들은 무엇을 하고 있을까. 요시로는 가라앉지 않은 마음으로 편집자와 의논을 마치고 밖으로 나왔다. 그리고 인도 역시 유아차로 가득 차 있음을 알아차렸다. 요시로가 서재에 박혀 원고를 쓰는 동안 세상은 완전히 바뀌었다. 이토록 많은 아이들이 태어났고, 길은 유아차로 흘러넘치고, 어머니들은 찻집에 모인다. 천으로 된 차양 아래에서, 입에 문 고무 젖꼭지를 새 주둥이처럼 앞으로 내민 신인류가 담요에 감긴 몸을 이따금 너울거리면서 요시로를 원망하듯이 노려본다. 이들이 바로 갓난아기다. 딸 아마나도 바깥에서 보면 이렇게 이상한 생물로 보일까. 파란 신호로 바뀌자 횡단보도의 흰색 줄이 유아차에 묻혀서 보이지 않는다. 서점에 들어가도 책장 앞엔 반드시 유아차가 있다. 『자위를 권함』이라는 신간에 손을 뻗으려 하니 역시 그 책장 앞에도 유모차가 세 대나 서 있어서 좀체 손이 닿지 않는다. 발꿈치를 들다가 문득 아래를 들여다보니, 뿌연 데 없는 거울 같은 갓난아기의 눈동자가 이쪽을 보고 있었다.

급기야 마리카에게서 '유아차 운동'이라는 말을 배웠다. 아직 해가 비칠 때, 되도록이면 오랫동안 유아차를 밀며 길을 돌아다니자는 운동이라 한다. 아침에 일어났을 때 느끼는 비참한 기분, 무력하고 허기지고 대소변을 못 가려도 누구 하나 도와주지 않을 것 같은 기분, 그런 기분이 느껴지는 까닭은 습

---

31) 이야기하는 모임은 '하나스카이', 비스듬함은 '하스카이', 파괴는 '하카이'라고 발음한다.

기 찬 꿈을 꿨기 때문일까, 아니면 아이 울음소리를 들으며 홀로 집에서 시간을 보내야만 했던 어렸을 적 어머니에 대한 기억이 유독 되살아났기 때문일까. 어쨌든 그런 기분을 견딜 수 없는 어머니들이 유아차를 밀고 밖으로 나와 유아차 마크가 붙은 찻집에 들어가기만 하면, 그곳에서 비치된 책과 신문을 읽고, 다른 어머니들과 함께 이야기를 나눌 수 있다는 것이다.

그날 밤 요시로가 물으니, 마리카는 '유아차 운동'에 대해서 즐거이 이야기해 주었다. 길거리가 얼마나 보행자에게 친절한지 알아보려면 유아차를 밀면서 걷는 것만큼 확실한 방법이 없다고 한다. 인도가 없거나 계단이 너무 많으면 앞으로 나아갈 수 없다. 소음이 신경을 갉아먹거나 이산화탄소가 자욱한 장소에 가면 유아차 속의 아기는 울며 소리를 지른다. 주변에 유아차가 많으면 연쇄 반응이 일어나서 날카로이 우는 소리가 사이렌처럼 일제히 울려 퍼지고, 길 가던 사람들은 걸음을 멈춰 세우고 그 장소가 사람에게 얼마나 불쾌하고 위험하게 만들어졌는지 실감한다. 밖을 돌아다니는 동안 태양 전지가 충전되는 유아차도 개발 중이라고 한다.

요시로는 선의에 가득 찬 시민운동을 평소부터 경계했다. 우유 냄새가 나는 선의 속에는 어둡게 뒤틀린 작품을 쓰는 데 몰두하느라 가족을 돌보지 않는 남성 작가에 대한 미움이 황산처럼 들어 있으므로, 자칫 방심하면 요시로의 손등에 떨어져 피부를 태울 터였다. 마리카는 요시로의 글쓰기를 비난한 적이 한 번도 없지만, 요시로의 작품에 대해 의견을 말한 적도 전혀 없었다.

딸 아마나는 유아차 시절부터 바깥 공기를 계속 쐰 까닭인지 딱히 볼일이 없어도 쏘다니기를 좋아했다. 생리를 시작한 지 얼마 안 됐을 때, 아마나는 해가 저물어도 집에 돌아오지 않는 날이 많았다. 그래서 요시로가 혼을 냈더니 아마나는 "열세 살 여자아이는 집에서 죽을 확률이 제일 높아요. 강도라든지 일가족 사망이라든지. 바깥이 위험하다는 생각이야말로 난센스라고요." 하고 반론했다.

아마나는 열여덟 살이 되자, 도쿄를 버리고 북규슈 지방에 있는 유명 대학교에 입학해 무농약학을 전공했다. 규슈가 석기 시대부터 에도 시대에 이르기까지 국제적 풍습이 유입되던 곳임을 늘 강조했다. "도쿄의 자연은 너무 약해. 남일본에서 살 테야." 하고 말한 적도 있다. 어째서 규슈라 하지 않고 남일본이라 말하는지, 요시로는 고개를 갸우뚱했다. 아마나는 대학교를 졸업하고 나서도 시모노세키를 넘어 도쿄로 오는 일이 거의 없었다. 손자 도모가 여름 방학 때 요시로의 집에 놀러 올 때도 그 아이를 데려온 사람은 도쿄에 볼일이 있는 아마나의 친구였다.

딸이 집에 없자, 아내 마리카도 일을 이유로 요시로와 별거했다. 처음엔 부모 밑으로 돌아가고 싶어 하지 않는 가출 아동을 보호하는 시설에서 일했는데, 머지않아 보살펴 줄 사람이 없는 아이들을 돌보고자 '다른 집 아이들의 학원'[32]이라

---

32) '다른 집 아이들'을 의미하는 他家の子(다케노코)는 죽순(竹の子, 다케노코)과 발음이 같다.

는 시설을 산속에 짓고 그곳의 원장을 맡았다. 마리카가 자금을 모으는 데 힘썼기 때문에 원장이 됐다는 소문이 돌았지만 애초에 자금 따위 모은 적도 없고, 어떤 종류의 사람들과 어떻게 협상해야 그렇게 많은 자금을 모을 수 있는지 도무지 알수 없었다. 그러므로 요시로에게는 다소 불쾌한 소문이기도 했다. 부부이니 직접 물어보면 될 일인데, 되레 관계가 가까울수록 묻기 어려운 질문도 점점 늘어 간다는 역설을 깨닫게 되었다. 그러나 그때는 이미 늦었다. 두 사람은 말싸움도 하지 않고, 이혼도 하지 않고, 조용히 별거 생활에 들어갔다. 시간을 되감을 수는 없으므로 그렇게 계속 감길 뿐이었다.

아마나 부부가 오키나와로 이주한 뒤 얼마 동안, 어른이 된 손자 도모는 요시로의 새로운 골칫거리가 됐다. 요시로는 몇 번인가 손자에게 설교하려 했지만 만담이 될 따름이었다.

"네게 제일 소중한 게 뭐냐."

"글쎄, 별로요."

"똑바로 생각해 봐라. 사는 게 죽는 것보다 낫다는 느낌이 들 때가 언제냐?"

"흥분할 때?"

"언제 흥분하냐?"

"역시 그 세 가지죠."

"무슨 세 가지?"

"살 때. 칠 때. 마실 때."

"네 대답에는 직접 목적어가 없구나."

"직접적 목적이 없는데요."

"직접적 목적이 아니라 직접 목적어다. 독일어에서는 4격이라 하고, 러시아어에서는 대격이라 한다."라고 말하고 나서 요시로는 스스로의 설명이 허무하다고 느꼈으므로 서둘러 다시 질문했다. "뭘 사고 뭘 치고 뭘 마신다는 거냐."

도모는 싱글벙글거리며 대답했다.

"만화를 사요. 홈런을 쳐요. 그리고 한숨 돌리고 초콜릿을 마셔요."

"바보. 네 특기는 바보 같은 소리를 하는 거구나. 소설가가 되는 수업이라도 받아 보면 어떠냐."

"안 돼요, 안 돼. 마감하는 것도 서툴고."

"마감하는 게 아니라 마감이겠지.[33] 그럼 시인은 어떠냐? 시인은 마감 따위 신경 쓰지 않고 쓸 수 있을 때 쓰면 된다. 앞으로 다가올 시대에는 시인처럼 돈 잘 버는 직업도 없다는구나."

"와, 정말요? 그런데 돈벌이는 능숙하지 못한데요."

아무리 떠봐도 도모는 싱긋싱긋 웃기만 해서 마치 곤약을 앞에 두고 이야기하는 것 같았다. 잠시 대화가 늘어져서 귀찮아지면 도모는 뻔한 공치사를 늘어놓으며 "할아버지는 재능도 있고, 자기가 쓰고 싶은 소설을 쓰며 먹고사니 부러워요. 앞으로도 힘내세요!" 하고 말한다.

---

33) 締め切る(しめきる, 시메키루)는 '마감하다'라는 동사이고 締め切り(しめきり, 시메키리)는 '마감'이라는 명사다. 도모가 동사로 말하자 요시로는 이를 정정하고 있다.

요시로는 화를 내야 할지 웃어넘겨야 할지 모른 채 손자의
잘생긴 코와 가늘게 찢어진 눈을 바라본다.

도모는 부모 집에 살던 고등학생 시절부터 외박이 잦았는
데 급기야 고등학교를 중퇴하더니 집에 오지 않았다. 요시로
는 가족과 떨어져 살고 싶어 하는 유전자가 혹시나 있지 않을
까, 의심하기도 했다. 아내 마리카, 딸 아마나 그리고 손자 도
모 모두가 바람에 휩쓸리듯 어딘가로 날아가 버렸다.

어느 날 도모는 학처럼 아름다운 여인을 데리고 요시로 앞
에 나타났다. 두 사람은 결혼한다는 말을 전하러 왔다. 예식은
올리지 않고, 호적에 이름만 올린다고 한다. 그리고 몇 개월
뒤 무메이가 태어났다. 그때 도모는 어딘가를 여행 중이었고,
신생아와 그 어머니 곁에 있는 사람은 요시로뿐이었다. 출산
예정일보다 두 주나 빨리 태어나서 어머니는 출혈이 심했고,
끝내 의식을 잃어 응급실로 실려 갔다. 아기는 투명한 관 같은
유리 상자 안에서 튜브를 통해 호흡하고 있었다.

출산한 지 사흘째 되는 날, 무메이의 어머니는 숨을 거뒀
다. 도모가 여전히 행방불명이었으므로 장례식은 가능한 한
뒤로 미루는 편이 좋겠다고, 요시로는 생각했다. 무메이의 어
머니는 병원에 설치된 '안식의 냉동실' 속에서 밀랍 인형처럼
영면했고, 한편 태어난 직후라기보다 '막 데친' 듯 보이는 무메
이는 유리 상자에서 나와 간호사들의 두텁고 따뜻한 보살핌
을 받았다. 그렇게 생명을 든든하게 보호받고 요시로의 격려
를 들으며 인생의 첫 나날을 호흡했다.

그런데 무메이의 어머니가 죽고 닷새 되는 날, 요시로는 '안

식의 냉동실'로부터 연락을 받고 멀리서 초빙된 전문가 두 사람과 이야기를 나누게 됐다. 한 사람은 시체에 바람직하지 않은 이상이 생겨서 이대로 보존하기보다 바로 태워야 한다고 얘기했고, 다른 한 사람은 연구를 위해 시신을 해부하고 포르말린으로 보존해도 되는지 허락을 구했다. 요시로는 어떤 이상이 생겼다는 말인지 짐작조차 되지 않았다. 아무것도 모르는 사람이 몇 번이나 질문해 본들 뚜렷이 납득할 만한 대답은 돌아오지 않았다. 요시로가 자기 눈으로 직접 확인해야만 화장이든 포르말린 보존이든 할 수 있겠다고 강하게 말하니, 전문가들은 내키지 않는다는 듯이 시신이 있는 곳으로 데려갔다. 며느리의 모습을 한 번 보고는 "앗!" 하고 소리를 지른 뒤 요시로는 코와 입을 한 손으로 틀어막고 고개를 숙였다. 자신이 본 것을 믿을 수 없어서 두려움을 무릅쓰고 다시 쳐다보니 처음 봤을 때처럼 경악할 만한 모습은 아니었다. 오히려 아름답다고도 말할 수 있을 법한 모습이었다. 그때 실제로 본 모습을 나중에 정확히 재현하기란 불가능했다. 이를테면 그 시신은 기억 속에서 계속 성장하고 변화했다. 얼굴 중심이 부리처럼 뾰족했다. 어깨 근육은 부풀어 올라서 백조처럼 날개가 돋았다. 어느새 발가락은 닭의 발같이 변해 있었다.

시신은 죽은 지 이레째 되는 날에 화장터로 옮겨졌고, 유족은 요시로 한 사람뿐인 가족 장례식이 치러졌다. 도모는 아직 안개 속이었고, 아마나는 갑자기 오키나와에서 도쿄로 상경하기는 어려우니 잘 부탁한다는 연락만을 했다. 마리카가 어떻게든 시간을 짜내서 병원으로 달려왔을 때는 무메이가 태어난 지 벌써 십일 일이 지난 뒤였다. 요시로는 가슴을 펴고 침대 옆에 서서, 마치 자기가 낳기라도 한 듯 의기양양한 얼굴로 "어때, 똑똑해 보이지. 게다가 남자아이." 하고 말했다. 그런데 마리카는 무메이를 보더니 손수건을 꺼내 눈물을 닦고는 도망치듯이 신생아실을 나갔다. 요시로는 뒤따라가려 했으나 무메이가 울기 시작해서 그대로 남았다.

간호사들은 처음에 요시로를 친척 방문자로 대했지만 얼마 지나지 않아서 우유병을 건네주었고 기저귀를 가는 방법도 가르쳐 주었다. 더러워진 기저귀를 바구니에 넣어 두면 깨끗이 세탁한 기저귀를 몇 장씩 포개서 매일 새로 가져다주었다. "기저귀란 종이로 만들어서 매번 쓰고 버리는 물건인 줄 알았어요." 하고 말하자 담당 간호사는 "이러니 노인들은 못 말려."라고 대꾸하고 싶은 듯 코로 거친 숨을 내쉬며 웃었다. 곧 그 옆에 있던 다른 간호사가 헛기침을 하며 "기저귀를 종이로 만들면 소설가 선생님이 쓰시는 원고지가 모자라죠." 하고 말했다. 요시로는 목을 움츠리고 물러났다. 우물쭈물 아이의 기저귀를 갈아 주는 노인이, 사실은 필명 뒤에 숨어서 소설을 쓰는 사람임이 어느새 병원에 퍼진 듯하다.

요시로는 분유를 줄 수 있는 아이는 어머니가 없는 아이뿐인가, 하고 생각했는데 주의 깊게 관찰해 보니 모든 어머니가 분유를 먹이고 있었다. 완벽히 안전하다고 보장할 수 있는 모유는 없다고, 간호사가 설명해 주었다. 모유에는 사람을 살리는 요소도, 죽이는 요소도 농축돼 있다. 분유에는 우유가 전혀 들어 있지 않다는 말을 듣고 요시로가 "그렇다면 늑대유라도 들었나요?" 하고 농담을 하니, 간호사는 조금도 웃지 않고 "아뇨. 하지만 박쥐유는 들어 있어요." 하고 가르쳐 주었다. 요시로는 매일 산부인과에 다니며, 무엇이든 질문하면 친절하게 대답해 주는 간호사들에게 둘러싸여, 기분 좋게 무메이를 보살폈다. 그런데 얼마 지나지 않아서 의사가 전혀 모습을 드러내지 않았음을 깨닫고 물어보았다. 담당 간호사는 다소 굴욕적이라는 표정을 지으며, 예의 "이러니 노인들은 못 말려." 하는 얼굴로 웃기만 할 뿐 대답하지는 않았다. 나중에 다른 간호사에게 조심스럽게 물어보니, 산부인과에서 의사, 간호사, 조산사라는 구별이 없어진 지 오래라고 했다.

도모가 병원의 신생아실로 뛰어 들어온 때는 무메이가 태어나고 십삼 일째 되는 날이었다. 거칠게 숨을 들이마셨다 내쉬었다 하면서 그사이에 겨우 "할아버지." 하고 와락 말했다. 그러고는 눈물이 가득 고인 눈으로 아무 말도 하지 않는 손자에게 요시로는 구조선을 보내듯 "이 아이가 네 아들이다, 이름은 무메이로 지었다. 이름이 없다는 뜻의 이름이다. 불만 있느냐." 하고 물어보았다. 도모는 작은 아이처럼 흐느꼈고, 그 소리를 듣고 쌔근쌔근 잠자던 무메이도 울기 시작했다. 두 아이의 소리는 딱 맞게 공명했다. 마치 형제가 싸운 뒤 부모에게 혼이 나서 같이 우는 것 같았다.

도모는 중증 의존증을 치료하는 시설에 들어가서 외부로부터 차단돼 있었는데, 그래도 아내의 사망 소식은 전해 듣고 겨우 밖으로 나올 수 있었다고 했다. 복잡한 사건이라도 일으켜서 갇혔는지 아니면 스스로 들어갔는지, 비용은 어떻게 대는

지 등 자세한 이야기는 묻지 않았다. 다만 요시로는 "무메이는 내가 돌볼 테니 안심하고 꼭 병을 치료해서 나오너라." 하고 어린아이에게 타이르듯 말했다. 이런 아이가 또 아이를 만드니 세상은 아이들 천지가 된다.

"이 근처에 아는 가게가 있으니, 맛있는 걸 먹자꾸나." 하고 요시로가 말하니 드디어 도모의 얼굴에 희미한 웃음꽃이 피면서 "할아버지, 고마워요. 그건 그렇고 시간이 참 빨리 흐르네요. 저도 결국 아버지가 되다니." 하고 옅은 한숨을 내쉬며 연극적인 말을 했다. "너한테는 그럴 자격이 전혀 없다." 하고 호통치고 싶은 마음을 꾹 참고 요시로는 "그건 그렇고 너는 도대체 무슨 의존증에 걸린 거냐. 개를 몰아대는 놀이는 이제 졸업하지 않았느냐. 화려한 꽃 그림이 그려진 카드냐." 하고 짐짓 도박을 무시하는 투로 질문을 했다.

"할아버지, 의존증도 이쯤 진행되면 특정한 대상에 구속되지 않아요. 메타 의존증이랄까요. 그 고양된 기분을 다시 느낄 수만 있다면 뭐든 좋아요."

"뭘로 돈을 번 거냐. 룰렛?"

"아니요."

도모는 얼굴이 빨개져서 고개를 숙였다. 요시로는 이렇게라도 캐묻지 않으면 안 된다는 듯이 집요하게 물고 늘어졌다. 마침내 겨우 나온 대답을 듣고는 어이가 없었고, 숨이 막혔고, 그다음에는 폭소했고, 괘씸함마저 사라져 버렸다.

손자는 무조건 귀엽다고들 얘기하지만, 요시로에게 도모는 귀엽다는 생각이 들 겨를도 없이 걱정거리만 열매같이 열리는 나무였다. 아직 아장아장 걷던 시기에 도모는 당시 유행하던 가사 노동 종합 컴퓨터 시스템 조작대의 의자 위로 기어올라 마구 버튼을 누르고, 손잡이를 돌리고, 집 안을 어지럽혔다. 냉동실의 시금치를 와장창 쏟아서 죄다 녹이는 바람에 부엌을 푸른 초원으로 만드는가 하면, 욕조에 끓는 듯 뜨거운 물을 받다가 급기야 물 위에 떠 있던 오리 장난감이 달걀처럼 녹은 일도 있다.

도모는 버튼을 누르기만 하면 큰 효과를 내는 기계를 유독 좋아했다. 나무 블록 장난감은 줘도 손대지 않았고, 그네를 타도 두세 번 무릎을 굽혔다 펼 뿐 금세 싫증을 냈다. 공을 던져 줘도 받으려 하지 않았고, 굴러가는 공을 쫓아가지도 않았다. 그림책을 읽어 줘도 전혀 듣지 않았고, 다른 어린이를 봐도 말을 걸거나 함께 놀지 않았다. 기껏 머리카락을 잡아당겨 보는 정도였다. 그런데 스위치 버튼을 보면 눈을 빛내며 바로 누르려고 들었다. 그러니 장래에 컴퓨터 프로그래머가 되면 좋겠다고 요시로는 생각했는데, 도모는 사실 수학에도 컴퓨터 기술에도 전혀 관심이 없었고 그저 마구 버튼을 눌렀을 때 모두가 놀라는 모습을 좋아했던 것이다. 그런 아나키스트적 성격이라면 예술가가 돼서 해프닝이라도 기획하면 좋을 듯했다. 요시로는 도모를 데리고 현대 미술 전시회와 퍼포먼스 현장을 구경하러 간 적도 있다. 하지만 도모는 예술처럼 끔찍한 것이 없다고 여겼다. 멋진 종이테이프를 두르고 몸 전체를 빨갛게 칠한 나체의 남자가 미술관 로비에서 춤을 춰도 그쪽을 흘깃댈 뿐 곧 질린다는 듯이 얼굴을 찡그리고 "저거, 예술이죠?"

하고 요시로에게 귀엣말을 했다.

도모는 디지털 게임 속에서 검을 휘두르며 털이 덥수룩한 큰 도마뱀과 싸우기도 하고 휴대폰에 매일 전송되어 오는 괴수 만화를 읽거나 텔레비전을 틀어 놓은 채 멜로드라마의 주인공인 양 침대에서 깊이 잠들거나 귀중품인 꽃병을 이유도 없이 창밖으로 내던지면서 어린 시절을 보냈다. 학교 성적은 평균에서 떨어질 듯 말 듯, 어떻게든 아슬아슬하게 떨어지지 않을 정도로만 유지했다. 너무 긴 과목당 수업 시간이 괴로워서 턱이 빠질 만큼 하품을 늘어지게 하거나 연필로 앞사람 등을 쿡쿡 찌르거나 코를 후비거나 시계를 자꾸 들여다보면서 교사들을 화나게 했다. 만약 과목당 수업 시간이 오 분이라면 공부하고 싶을 것 같다고, 늘 말했다. 사람을 성나게 하려고 일부러 그런 말을 한 것 같아서 요시로는 무시하려 했지만 도모는 진심으로 말했는지도 모른다.

요시로는 도모가 손자가 아니라 자기 소설의 등장인물이면 좋았으리라고 생각한 적이 있다. 그러면 화를 낼 필요도 없고, 쓰는 사람도 읽는 사람도 즐겁다. 도모는 책 따위 읽지 않았지만 이상하게도 조부가 소설가임을 강하게 의식해서 친구에게 그 사실을 퍼뜨리기도 하고, 글 한 줄 읽지 않는 주제에 서점에서 훔쳐 온 요시로의 책으로 방 안을 장식하기도 했다. 작가를 경주마에 비겨서 누가 노벨 문학상을 탈지, 경마처럼 내기를 하며 큰돈이 오가고 있음을 요시로 역시 알고 있었지만 설마 손자가 그런 도박 사업의 희생자가 되리라고는 생각지도 못했다.

"너는 책을 읽지도 않으면서 어떻게 누가 노벨 문학상을 탈지 예상할 수 있다고 생각한 거냐."

"내기란 말이죠, 프로라면 어느 분야에서든 이겨요."

"너는 단지 예상하기 좋아하는 작자들이 유력하다고 꼽은 이름에 돈을 걸었을 뿐이야. 그런 유력 후보 목록 따위 사람한테서 돈을 뺏으려고 조작됐을지도 모른다고 생각해 본 적 없느냐."

그날의 재회는 웃으며 마무리한 까닭인지 요시로에게 명랑한 기억으로 남았다. 도모는 '클린'해져서 돌아오겠다는 약속을 하고 시설로 돌아갔다. 요시로는 '클린'이라는 말에서 거짓을 느꼈고, '무슨 세제 광고도 아니고.' 하고 생각했지만 그 속내를 굳이 말하지는 않았다.

태어나고 한 달이 지난 뒤 무메이는 드디어 퇴원을 했다. 무메이를 안고 콧노래를 부르며 집에 돌아왔더니, 도모가 시설에서 탈주했다는 소식이 요시로를 기다리고 있었다. 요시로는 그날 밤 도모가 어쩌면 무메이의 얼굴을 보려고 시설에서 도망쳤을지도 모른다고, 일말의 희망을 등대처럼 회전시키며 사방을 비췄지만 바다는 그저 캄캄하기만 했다.

요시로는 경찰에 신고할까 말까, 망설였다. 민영화된 경찰을 싫어하지 않음에도 호감과 신뢰는 별개다. 민영화된 경찰의 주요 활동이란 관악 합주이므로, 제복을 입고 엉덩이를 흔들며 선전대와 함께 서커스의 명곡을 연주하면서 길거리를 행진할 따름이었다. 어린이들에게 대인기여서 요시로도 가끔 뒤를 쫓아가며 걷고 싶을 때가 있었다. 하지만 관악 합주 말고는 도대체 무슨 활동을 하는지 아무도 모른다. 파출소는 없어졌다. 일찍이 파출소는 '미지의 길 안내'라고 이름을 바꾸었고, 경찰로부터 독립해서 길을 알려 줄 뿐 아니라 관광 안내도 겸하는 유료 서비스를 제공했다. 신문을 읽어도 '용의', '수사', '체포' 같은 말은 보이지 않았다. 생명 보험이 없어진 덕에 살인 사건 역시 거의 사라졌다는 말도 있지만, 요시로는 이 말을 곧이곧대로 믿지 않았다.

어머니가 세상을 떠나고 아버지마저 자취를 감춘 무메이는 너무나 불쌍하지만, 인간의 죽음이든 증발이든 사실 극히 개인적인 문제이므로 경찰에 신고하기가 영 내키지 않았다. 요시로는 미니어처 같은 아기의 손을 잡고 작게 움직여 보았고, 돌연 큰 소리로 울고 싶은 감정이 북받쳐서 "둘이 함께 힘내 보자, 동료여."라는 말이 자기도 모르게 입 밖으로 튀어나왔다. 지금껏 쓴 적 없던 '동료'라는 말이 왜 이 순간에 나왔을까. 솔직히 '동지'라고 부르고 싶었지만 이 단어에 달라붙은 귀찮은 기억들 탓에 '동료'라고 내뱉었는지도 모른다.

경찰에 신고하지 않아서 다행이었다. 얼마쯤 지나고 도모에게서 편지가 왔다. "시설하고는 이별했어요. 걱정 끼쳐서 죄송해요. 하지만 이유가 있어요. 새로 온 관장이 유머교 간부예요. 두 손 두 발 다 들었어요. 매일매일 도그마로 점철되어 있었다니까요. 하여튼 식사에 콩을 쓸 수 없고, 색깔 있는 팬티도 안 되고, 머리는 딱 중간에서 가르마를 타야 했어요. 불쾌한 규칙뿐이어서 무서웠어요. 피 냄새도 나고, 그래서 도망쳤어요. 그리고 얼마 동안 노숙자 생활을 했는데, 우연히 옛날 친구를 만나서 걔를 따라 자동차 공장에 갔어요. 여기는 저 같은 의존 좀비들만을 고용해요. 공장 작업장은 모두 도박장처럼 되어 있고요. 지면 노예, 이기면 폭군. 월급은 아주 적지만 먹을 것, 잘 곳, 입을 옷이 전부 마련돼 있어요. 이처럼 불안하지 않은 생활은 오랜만이에요. 룰렛도 비록 원판은 낡았지만 속임수를 쓰는 녀석이 없어서 꽤 이겼어요."

언젠가 무메이가 말을 배워서 "아빠는 어디 있어요?" 하고 물으면, 요시로는 "심각한 병에 걸려서 어딘가 먼 곳으로 치료하러 갔단다." 하고 대답해 주자고 마음속으로 정했다. 또 무슨 병이냐고 물으면 "한 가지 놀이에 깊이 빠져서 그것만 하는 병"이라고 가르쳐 주자. 그런데 무메이는 여태껏 부모에 대해 알고 싶어 한 적이 없다. 초등학교에 들어간들 부모가 키우는 아이는 학급에 단 한 명도 없었다. 그런 까닭에 '엄마'나 '아빠'가 입에 오르내리는 일은 거의 없었다.

부모 없는 아이를 '고아'라고 부르지 않게 된 지는 오래됐다. 새로 생긴 '독립 아동'이라는 말을 할 때마다 요시로는 '독립'이라는 단어가 신경 쓰인다. '독(獨)'이라는 한자를 보면, 무리에서 떨어져 나온 개가 오로지 살기 위해 한 사람의 인간에게 찰싹 달라붙어 있는 모습이 눈앞에 떠오른다.

마리카가 원장을 맡은 시설에는 독립 아동이 50명 정도 산다. 시설은 가혹한 조건에도 불구하고 굉장히 잘 운영되고 있단다. 그런데 마리카와 시설 사이에 어떤 불건전한 의존 관계가 생긴 모양이다. 만약 마리카가 사흘만 쉬어도 그 시설은 트럼프 카드로 만든 성처럼 당장 무너질 것이다. 예를 들어 농가에서 배송돼 오는 채소가 예정대로 도착하지 않으면 그 채소를 바로 보내 줄 다른 농가가 있는지, 또 식단을 어떻게 바꿔야 좋은지 등의 지식은 오직 마리카의 머릿속에 저장돼 있다. 또 어린이의 뼈가 부러지거나 호흡이 곤란하거나 설사가 멈추지 않을 때 진료해 줄 의사가 부족하므로 어떻게든 도와줄 의사를 찾아서 데려오는 일 역시 데이터로 기록되지 않는 무수한 지식과 인맥과 화술이 없으면 불가능하다. 실제로 어려운 상황이 닥쳤을 때, 시설은 지금까지 축적된 1억 개의 경험 속에서 복수의 경험을 신속하게 도출하여 결론을 내리는 사람의 뇌, 바로 그것의 우수한 작동에 의존해서 겨우 돌아가고 있었다.

하룻밤이라도 좋으니 무메이와 요시로를 방문해서 전골 요리를 가운데 두고 함께 이야기를 나누고 싶다. 거의 오지 않고 배차 시간도 맞지 않는 버스와, 전차 출발 시각을 간신히 맞추더라도 마리카는 반드시 두 사람을 만나러 가자고 결심했다. 아직 해가 뜨기 전, 어두울 때 일어나는 일엔 익숙했다. 여름에도 겨울에도 매일 아침, 해가 앞발의 발톱을 지평선에 걸치고 상반신을 쭉 들어 올리기 전에 일어나서 책상에 놓인 지름 5센티미터, 높이 10센티미터짜리 양초에 성냥으로 불을 붙인다. 오렌지색 불꽃은 마치 고무로 만들어진 양 기지개를 켜며 흔들리다가 오그라들면서 뒤척인다. 어제 남겨 둔 일을 빨리 정리하려는 다급한 마음을, 그 불꽃이 가라앉혀 준다.

하지만 그날 아침은 촛불을 밝힐 겨를도 없이 작은 가방만 부둥켜안고 시설을 나섰다. 게으름 탓에 소중한 의식을 치르지 못한 듯한 죄의식에 쫓기며 달아나듯이 시설 부지를 가로

질러 가는데, 평소보다 이곳이 넓게 느껴졌다. 한 대의 가로등
에서 그다음 가로등까지 걸어가는 동안 발은 어둠에 묻혀서
보이지 않았다. 부지 바깥으로 나가자 그 길에는 가로등이 없
었다. 그래도 새벽이 어딘가에서 다가오고 있음을 느꼈다. 버
스를 기다리기는 오랜만의 일이었다. 먹을 흘린 듯한 먼 언덕
의 윤곽, 나무의 그림자놀이를 노려보고 있으니, 어둠 속에서
버스가 두 개의 빛 구멍을 뚫으며 다가왔다. 첫차엔 승객이 한
사람도 없었고, 요금을 내도 얼굴을 들지 않는 운전기사의 모
습은 마리카가 좌석에 앉자 칸막이에 가려서 보이지 않았다.
기차역 종점에서 내렸는데, 역에는 간판도 없고 아직 인적도
없다. 마리카는 대합실의 차가운 벤치에 앉아 귀를 기울였다.
그러는 동안 이곳이 정말 역인지 아닌지 의문에 사로잡혔다.
경험적으로는 당연히 역이라고 믿었지만, 예전대로 여전히 그
러하리라고는 단정할 수 없다. 이곳이 더는 역이 아니라는 정
보를 우연히 듣지 못했을 뿐인지도 모른다.

　시간이 조금 지나자 중절모를 깊게 눌러쓴 남자와 큰 가방
을 든 여자가 제각각 다른 입구에서 동시에 대합실로 들어왔
다. 그러고는 약속한 듯이 같은 벤치에 앉았다. 어렸을 때 본
스파이 영화에도 이런 장면이 있었던 것 같은데, 마리카는 두
사람이 정말로 타인인지 아니면 서로 아는 사이인지 알아보
고 싶어서 잠시 관찰했다. 드디어 대합실 구석에 설치된 벨이
요란스럽게 울리더니, 그 뒤를 쫓듯이 지역 전철이 들어오는
소리가 들렸다. 마리카가 플랫폼으로 나가자, 하늘은 동쪽 끝
에서부터 쫓기듯이 밝아 왔다.

여러 차례 갈아타야 하는 번거로운 여행임을 머리로 알고
있었지만 처음엔 왠지 별 어려움 없이 무메이와 요시로가 있
는 곳으로 술술 갈 수 있을 것 같았다. 하지만 탈것을 갈아탈
때마다 대합실에 들어가고, 다른 사람이 들어오기를 기다리
고, 마침내 그 공간이 대합실답게 붐비고, 당도한 기차에 모두
가 올라타는 과정이 끝없이 반복됐다. 그러는 동안 마리카는
스스로가 뭘 하는지 거의 잊어버릴 지경이었다. 어떤 기차도
마리카의 바람을 끝까지 읽어 주지 않았고, 비정하게도 도중
에 내리게 한다. 몇 번이고 갈아타야 하는 일은 괜찮았다. 다
만 그때마다 최대한 시간에 맞춰 바삐 갈아타야 하는 사람은
자기뿐인 것 같았다. 만약 그렇다면, 도대체 누가, 왜 그런 식
으로 기차 시간표를 짰을까. 세상을 음모의 총화로 해석하는
일은 마리카의 장기였다.

드디어 목적지에 닿았고, 기차에서 내렸고, 또 역 앞에서
버스를 기다렸고, 버스에서 흔들렸고, 버스에서 내렸다. 보고
싶었고 간절히 기다리느라 가슴이 찢어졌고, 안 그러려고 해
도 몸을 앞으로 구부리게 됐고, 숨을 잘게 쉬었다. 드디어 가
설 주택이 좌우로 줄지어 나타나자 그 한가운데를 앞으로, 앞
으로, 더 앞으로 종종걸음으로 나아갔다. 한 개의 블록 안엔
도대체 몇십 채의 똑같은 집이 늘어서 있을까. 그 연속성이,
그 압도적인 수가 마리카의 목적지를 무색하게 할 때쯤 비로
소 나타났다, 요시로와 무메이가 나란히 서서 복을 부르는 고
양이처럼 손짓하는 모습이. 이럴 때는 메트로놈처럼 좌우로
손을 흔들어야 한다고 생각했지만, 옛날에 본 외국 영화 때문

에 그렇게 느끼는지도 몰랐다. 큰 복 고양이와 작은 복 고양이. 환영해 줘서 고맙습니다. 마리카는 갑자기 묘해진 기분으로, 앞으로 몸을 숙인 채 웃으면서 전력을 다해 달렸다.

"증조할머니가 오셨습니다." 하고 익살맞은 기이한 목소리를 낸 사람은 자신이었을까, 남편이었을까, 아니면 증손자였을까. 세 사람은 모두 기쁨에 겨워 마음속으로 폭죽을 터뜨리며 초봄의 토끼처럼 뛰어오른다. 집에서는 전골냄비가 모락모락 김을 내뿜으며 세 사람을 기다리고 있었다. 마리카는 방석 한가운데에서 엉덩이 붙일 곳을 발견하고는 마치 뿌리를 내리듯이 앉았다. 뿌연 김 너머에 앉은 요시로와 무메이는 구름 속의 신선이었다. 무메이는 "아하, 아하, 아하." 하고 웃으면서 끓기 시작한 냄비 속 국물에 몇 번이나 젓가락을 찔러 넣었다. 그러나 아무것도 건져 내지 못한다. 다행히 옆자리에 앉은 사람이 보충해 준 덕분에 무메이의 앞접시는 연신 해산물, 산나물로 넘쳐 난다. 평소라면 먹지 않았을 새우가 냄비에서 나올 때마다, 잎새버섯이 나올 때마다, 요시로와 마리카는 오염되던 시기의 불길한 기억은 떨쳐 버리고 즐거운 추억을 그물로 끌어 올렸다. 설령 그 추억이 연두부처럼 젓가락 사이로 허물어 떨어져도 인내심을 가지고 다시 끄집어내서 앞접시에 놓고 그 뜨거운 조각을 탐하듯이 맛본다. 시간은 그런 세 사람에게 더 보태지기는커녕 냉혹하게도 달아났고, 냄비 바닥에 깔린 한 조각의 배추가 잊힌 채 흐물흐물해질 무렵, 괘종시계가 뎅뎅 덤벼들었다.

"아, 이제 가야겠다."

마리카는 일어나서 구겨진 겉옷의 소매에 힘겹게 팔을 넣고, 춥지도 않은데 단추를 아래에서부터 목까지 굳이 빠짐없이 잠갔다. 그새 꽉 끼이는 신발을 신고서 "그럼 또 보자. 또 오지 않겠지만 만약 온다면, 정말로 곧, 또 오지는 않겠지만, 그래도 무리한다면 얼마 뒤에." 하고 말로 나오는 말, 말로 안 나오는 말, 그런 많은 말에 부대끼며 거기서 몸을 메모지처럼 떼어 내고는 꾸깃꾸깃 구겨 버리듯이 걸어 나간다. 눈물로 젖은 얼굴도 꾸깃꾸깃, 목소리는 벌써 쉬었다.

"데려다줄게." 하고 등 뒤에서 외치는 요시로. 뒤뚱거리는 무메이를 안아 올려서 자전거 뒷자리에 앉히려고 하는 요시로에게 마리카는 두 손바닥을 방패처럼 세우며 "데려다주지 않아도 돼. 돌아갈 때는 혼자가 좋아." 하고 유행가라도 부르듯이 가락을 붙여 말했다. 사실 울먹이는 소리가 들리지 않도록 임기응변으로 궁리해 낸 결과다. 걸음은 제멋대로 점점 빨라졌고, 곧 종종걸음이 되었다. 운동회도 아닌데 팔꿈치를 어깨 아래에 딱 붙이고 씩씩하게 흔들면서, 이를 악문 채 턱을 앞으로 내밀고 달린다, 달린다, 달린다. 화재 현장에서 도망칠 때 이런 기분일지도 모른다. 어딘가가 타고 있으므로 그 어딘가가 아프다. 이별은 옛날부터 서툴렀지만 나이가 들수록 더욱 서툴다. 반창고를 떼서 아직 아물지 않은 상처를 만질 때 아픔을 느낄 정도라면, 반창고가 까맣게 더러워지고 찐득찐득해지고 피부와 같이 썩어 가더라도 언제까지고 떼지 않는 편이 낫겠다, 하고 급기야 어린아이 같은 생각을 한다.

증손자 무메이의 얼굴이 전철 안에서, 버스 안에서 흔들림에도 줄곧 망막에서 사라지지 않는다. 일터로 돌아가서 산사태처럼 바쁜 생활에 파묻히더라도 숨을 쉴 때면 종종 무메이의 웃음소리가 들려온다. 마리카는 그동안 시설의 모든 어린이들에게서 균등하게 느껴 온 애정이 혹시라도 무메이에 대한 집착으로 옅어질까 봐 몹시 무서웠다.

마리카는 우수한 어린이를 뽑아서 외국에 사절로 보내는 극비 민간 프로젝트에 참여하고 있는데, 최근에 주요 심사 위원으로 선정됐다. 시설에는 이토록 많은 어린이가 있음에도 사절로 선발하기에 적합한 어린이는 좀처럼 보이지 않는다. 영리하더라도 그 머리를 이기적으로 쓰는 어린이는 실격. 책임감이 강해도 언어 능력이 우수하지 못하면 실격. 달변이라도 자기 말에만 심취하는 어린이는 실격. 다른 어린이의 아픔을 자기 피부로 느끼더라도 지나치게 감상적인 어린이는 실격. 의지가 강해도 곧바로 하인이나 당파를 만들려 하는 어린이는 실격. 사람과 함께 지내기가 어려운 어린이는 실격. 고독을 견딜 수 없는 어린이는 실격. 기성의 가치관을 뒤엎을 용기도, 재능도 없는 어린이는 실격. 뭐든지 거스르려 하는 어린이도 실격. 기회주의자도 실격. 감정 기복이 극심한 어린이 역시 실격. 이렇게 보면 사절에 적합한 어린이는 존재하지 않을 것 같지만 유일하게 한 사람의 적임자가 있다.

무메이에게 위험한 사명을 지우고 싶지는 않다. 이대로 언제까지나 요시로의 보호를 받으며, 평온한 나날을 잘 헤쳐 나갔으면 한다. 얼마큼 살아 있을지 알 수 없는 몸이니, 그 생명을 굳이 위험에 내던질 필요는 없다. 자기만 입을 다문다면 무메이는 심사 위원회 눈에 띄지 않을 테고, 결국 무사하리라고 마리카는 생각했다.

마리카는 시설의 어린아이가 넘어져서 우는 모습을 보면 딸 아마나가 아직 어릴 적에 곧잘 울었던 때가 떠오른다. 도움을 청하는 아이는 바로 달래는 편이 좋다고, 강한 아이로 키우겠다고 일부러 방치하면 다른 사람한테 도움을 청할 줄 모르는 완고한 사람이 되고, 그리하여 쉽게 죽을 수 있다는 이론이 당시엔 우세했다. 그 때문에 마리카는 딸이 울기 시작하면 바로 껴안고 달래 주었다. 아이를 껴안은 동안, 둘의 몸이 어떤 보이지 않는 혈관으로 이어진 것 같아서 화들짝 몸을 뗀 적도 있다.

이런 일도 있었다. 딸이 세 살 무렵에, 마리카는 친가의 괘종시계가 있는 방 안에서 서로 마주 보고 앉아 실뜨기를 했다. 그러자 혈관이 나뭇가지처럼 몸 밖으로 뻗어 나온 모습이 보였다. 거미줄처럼 가는 혈관이었는데, 그것은 벽과 천장까지 뻗어 나갔고 괘종시계까지 휘감았다. 오싹한 한기가 들어서 일어섰다. 집의 내력에 대해서는 그 전까지 생각해 본 적이 없었다. 이름도 모르고, 지금껏 관심을 가진 적도 없는 사람들이 몇 대에 걸쳐 이 집에서 태어나고 죽었다. 노예처럼 일만 하던 여성의 땀이 벽에, 그렇게 고생스럽게 살아가던 젊은 여자를 강간한 주인의 정액이 기둥에 스몄다. 빨리 유산을 받고 싶어서 병들어 누운 아버지의 목을 조른 아들의 식은땀 냄새가 난다. 그 광경들을 목격한 천장과 창문이 이쪽을 노려본다. 부부의 괴로움이 뚝뚝 떨어진 변기와 하수를 잇는 배수관. 화학적으로 고독을 야망으로 변화시킨 어머니가, 땀이 밴 허벅지 사이에 아들의 가느다란 목을 놓고 조른다. 남편의 외도를 알아챘으나 부러 못 본 척하는 아내는 된장국에 자기 대변을 섞어서 대접한다. 집 주변을 어슬렁대는 잘생긴 방화범은 예전에 부당하게 해고된 사람인지도 모른다. 오래된 집이 유서 깊게 이어 온 그 탯줄이 목을 휘감는다. 속사정의 즐거움을 나누는 이 피투성이 혈족들과 연을 끊고 싶다. 나의 진짜 가족은 찻집에서 우연히 만난 사람들. 나의 자손은 시설에 사는 독립 아동들.

마리카는 무메이와 요시로가 임시로 지내는 검소한 주택을 처음 봤을 때 통쾌했다. 두 사람이 좋아서 피난 생활을 하는 것은 아니기에, 그런 말을 무신경하게 할 수는 없어서 처음엔 배려하며 침묵했다. 그런데 얘기를 나누면서 요시로도 그 집을 상당히 마음에 들어 함을 알게 된 마리카는 자신이 받은 인상을 솔직하게 말했다. 오래된 집의 중압감도, 맨션의 오만함도 느껴지지 않는 검소한 목조 주택 한 채. 운 좋게도 이 지역 목수들의 솜씨가 우수한 덕택에 이런 집을 바로 지을 수 있었다. 하지만 몇 킬로미터 떨어진 곳에는 목수가 아니라 오니로쿠[34]가 지은 가설 주택이 있고, 건설비가 세 배나 들었건

_____

34) 일본 이와테현의 민화 「목수와 오니로쿠(大工と鬼六)」에서 따온 단어. 민화의 줄거리는 이렇다. 옛날에 어느 물살이 거센 강이 있었는데 마을 사람들이 아무리 다리를 만들어도 물에 떠내려가 버렸다. 그래서 목수에게 다리를 지어 달라고 했는데, 목수가 강가에서 걱정스러운 얼굴로 생각에 잠기니 강에서 도깨비가 나와 목수에게 무슨 생각을 하느냐고 물었다. 목수가

만 여름엔 바깥보다 더 덥고 겨울엔 바깥보다 더 추웠다. 게다가 통풍이 안 좋고 벽이 얇아서 옆집 사람이 한숨만 쉬어도 다 들린다고 요시로가 알려 주었다.

가설 주택이 눈에 띄게 늘어난 곳은, 다마에서 나가노에 걸친 지역이다. 앞으로는 나카센도를 따라 교토까지 띠 모양으로 조금씩 인구가 증가하리라 예상된다. 이제 도심에는 사람이 살지 않는다. 국회 의사당과 대법원을 옮겼다는 말은 들리지 않지만 예전 건물이 더는 쓰이지 않음은 확실하다. 공동화다. 일본 정부가 민영화됐을 때 그때까지 일하던 국회 의원과 판사는 퇴직금을 받고 규슈에 생긴 고급 주택가 '사쓰마[35]의 숲'으로 이사했다는 소문도 있다. 선거에서 새로 뽑힌 국회 의원들은 도대체 어디에서 일하고 있을까. 국회 의원들은 정말로 존재할까, 아니면 이름과 얼굴 사진만이 있을 뿐 실제로는 존재하지 않는 걸까. 요시로는 선거 투표소인 구청까지 가서 후보의 이름을 종이에 적어 냈던 일을 기억한다. 거기까지는 현실이었다. 적어도 이름을 종이에 적은 연필은 현실이었다.

국회 의원들은 주로 법률에 손을 댄다. 법률은 매번 끊임없이 바뀌므로 누군가 손대고 있음이 분명하다. 그런데 누가,

---

걱정거리를 말하자 도깨비는 다리를 지어 주겠다고 하며 목수의 눈알 두 개를 달라고 말했다. 목수가 완성된 다리를 봐야 하니 줄 수 없다고 하며 도깨비에게 이름을 알려 달라고 말했다. 도깨비는 목수가 자기 이름을 맞히면 눈알을 가져가지 않겠다고 했고, 목수는 마을 아이들이 부르는 노래를 듣고 이름이 '오니로쿠'임을 알아맞힌다. 그러자 도깨비는 바로 사라져 버린다.
35) 현재의 가고시마현을 가리키던 옛 지명이다.

어떤 목적으로 손대는지는 전혀 알 수 없다. 법 자체는 보이지 않으므로, 그 법에 치이지 않도록 오로지 직감만을 칼처럼 갈고 자기를 규제하며 살아갈 따름이다.

쇄국 정책이 결정됐을 때, 결과만 통보되었으므로 아연실색하고 잠시 말을 잃은 채 탄식한 사람은 요시로와 마리카만이 아니었다. 신문은 "에도 시대가 좋은 시대였다. 쇄국이 반드시 나쁘지만은 않다."라는 의견 일색이었다. 그런 논평을 쓴 평론가들조차 사실은 쇄국에 반대하지만 아무것도 알지 못한 채 멋대로 결정된 쇄국 정책 탓에 뒤집어쓴 굴욕의 흙탕물을 참을 수 없었다. 그렇다고 해서 그런 기분을 정직하게 고백하면 서민과 똑같이 바보가 되는 꼴이므로 체면 때문에 "사실 처음부터 쇄국에 찬성이었다. 따라서 머지않아 정부에 쇄국을 제안할 예정이었다."라는, 신 포도의 여우도 놀랄 만한 뻔한 억지를 내뱉었다.

요시로는 「쇄국은 없었다」라는 에세이를 신문에 투고한 적이 있는데 실리지 않았다. 에도 시대에 네덜란드, 중국을 통해서 전 세계와 얼마나 활발히 교류했는지를 피력했다. 결국 게재되지 않은 이유는, 신문사와 밀접한 관계의 전문가가 보증해 주지 않았기 때문이라고 한다. 그러면 종합 잡지에서 에세이를 의뢰해 오면 이 원고를 보내자고 만반의 준비를 하고 기다렸지만, 이상하게도 그럴 때만은 전혀 의뢰가 들어오지 않는다.

매우 화가 난 요시로는 예전에 동화책을 낸 적이 있는 어떤 출판사로 원고를 보냈다. 초등학교 6학년 여자아이의 이야기였다. 그 아이는 일장기 도시락만이 허락된 나라에서 살고 있다. 그래서 어머니들은 매일 아침 흰밥 위 한가운데에 절인 매실을 쑤셔 박은 도시락만을 만들었다. 검은색 김은 두 층으로 나눈 밥 사이에 숨기고 달걀말이나 시금치는 다른 반찬 용기에 넣어, 매일 그 아이와 동생에게 일장기를 쥐여 주었다. 어느 날 어머니가 교통사고를 당해서 입원하고, 아버지는 갑자기 출장에서 돌아오지 못하게 됐다. 우는 동생을 달래며, 여자아이는 김을 가위로 능숙하게 잘라서 판다 모양의 도시락을 만들어 주었다. 동생은 크게 기뻐하며 학급 아이들에게 그 도시락을 자랑했다. 그런데 그다음 날, 여자아이는 보호소에 잡혀갔고, 병원에서 퇴원한 어머니도 체포됐다.

유감이지만 요시로가 쓴 동화는 아직 출판되지 않았다. 출판사에서 보내온 편지에는 "어린이는 이해할 수 없는 내용이다."라고 쓰여 있었다.

마리카는 밤에 차가운 비단 이불을 코까지 덮으면, 옛날에 요시로와 관계를 가졌던 일이 떠올라서 피식하고 웃을 때가 있다. 벌써 팔십여 년이나 지난 일이다. 눈에 떠오르는 광경은 부드러운 비단 이불의 극락이 아니라, 공룡이 장난하는 모습이다.

마리카의 피부와 자세는 아직 젊음을 유지하고 있었지만 안에서 스스로 느끼는 자기 몸은 옛날과 전혀 달랐다. 과거엔 유두를 바깥쪽에서 잡아당기는 느낌이었는데, 지금은 유방이 안쪽을 향해 크게 부풀어 적에게 맞서는 모양새다. 젊었을 때는 아직 엉덩이 살에 신경이 촘촘히 미치지 않았는지, 그 부분만이 유독 차가워서 타인의 손이 닿아야 비로소 자기라는 존재가 이렇게 뒤쪽까지 팽창해 있었구나, 하고 놀라곤 했다. 그런데 이제는 엉덩이 전체가 늘 뜨겁게 뽐내며 "자, 일어서서 창문을 여시오." "자, 앉아서 청구서를 다시 한 번 잘 읽으시오." 하고 명령을 내린다. "여자 엉덩이에 깔렸다."라는 옛말이 있는데, 마리카는 언제부터인가 자기 엉덩이에 스스로 깔렸다.

전문가들 중에는 "인류는 모두 여성화한다."라고 주장하는 사람과, "남자로 태어난 아이는 여성화하고, 여자로 태어난 아이는 남성화한다."라고 주장하는 사람이 있다.

배 속의 아이가 여자임을 알면 중절하는 문화권에서는 균형을 잃은 자연이 사납게 노하여 여러 가지 속임수를 쓰기 시작했다. 태어났을 때의 성별이 계속 유지되지 않고, 누구나 인생에서 반드시 한 번 혹은 두 번은 성별을 전환하는 책략이 나타난 것이다. 전환할 수 있는 기회가 한 번인지 두 번인지는 미리 알 수 없다.

요시로는 마리카가 보내 준 사진을 장롱 위에 보이게 놔두었다. 시설에서 신정 때 찍은 사진일까. 아내의 왼쪽 어깨에 무거워 보이는 머리를 기대고 반쯤 눈을 감은 어린이. 괴로운 듯 보이기는 하고, 황홀하게 꿈을 꾸는 듯 보이기도 한다. 속눈썹이 촘촘하고 버찌 같은 입술을 한 아이의 목은 무척 가늘고, 목젖만이 크게 발달했다. 그 어린이의 목에 비하면 무메이의 목은 두껍고 단단하게 자리하고 있었다. 마리카의 다른 쪽 어깨에 두 손을 올린 어린이는 카메라를 향해서 턱과 혀를 내밀고 있다. 마리카의 무릎에 머리를 올리고 잠자는 어린이, 다다미에 무릎을 꿇고 앉아서 카메라를 향해 우등생을 연기하는 어린이. 뒤에 선 총명한 눈빛의 어린이는 열이 있는지 볼이 빨갛다. 그 밖에도 몇 명인가 사진 찍는 것을 알아채지 못한 듯한 어린이들이 주위에 있다. 모두 여자아이처럼 보이지만 실제로는 남자아이도 섞였을 것이다.

마리카는 또다시 요시로와 무메이를 만나러 가고 싶은 마음이 밀물처럼 차오를 때면, 그 감정을 그림엽서의 작은 사각형 속에 눌러 담아 썰물이 물러날 때까지 기다린다. 그러잖아도 요전에 "두 사람 모두 건강해? 당신 백여덟 살 생일 때는 설탕으로 만든 큰 도미[36]를 선물로 가지고 갈 테니까." 하고 요시로 앞으로 그림엽서를 써 보낸 참이었다.

요시로는 백여덟 살 생일을 어떻게 치를지, 구체적으로 계획할 마음이 들지 않았다. 되도록이면 무메이가 "극락!" 하고 외칠 수 있는 일을 해 보고 싶다. 다 같이 수영복을 입고 분수대 파티를 열어도 좋고, 밤에 귀신으로 변장하고서 향 불꽃 놀이를 해도 좋을 것이다. 아흔아홉 살 생일에 가족과 친척이 모였던 순간이 꽤나 오래전 일처럼 느껴진다. 백(百)이라는 숫자를 피해 아흔아홉 살 생일 파티를 열기로 한 것까지는 좋았는데, 음식점에서 다 같이 식사를 하자는 평범한 아이디어를

---

36) 물과 설탕으로 만든 전통 과자로, 결혼식 답례품이나 개업식 축하 선물 등 경사스러운 날에 선물하는 풍습이 있다.

채택한 것이 문제였다. 둥근 테이블에 시곗바늘처럼 빙 둘러 앉은 친척들은, 나이가 젊으면 젊을수록 등이 휘고, 머리칼이 적고, 혈색이 파리하고, 젓가락을 느리게 놀렸다. 자기들이 제대로 살지 않았기 때문에 자손들이 이 모양이 됐다고 생각하는 노인들의 자책감은 축하 자리의 공기를 무겁게 만들었다.

요시로 세대가 정말로 영원히 살지, 못 살지는 불분명하다. 그럼에도 일단 죽음을 뺏긴 상태에 있음은 분명했다. 육체가 끝까지 소진되어 생물로서 한계에 이른다면, 끈질기게 존속하는 의식만이 남아 더는 움직일 수 없는 살덩어리 안에서 언제까지나 계속 몸부림칠지도 모른다.

자기 세대는 오래 살기를 바랄 필요가 없다고, 요시로는 생각한다. 살아 있음에 감사하지만, 노인이 살아 있음은 당연하므로 축하할 필요가 없다. 오히려 사망률이 높은 어린이들이 오늘도 죽지 않았음을 축하해야 할 터다. 무메이의 생일은 일 년에 한 번이 아니라, 계절마다 축하해 주고 싶을 정도다. 동상에 걸리지 않고 한 해의 겨울을 무사히 넘겼음을 축하해 주고 싶다. 더위 먹지 않고 가을을 맞이했음을 축하해 주고 싶다. 계절이 바뀔 때면 몸은 낡은 것을 버리고 다시금 깨어난다. 요시로는 봄이 오면 새삼 젊어졌음을 느끼지만, 무메이에게 새로운 계절은 늘 새롭게 도전해 오는 힘겨운 상대다. 계절이 바뀔 무렵엔 여분의 에너지가 필요하다. 무메이에게 환경의 변화는 계절이 바뀌는 마디에만 있지 않다. 영원히 지속될 것 같은 숨 막히는 한여름, 서서히 습도가 올라가는가 하면 관자놀이부터 어깨 밑까지 흥건히 땀이 배고, 공기가 조금 건조해졌나 하면 속옷이 벗겨진 듯 갑자기 살갗이 으슬으슬 추워진다. 해가 구름 사이에서 나타나면 피부가 메말라 갈라지고, 소나기에 흠뻑 젖은 뒤에는 살가죽부터 뼛속까지 덜덜 떨린다. 공기만이 아니라 매일 입에 넣는 음식물도 모조리 무메이에게는 도전자다. 오렌지주스를 마셔서 위 내벽에 달려든 신 성분에 패배해 버리면 영양분은커녕 부담이 된다. 어제 갈아 먹은 당근 덕분에 위가 편안하다가도, 오늘은 콩의 식이 섬유와 싸우느라 열심히 위액을 분비해 보지만 결국 양이 부족해서 배는 점점 가스로 부푼다.

요시로는 무메이가 걱정되어서 그 아이 쪽만 바라보는 자기 턱을 왼손으로 잡고 다른 방향으로 돌린다. 연신 무메이만 쳐다보면 그 기분에 잠식되어 자기까지 식사를 도통 못 할 것 같았다. 그러면 누가 무메이를 보살피겠는가. 자기네 노인들은 지금의 어린이들과 정반대여서 절대 병에 걸리지 않는다고, 아무 생각 없이 아침부터 밤까지 활동할 수 있는 건강하고 신경이 굵은 전혀 다른 포유류라고, 스스로에게 끊임없이 암시한다.

무메이가 힘들이지 않고 먹을 만한 음식이 있을까, 하고 요시로는 늘 눈에 불을 켜고 신제품을 들여다보지만 출처를 알 수 없는 것뿐이라 사지 않으려 한다. 언제였나, 펭귄의 사체가 남아프리카 해안을 가득 메운 적이 있다. 그 무렵, 국제 해적단을 경영하는 회사가 그 사체를 말려 가루로 만든 다음 굳혀서 어린이용 고기 비스킷을 만들었다. 그 비스킷을 일본으로 밀수입해서 돈을 번 회사가 있다, 라는 기사가 신문에 실렸다. 요시로는 고기 비스킷을 볼 때마다 과거의 개 사료를 떠올리는데, 어린이가 충분한 단백질을 섭취하는 데 최적의 식품이라는 말을 들은 뒤로 꼭 고기 비스킷을 사 보고 싶었다. 남극에 살았던 펭귄의 고기라면 그리 오염되지 않았을지도 모른다. 하지만 대량으로 죽었다니 근처에서 유조선이 침몰했을 수도 있으므로 그 점은 걱정이 되었다.

국제 해적단에 입적한 일본 사람들은, 일본을 무단으로 떠난 사람들이라서 귀국할 권리가 없다. "귀국하기보다 여러 나라의 동료들과 함께 해적질을 하는 편이 돈도 벌 수 있고, 목숨도 안전하다."라는 어처구니없는 편지를 신문에 투고한 일본인마저 있었다. 요시로는 그 편지를 읽고 큰 소리로 웃었다. 신문에 그런 투고가 실리다니, 언론의 자유도 아직 따오기처럼 멸종하지 않았구나, 하고 생각했다.

해적 조직이므로 바이킹족의 전통을 자랑하는 노르웨이 사람이나 스웨덴 사람이 활약한다면 전혀 이상할 것 없지만 바다와 연이 없을 듯한 네팔 사람이나 스위스 사람도 활동한다고 한다. 일본 사람도 적잖이 가담하는 걸 보면 쇄국에 유전자는 따로 존재하지 않는다는 의미일 터다.

남아프리카 정부는 모든 해적과 단호히 싸우겠다는 입장이다. 요시로는 요전에 갔던 「상어의 장래와 어묵의 미래」라는 강연에서 국제 해적단의 이야기를 들었다. 강연 원고는 검열받지 않으므로 생생한 정보를 얻을 수 있다. 요시로는 걸어갈 수 있는, 10킬로미터 이내의 거리에서 강연이 열리면 반드시 방문한다. 강연장은 늘 사람으로 가득 붐볐다.

남아프리카와 인도는 지하자원을 폭력적인 속도로 채굴해 공산품으로 바꿔 팔던 국제 사업에서 일찍이 손을 떼고, 언어를 수출해 윤택한 경제를 누리고 있다. 그 밖의 것은 수입도, 수출도 하지 않는다는 방침을 취하고 있다. 남아프리카와 인도는 이른바 '간디 동맹'을 결성해서 전 세계적으로 인기를 끌고 있었다. 이 사이좋은 두 나라를 질투하는 나라도 몇 군데 있었다. 두 나라가 싸우는 건 축구할 때뿐으로 사람, 태양, 언어에 대해서는 늘 의견이 딱 들어맞았다. 남아프리카와 인도는 전문가들의 예측과 달리 경제적으로 더더욱 윤택해졌다. 일본 정부도 지하자원 수입, 공산품 수출까지는 똑같이 손을 뗐지만 마땅히 수출할 만한 언어가 없었으므로 거기서 막혀 버렸다. 정부는 오키나와 언어가 일본어에서 완전히 독립한 하나의 언어라는 논문을 어용 언어학자에게 청탁해서 중국에 싸게 팔아치울 계획이었다. 그러나 오키나와가 허락할 리 없다. 오키나와는, 만약 오키나와 언어를 팔아넘긴다면 앞으로 혼슈 지방에 과일을 절대로 출하하지 않으리라고 강하게 응수했다.

요시로는 아침이면 걱정거리가 한가득했지만 무메이는 아침이 돌아올 때마다 산뜻하고 즐거웠다. 무메이는 지금 옷이라고 불리는 요괴들과 싸우고 있다. 천은 못되지 않았지만 이쪽이 원하는 대로 쉬이 움직이지 않는다. 옷을 구기고 늘이고 접으면서 고투하는 동안, 뇌 속에선 주황색과 파란색과 은색의 종잇조각이 반짝반짝 빛난다. 잠옷을 벗으려 하지만 다리가 두 개여서 어느 쪽부터 벗을까, 생각하는 사이에 문어를 떠올린다. 어쩌면 자기 다리도 사실은 여덟 개인데, 네 개씩 두 뭉치로 묶여 있는지도 모른다. 그래서 오른쪽으로 움직이려고 하면 동시에 왼쪽으로도, 위쪽으로도 움직이고 싶어진다. 문어가 몸속에 도사리고 있다. 문어야, 나와라. 과감히 벗어 버렸다. 설마 다리를 벗어 던진 것은 아닐 테지. 아니, 제대로 잠옷을 벗은 것 같다. 자, 벗을 것은 벗었으니 이제 등교용 바지를 입어야 한다. 터널이 천으로 된 언덕을 꿰뚫고 나아간다. 다리는 기차다. 기차가 그 터널을 달려서 통과하려 한다. 또 언젠가 메이지 유신 박물관에 가서 증기 기관차 모형을 가지고 놀고 싶구나. 터널이 두 곳 있으니, 하나는 기차가 올라가는 입구이고 나머지 하나는 기차가 내려오는 출구. 그럴진대 오른발을 넣어도 왼발이 나오지 않는다. 무슨 상관이냐. 살구색 증기 기관차가 터널 속으로 들어간다. 쉬익, 쉬익, 폭, 포옥.

"무메이, 옷 다 입었냐."

증조할아버지의 목소리를 듣자 문어는 황급히 양말 속으로 숨고, 증기 기관차는 차고로 미끄러져 들어가고, 무메이만이 그 자리에 남았다. 옷 갈아입기라는 한 가지 일조차 아직 해내지 못한 것이다.

"나는 못난 놈이구나." 하고 무메이가 절절하게 말하자 요시로는 웃음을 뿜으며 "됐으니까 얼른 갈아입어라. 어서." 하고 말한 뒤, 몸을 구부려서 양손으로 등교용 바지를 들고 펼쳐 보였다.

"나, 얼마 전에 봤던 그 작업복 같은 옷 가지고 싶다."

"작업복이라고? 아, 멜빵바지! 옛날 사람들은 멜빵바지를 오버올이라고 불렀단다."

"멋지네요, 오버올."

"하지만 오버올이라는 단어는 외래어니까 쓰지 않는 편이 좋다."

무메이는 늘 그랬듯이 '쓰지 않는 편이 좋다.'라는 표현을 이해할 수 없다. 말을 안다는 것, 알아도 일부러 쓰지 않는 것, 쓰지 않아도 사람에게 가르치기는 하는 것, 쓰지 말라고 하면서 가르치는 것. 증조할아버지의 얼굴이 몇 겹으로 흔들려 보인다. 부르는 말이 없어도 옷은 계속 존재하는 것일까. 아니면 옷은 부르는 말과 함께 변신하거나 사라지곤 하는 것일까. 무메이는 지난주에 어린이 옷 전문점에서 "고무줄이 들어간 옷은 별로야. 허리 주위에 깔쭉깔쭉 자국이 남아서 가려워."라고 말한 뒤, 작업복같이 생긴 멜빵바지를 사 달라고 졸랐다. 하지만 학교에서 혼자 화장실에 갈 때 아주 불편하리라며 요시로는 사 주지 않았다. 언제인가 수도관을 수리하러 온 사람이 멜빵바지와 비슷한 옷을 입고 있었는데, 부러워서 잊지 못하겠는걸. 멜빵바지는 언지 못했다. 그러나 그날 밤 증조할아버지는 밤을 새워 특별 바지를 만들어 주었다.

"서두르지 않으면 늦는다."

증조할아버지의 말투다. 그다지 학교를 꺼리지 않는데도 옷을 갈아입으라 재촉하고, 정해진 시각에 반드시 등교해야 한다면 꺼려질 것 같다. 준비가 느린 건 내 탓이 아니다. 옷도, 신발도, 가방도 모두 제멋대로여서 협조적이지 않고, 시곗바늘은 자기만 생각하며 연신 앞으로 나아가 버린다. 학교 따위 가고 싶을 때 가면 충분하지 않을까. 학교가 좋은 건 놀 친구가 많다는 점인데, 공부할 때는 다른 아이들이 방해해서 썩 좋지 않다. 혼자서 공부하는 편이 훨씬 잘된다. 중요한 생각이 떠올라서 선생님께 말하려고 하면, 기어코 다른 아이가 큰 소리로 시시한 말을 떠들어 대며 방해한다. 뭔가를 생각하는데 뒤에서 머리카락을 잡아당길 때도 있고, 선생님이 재미있는 이야기를 시작하면 꼭 "오줌." 하고 말하는 아이가 있어서 흥을 깬다. 학교를 꺼리게 하는 점들을 생각하면, 집에 머물 수 있는 토요일이 매우 기다려진다. 앞으로 몇 번 대변을 봐야 학교가 없어질까. 증조할아버지는 "힘내라. 시원하게 대변을 보는 일은 세균과 싸울 힘이 있다는 말이니까."라고 말하며 매일 아침 나를 격려한다. 아직 화요일인가. 화요일은 불〔火〕과 관련 있는 날이니까, 요리 시간에 성냥을 사용하는 실험을 하다가 화상을 입을지도 모른다. 내일은 수요일. 수요일은 물〔水〕과 관련 있는 날이니까, 수영장에 빠질지도 모른다. 온수 수영장의 온도를 좀 더 올려 주면 고맙겠는데, 이 상태로는 너무 물이 차갑고, 꺅꺅 소리 지르고 싶고, 소리 지른 뒤에는 노곤노곤 피곤하고, 다리가 우동처럼 불어서 걷지 못한다. "힘들면 수영장 가장자리에 누워서 쉬어요." 하고 선생님은 친절하게 말씀하시지만 정말 모르시는 걸까, 수영장에도 밀물과 썰물이 있음을. 내가 누워 있으면 수영장의 파도는 점점 높아지고, 가장자리를 넘어 철렁철렁 얼굴에 닿는다. 곧이어 높은 파도가 밀려와서 나를 삼켜 버린다. 허우적허우적 머리를 위로 들고 산소를 마시려 하지만 손목과 발목이 죽죽 물속 바닥으로 끌려간다. 맞다! 좋은 생각이 났다. 원래의 문어 모습으로 돌아가자. 그러면 물 따위 무섭지 않을걸. 문어의 모습으로 수요일을 살아남고 목요일을 기다리자. 목요일은 나무(木)와 관련 있는 날이니까, 교정의 벚꽃나무가 쓰러져서 거기에 으깨질지도 몰라. 최근 나무는 겉으로 보면 건강한 듯하지만 사실은 병이 들어 기둥 속이 텅 비었다. 누가 가까이서 한숨만 쉬어도 쓰러진다. 그래서 "나무 옆에서 한숨 쉬지 마시오." 같은 푯말까지 세워져 있다. 아, 길가의 벚꽃나무가 멀리서부터 차례대로 고꾸라진다. 나는 달려서 도망친다. 달리기가 빨라서 가지 하나 닿지 않는다. 기분 좋구나, 있는 힘껏 달리는 것은. 금요일은 금색. 해는 눈이 한 개뿐이지만 혼자 있을 때 그 금빛 눈이 나를 노려보면 몸이 굳어서 움직일 수 없다. 그러므로 바깥에서 혼자 놀면 안 된다. 학교 뒤편의 벼랑이 무너져서 산사태가 일어나면 깔릴 테고, 아무도 도와주러 오지 않는다. 팔꿈치가 마비된다. 감각이 사라진 다리를 만지니 마치 다른 사람의 살덩이 같다.

"무메이, 이거 먹을 거냐."

증조할아버지가 가볍게 구워 준 호밀빵은 향기롭지만 씹기가 힘들다. 마른 곡식의 뾰족한 악의가 입속 점막을 한꺼번에 찔러 댄다. 피 맛이 난다. 수확하고, 탈곡하고, 가루로 만들고, 반죽해서 구워도 아직 이렇게 가시 돋친 반항을 이어 가는 것이다. 끈질긴 녀석이다. "구운 빵에서 피 맛이 나네." 하고 언젠가 말했더니 증조할아버지의 얼굴이 울상이 되어서 다시는 그런 말을 하지 않기로 했다. 증조할아버지는 눈썹이 진하고 턱이 각져서 강하게 보이지만 사실은 아주 쉽게 상처 입고, 바로 눈물짓는 사람이다. 왜인지 나를 불쌍히 여긴다.

그건 그렇고, 어떻게 노인들은 저토록 딱딱한 빵을 아무렇지도 않게 씹을 수 있을까. 옛날 사람들은 이가 튼튼했으므로 '딱딱하게 구운 전병'이라는 돌 같은 음식을 굳이 만들어서 아드득아드득 먹었다고 한다. 증조할아버지가 나를 웃기려고 돌같이 딱딱한 전병을 먹는 양 시늉한 적이 있다. 실제의 전병을 사서 직접 보여 줬으면 더 재미있었을 텐데, 이제 그런 과자는 팔지 않는다고 한다. 입을 크게 벌리고 전병을 넣은 뒤 입 밖으로 튀어나온 부분을 손으로 내리누르면 "가가린"[37] 하는 소리가 나면서 달처럼 둥그런 전병이 쪼개진단다. 그리고 혀를 잘 놀려서 입안에 남은 과자 조각을 맷돌 같은 어금니 쪽으로 가져가고 천천히 씹으며 부숴 먹는다. 벽이 얇은 아파트에서는 옆집 사람이 전병을 먹는 소리마저 들렸을지 모른다. 전병만이 아니다. 볶은 아몬드를 깨물어 먹거나 말린 고기를 뜯어 먹었던 옛날 사람들은 분명 다람쥐와 사자가 한 몸인 생물이었으리라. 나와 증조할아버지는 어쩌면 동물도감의 같은 페이지에 실리지 않을지도 모른다.

옛날 사람들은 새 내장이나 알을 밴 민물고기를 꼬챙이에 꽂아서 직접 불로 구워 먹기도 했던 모양이다. 도무지 실화 같지 않지만 증조할아버지를 보면 진짜일지도 모른다는 느낌이 든다. 증조할아버지 같은 사람들의 몸은 우리 몸과 정말 다르

---

37) 유리 가가린(Юрий Алексе́евич Гага́рин, 1934~1968)은 인류 최초로 우주를 탐사한 러시아의 우주 비행사다.

다. 증조할아버지는 딱딱한 음식을 먹을 줄 알 뿐 아니라, 먹는 양도 어마어마하다. 너무 많이 먹어서 에너지가 남아돈다. 그래서 아침에 일어나면 딱히 볼일도 없는데 바깥을 뛰어 돌아다니며 여분의 체력을 소모한다. 우리에겐 여분의 힘 따위 전혀 없다. 옷 갈아입는 데 체력을 지나치게 소비하면 이미 그걸로 학교에 걸어갈 힘을 잃고, 증조할아버지의 자전거 뒷자리에 앉아야 한다. 처음부터 자전거를 타면 창피하니까 집을 나와서 몇십 걸음 정도는 스스로 걸어가려고 하는데, 그나마 금방 다리가 무거워져서 좀체 걷지 못한다.

"무메이, 아직 옷 다 안 갈아입었냐. 학교 늦는다." 하고 말하면서 증조할아버지가 다가온다. 엄하게 말하려 하지만 조금도 무섭지 않다.

무메이의 목덜미에서 올라오는 어린이의 달콤한 냄새를 요시로는 깊게 들이마셨다. 이 냄새다. 딸 아마나가 아직 아기였을 때 안아 올리면 얼굴 가까이에서 이 냄새가 났다. 그때는 여자아이의 냄새라고 멋대로 생각했는데, 무메이 역시 그러한 냄새를 진하게 발산한다. 아마나가 어른이 돼서 도모를 낳았을 때, 그리고 그 아이가 어느 날 양말을 신겨 달라고 부탁하여 포장지로 사과를 싸듯이 양말을 신겨 줬을 때 보았던 격하게 사랑스러운 어린아이의 작은 발 또한 여전히 기억 속에 남아 있다. 하지만 도모는 무메이처럼 좋은 냄새를 풍기진 않았다. 어린 도모의 몸이 발산하는 냄새에는 이미 진흙과 땀이 배어 있었다. 도모는 초등학교에 입학할 무렵부터 양말 따위 무시하고 맨발로 운동화를 꺾어 신었다. 그러고는 "다녀오겠습니다."라는 말도 없이 멋대로 밖을 싸돌아다녔다. 침착하지도 않고 배려심도 없는 아이였지만 체력은 있었다.

무메이가 태어나고 도모가 돌아왔을 때, 요시로는 "제 아이인데 귀엽지도 않으냐?" 하고 문득 진부한 대사를 내뱉었다. 그러자 도모는 그 자리에서 대단한 기세로 "내 아이인지 아닌지 어떻게 알아요?" 하고 대꾸했다. 요시로는 흠칫했다. 싸우자고 덤비는 말싸움에서 진실을 구해 봤자 소용없다고 생각한 요시로는 도모의 말을 바로 망각의 난로에 던져 버렸다. 꽤 시간이 지난 뒤, 그 재 속에서 속삭임이 들려왔다. 무메이의 아버지가 정말로 도모인지 아닌지, 도모 스스로도 자신할 수 없다는 소리였다.

무메이의 어머니는 원앙도 펭귄도 아니었다. 정절이라는 한자를 쓰지 못하고, 허리가 가볍고, 바람피우기가 일상이지만 비난을 받아도 나 몰라라 하는, 죄의식도 없고 술고래처럼 진탕 마시기만 하는 여자였다. 벌써 재가 돼 버렸으니 무메이의 아버지가 누구인지 물어보고 싶어도 물을 수 없다. 설령 살아 있다고 한들 어쩌면 본인도 기억나지 않을지 모른다.

요시로는 자신과 무메이가 혹시 혈연이 아닐지도 모르니 머리카락을 가지고 유전자 검사를 받아 볼까, 생각한 적도 있었다. 그런데 다다미에 떨어진 무메이의 머리카락을 손가락으로 집어서 멍하니 바라보는 동안, 웃음이 터져 나왔다. 누구도 유전자의 냄새를 맡을 수 없다. 하지만 무메이가 늘 발산하는, 유아의 달콤한 냄새를 요시로는 분명히 맡을 수 있다. 그것이 가장 분명한 메시지다. 만약 무메이의 어머니도 아버지도 이 냄새에 취할 수 없다면, 대자연이 직접 요시로를 무메이의 양육자로 선택했다고 믿어도 좋지 않겠는가.

　옆집에서 푸른 하늘로 빨려 들어갈 것 같은 여자아이의 노랫소리가 들려왔다.
"잠자리야, 잠자리야, 어디 있니."
　맑고 고운 목소리가 부르는 '잠자리'의 '잠'이라는 단어가 요시로의 두개골 속에서 울렸다. 저 어린 목소리의 주인은 자기 눈으로 잠자리를 본 적이 있을까. 아마 없겠지. 잠자리를 마지막으로 본 게 언제인지 요시로는 떠오르지 않는다. 실제로 보이지는 않지만 여자아이가 부르는 노래 속엔 틀림없이 잠자리가 있었다. 반투명한 날개와 마디가 있는 가느다란 몸통이 똑바로 훌쩍 날아가다가 갑자기 허공에서 정지하더니 전혀 다른 방향으로 또 훌쩍 날아간다. 정말 순간이지만 허공에서 멈출 수 있다는 점이 신기하다. 단 한 번이라도 좋으니 무메이에게 잠자리를 보여 주고 싶다고, 요시로는 생각한다.
　가설 주택은 벽이 얇아서 여자아이의 노랫소리가 분명하게 들렸다. 한차례 노래가 끝나더니 "이제 학교에 가야지."라고 말하는 성인 여성의 목소리가 들린다. 옆집에 사는 여자아이와 그 아이를 돌보는 아주머니하고는 집 앞길에서 등교할 때 마주친 적이 있다. 여자아이는 새하얀 우주복 같은 옷을 입어서 얼굴이 보이지 않는다. 그 옷이 태양 에너지로 움직이는 근육복임을 짐작했지만 무메이가 "아름다운 옷이다!" 하고 말했을 때는 그런 시각도 있겠구나, 확실히 그 옷은 우주복을 연상시킬 뿐 아니라 아름답다는 말에 부합하는 무언가를 지녔다, 라고 요시로 역시 생각했다. 그것은 아직 도래하지 않은 시대의 아름다움일지도 몰랐다. 요시로는 옛날 여자들이 잘록한 허리나 큰 가슴을 강조하고, 목덜미나 허벅지 살을 의식적으로 내보이곤 했음을 떠올렸다. 그때에 비하면 하얀 구름 덩어리처럼 움직이는 여자아이는 '섹시'가 아니라 '그윽함'이라는 말에 어울렸다.

여자아이와 무메이는 등교 시간이 거의 비슷하지만, 여자아이는 따로 선발된 학생들만이 다니는 어느 연구소의 부설 초등학교에 다녔다. 그곳에서는 특수한 능력을 가진 아이들이 전문 교육을 받는다고 한다.

여자아이를 돌보는 성인 여성은 잡담을 하지 않는 사람이라서 가볍게 인사만 하고 얼굴을 돌린다. 옛날의 요시로라면 오늘은 춥다, 따뜻하다, 비가 올 것 같다, 하며 날씨 이야기를 기어코 꺼냈으리라. 그렇게 대화의 서두를 찾곤 했는데 언제부터인가 날씨 이야기를 하기가 곤란해졌다. 추위와 더위가 섞여 버려서, 이를테면 건조한 습기가 피부를 괴롭힌다. 마치 사람의 말을 비웃듯이, "갑자기 따뜻해졌네요." 하고 말하면 한기가 돌고 "오늘 아침은 쌀쌀하네요."라고 말을 하는 순간 이마에 땀이 맺힌다.

"모두 날씨 이야기만 하지만 나는 혁명 이야기를 한다."라고 말했던 어느 위인의 명언을 비꽈서 "아무도 날씨 이야기를 하지 않게 됐고 아무도 혁명 이야기를 하지 않게 됐다."라고 쓴 예술 포스터가 지난달 초등학교 벽에 붙었다. 하지만 그다음 날, 누군가의 손에 뜯겨 버렸다.

추위와 더위뿐 아니라 어둠과 밝음의 대립도 모호해졌다. 어두운 날인 것 같아도 회색빛 하늘을 가만히 노려보면 마치 전구처럼 하늘 안쪽에서 빛이 번지고, 이윽고 눈이 부셔서 시선을 돌리고 만다. 바람이 강한 것 같아서 눈을 가늘게 뜨면 공기가 얼어붙은 채 움직이지 않는다. 날이 어두워질수록 지붕들의 윤곽은 또렷해진다. 집 안이 어두워서 신문을 읽을 수 없는 까닭에 불을 켜면, 신문 지면만이 빛을 삼켜 먹고 글자는 어둠 속으로 녹아 없어진다. 불을 끄고 자려고 하면 달이 너무 밝아서 도무지 잠들 수 없다. 이렇게나 밝은 달이 있나, 하고 이상하게 여기며 창문을 열면 달은 떠 있지 않다. 길거리에 떨어진 연필심만이 빛나 보일 뿐이다. 가로등도, 집들의 불빛도 모두 사라져서 마침내 밤이 밤임을 인정하라고 주장하는 듯도 하다. 그러나 밤이 가장 깊어진 듯 보이는 때는, 동시에 새벽이 눈을 뜨는 시점이기도 하니, 무슨 연유일까.

무메이가 신발을 신는 동안 요시로는 여자아이의 노랫소리에 이끌려, 남쪽을 돌아 옆집 부지로 들어갔다. 가설 주택에는 담도 울타리도 없다. 요시로는 목을 길게 빼고 집 안을 들여다봤지만 장롱과 책상만이 정자세로 가만히 있을 뿐 인기척은 없었다. 창가에는 10센티미터 정도 높이의 빈 병이 열 개 늘어섰고, 각 병마다 작은 꽃이 꽂혔다. 보라색 방울, 노란 항아리, 빨간 불꽃, 하얀 유희, 주홍색 반점. 무메이도 분명 이

줄지어 선 색깔들을 좋아할 터다. 따라서 나도 창가를 꽃으로 장식하여 무메이를 기쁘게 해 줘야지, 하고 요시로는 생각했다. 그러는 사이, 등 뒤에서 "안녕하세요." 하는 소리가 들렸다. 깜짝 놀라 뒤돌아보니 옆집 여성이 흰머리를 하나로 꽉 묶고, 몸을 빨간 비단 원피스로 감싼 채 휠체어를 밀며 다가오고 있었다. 휠체어에는 늘 우주복 같은 옷을 입던 여자아이가 오늘은 하얀 원피스 차림으로 미소 짓고 있었다. 검게 빛나는 눈동자가 햇빛을 받는 각도에 따라 검은색에서 푸른색으로 변한다. 눈과 눈 사이가 꽤 멀다. 그래서인지 바라보고 있으면 어지럽다. 무메이가 이 여자아이와 이야기를 나누었으면.

"실례합니다. 꽃을 보고 있었어요. 멋지네요. 괜찮으시다면 우리 무메이도 만나 보시지 않겠어요?"

그렇게 말하며 요시로가 뒤돌아서 슬슬 걸어가자, 두 사람 역시 각자 고개를 끄덕이며 따라왔다. 무메이는 쭈그려 앉아서 자전거 페달을 손으로 천천히 돌리고 있었다.

"무메이, 옆집 분들께 인사해라. 실례지만 이름이?" 하고 요시로가 여자아이의 얼굴을 들여다보며 물으니, 여자아이는 "스이렌입니다."라고 대답한 뒤 무메이를 향해 한 번 고개를 끄덕였다. 몸짓에서 여유가 느껴지는 까닭에 무메이와 같은 나이인데도 훨씬 성숙해 보였다. 무메이는 앞으로 고꾸라질 듯이 걸으며 휠체어 쪽으로 다가갔다.

"증손자 무메이입니다. 잘 부탁해요."

요시로는 그렇게 말하며 무메이가 스스로 소개하는 편이 좋았을까, 후회하고 있는데 무메이가 요시로를 가리키더니

"이 사람은 요시로입니다. 잘 부탁해요." 하고 소개했다. 옆집 여성은 단정한 발음으로 "저는 네모토라고 합니다." 하고 자기 소개를 했다. 스이렌과 혈연관계인지 어떤지는 여전히 알 수 없었다. 무메이는 스이렌의 얼굴에서 눈을 떼지 않았다. 부끄러운 기색은 전혀 없이 파고들듯이 스이렌의 얼굴을 쳐다보았고, 스이렌이 응수하며 마주 보아도 동요하지 않았다. 옆에서 두 사람을 지켜보던 요시로가 왠지 창피해져서 "이제 학교에 가야지, 늦겠다." 라고 말하며 무메이의 손을 끌고 집 안으로 돌아왔다. 자전거의 기름때가 묻은 무메이의 손을 요시로는 소독제에 적신 손수건으로 깨끗이 닦아 주었다.

무메이는 무릎 안쪽으로 굽은 새 같은 다리를 한 걸음씩 바깥으로 펴듯이 걷는다. 두 팔로 커다란 원을 그리면서 균형을 잡고, 어깨에 대각선으로 멘 가벼운 가방을 가는 허리에 탁탁 부딪치며 걷는다. 요시로는 자전거를 밀면서 무메이 바로 옆에서 걷는다. 일부러 느리게 걷는 것을 알아채지 못하도록 신경 쓰면서, 이보다 더는 느리게 걸을 수 없을 정도로 느리게 걷는다. 무메이는 요시로가 일부러 느리게 걷는 줄 알면서도 모르는 척한다.

무메이가 멈춰 서자 요시로도 선다. 잠시 후 무메이가 또다시 걷기 시작한다. 하지만 십 초 정도 걷다가 또다시 멈춘다. 한 걸음 한 걸음이 노동이다.

무메이는 겉으로 보이지 않게 매일 근육을 기른다. 자랑하듯 밖으로 울퉁불퉁 발달한 근육이 아니라, 무메이만이 할 수 있는 방식으로 걷는 데 필요한 힘을 몸속에 그물처럼 치는 것이다. 어쩌면 두 다리로 땅을 걷는 인간의 이동 방식은 최선이 아닐지도 모른다고, 요시로는 생각한다. 인간이 자동차를 포기 했듯이 언젠가는 두 다리로 걷는 것마저 그만두고 지금과 전혀 다른 방식으로 이동할지도 모른다. 모두가 문어처럼 땅을 기어다니기 시작한다면 무메이는 올림픽에 나갈지도 모른다.

요시로는 밑도 끝도 없는 공상을 관두고 자전거를 세운 뒤 튼튼한 받침대를 내려 고정한다. 그러고는 "잘 걸었구나. 오늘은 어제보다 오래 걸었다."라고 말하며, 무메이의 겨드랑이에 두 손을 넣어 들어 올린다. 그다음엔 항상 그렇듯이 그 가벼운 몸에 가슴이 저릿함을 느끼며 자전거 뒷좌석, 무메이의 왕좌에 살며시 앉혔다. 부드러운 방석, 머리 뒤쪽까지 받쳐 주는 높은 등받이, 팔걸이, 발 받침대, 종아리 보호대, 녹색 안전 벨트 등이 설치된 특별 왕좌다. 요시로는 자전거 페달을 힘껏 밟았다.

교문 앞은 아침 시장처럼 활기찼다. 자전거에서 내려오자 무메이는 요시로 쪽을 뒤돌아보지도 않고 곧장 학교를 향해 똑바로 걸어가기 시작했다. 보호자가 교실까지 따라가도 상관 없지만 요시로는 늘 그랬듯이 무메이의 뒷모습을 삼 초 정도 더 지켜보다가 내쫓기듯이 그 자리를 떠난다.

학교에 들어선 무메이는 신발을 벗어서 가지런히 모은 뒤 신발장에 넣었다. 이 학교에는 실내화가 없다. 무명 양말을 신고 복도의 차가운 마룻바닥을 걸어가면 다다미가 깔린 교실이 나타난다. 교실 구석에 쌓인 나무 상자는 필요할 땐 책상이 된다. 의자는 없다. 무메이는 교실에 들어가자마자 처음으로 눈에 들어온 친구에게 강아지처럼 장난을 쳤다. 다다미 위에서 느슨하게 싸움을 하며 노는 아이들도 있었지만 대개 여자아이들이었다. 서툴게 넘어지는 아이는 한 명도 없다. 모두 허리를 낮게 숙이고, 누군가가 밀어서 넘어지면 공벌레처럼 몸을 동그랗게 만다. 처음에는 다치지 않을까 걱정하던 예민한 보호자들조차 차츰 이 아이들이 쉽게 다치지 않음을 깨달았다.

요나타니는 목을 죄는 것 같은 더위를 느끼며 목에 감은 하늘색 비단 스카프를 풀었다. 그대로 두면 잃어버릴 것 같아서 일단 왼쪽 손목에 돌돌 말아 묶었다. 부상병이 감은 붕대 같구나, 하고 생각했다. 그때 마룻바닥에 앉아 이쪽을 올려다보던 무메이와 눈이 마주쳤다. 요나타니의 팔에 감긴 스카프를 무메이는 신기한 듯이 쳐다본다.

"선생님, 왜 스카프를 벗었어요?"

"더워서 그랬단다."

"더워요?"

"그래. 갑자기 더울 때도 있고 추울 때도 있고 그래. 일종의 갱년기 장애랄까."

"갱년기 장애가 뭔데요?"

"몸의 변화지. 음악도 장조에서 단조로 변하곤 하잖니."

옛날 남성들에겐 갱년기 장애가 거의 없었다고 하는데, 최근에는 쉼 없이 일하느라 중증 갱년기 장애를 앓는 남성이 많아졌다. 오늘 아침 요나타니는 신문의 사회면 기사를 읽고 갑자기 손발이 차가워져서 오한이 났다. 양말을 신고 재킷을 입고 커피를 마시고 있으니, 이제는 목부터 몸이 달아오르고 이마에서 땀이 흘러내려 다급히 재킷을 벗었다. 주전자처럼 끓기 시작한 머리를 식히기 위해 얇게 차려입고 출근했다. 학교에 들어서니 까불며 노는 아이들의 비명 소리가 귀로 날아든다. 머리로는 아이들이 즐겁게 놀고 있음을 이해하면서도 심장 박동이 격해진다. 십 년 전에는 자기 심장 박동에 아무 신경도 쓰지 않았다.

요나타니는 교사에 막 부임했을 때처럼, 어린이란 모름지기 계속 지켜봐야 다치지 않는다고 생각하지는 않는다. 지금 쓰러질 듯이 걷는 무메이도 무게 중심을 정확히 아래로 옮기고 두 손을 앞으로 뻗어 야스카와마루의 등을 덮친다. 학 같은 소리로 경고한 뒤에 등지고 앉은 야스카와마루가 천천히 고개를 돌려 뒤돌아볼 시간만큼만 딱 기다린다. 그런 의미에서 이 동작은 싸움이라기보다 정밀하게 계산된 안무처럼 보였다.

요나타니는 몇 걸음 뒤로 물러나 꼼짝 않고 서서 장난치며 노는 아이들을 내려다보았다. 잠시 뒤에 굳이 불필요하게 "조심해." 하고 말하는 자신의 등뼈를 느끼고 황급히 등을 구부린다. 그러고는 그 자리에 쭈그리고 앉아, 낮은 눈높이에서 교실을 둘러보았다. 요나타니가 젊었을 때는 남성이라면 무릇 키가 커야 한다는 선입견이 아직 사회에 남아 있었다. 분명 영화나 잡지를 통해 외국에서 유입된 사고방식이었다. 헤이세이가 종지부를 찍고 사회는 언덕에서 굴러떨어지듯이 점점 빠른 속도로 변화했다. 무너진 묘지의 흙 속에서 덴포[38]와 덴메

---

38) 1831년에서 1845년까지를 가리키는 연호. 덴메이 대기근과 함께 에도

이[39] 시절의 기억이 되살아나자 키 큰 남성은 이제 기뻐할 수 없었다. 식량이 부족하면 키 큰 남성부터 차례대로 쇠약해지고, 죽어 갔기 때문이다.

요나타니는 학급에서 어느 아이의 키가 가장 큰지 생각해 본 적조차 없다. 키를 측정하던 의식은 사라졌다. 아이들은 천이나 끈이 아니므로 일직선으로 길이를 재는 것은 비인간적이다, 라고 말한 교사가 있었다. 요나타니도 그 말을 들으면서 '과연 그렇군.' 하고 생각했다. 아이들은 각자 좋을 대로 구불구불해도 된다. 자유롭게 놀면서 자신에게 필요한 종류의 체력만 다지면 되는 것이다.

요나타니가 어렸을 적엔 스포츠라는 시나리오가 없으면 몸을 움직일 일 없는 아이가 많았다. 요나타니도 다섯 살 무렵 지역 소년 야구단에 들어갔고, 중학생 때는 축구부에서 활약했으며, 고등학생 시절엔 농구부에 가입했다. 일주일에 팔 일을 연습했다. 이 이야기를 학급 아이들에게 했더니 "일주일은 칠 일밖에 안 되는데요." 하고 아이들이 깔깔대며 웃었다. 그런데 당시의 코치는 "일주일은 팔 일이라고 생각해라." 하고 입버릇처럼 말했다. 일요일에는 식사를 두 배의 속도로 먹고, 숙제를 두 배의 속도로 끝내고, 오전과 오후에 연습을 하며 하루 동안에 이틀분을 살도록 유념했다. 고등학교 2학년 1학기 초, 벚꽃이 활짝 피었던 어느 날 아침, 돌연 일어날 수 없었고

3대 기근이 발생한 시대다.

39) 1781년에서 1789년까지를 가리키는 연호. 대기근이 발생한 시대로 유명하다.

양말을 신을 기력마저 없어서 서클을 그만뒀다.

　요나타니는 공을 쫓으며 친구와 함께 매일 몸을 움직였는데, 친구의 몸에 닿거나 친구가 자기 몸에 닿아도 가슴이 두근거린 추억은 없다. 주변 친구들뿐 아니라 자기 모습도 애니메이션 등장인물처럼 2차원 세계에서 움직이는 듯 보였으므로 절대 만질 수 없으리라는 느낌이 들었다. 관능적 추억이라면 야구 글러브에 손을 넣을 때마다 살과 가죽이 닿던 감촉. 그 느낌이 살며시 가슴을 뛰게 했기에 가만히 코를 대고 달콤한 가죽 냄새를 들이마셨던 정도다. 어느 날 책상 위에 아무렇게 올려진, 미치루라는 별명으로 불리던 친구의 손에 잘못하여 자기 손을 올린 적이 있다. 확 손을 뺐는데도 그 미지근한 살의 감촉에 놀랐던 기억이 여태 생생하다. 그때 이후로 미치루가 신경 쓰여서 교실의 일상 풍경이 흑백으로 보여도 미치루의 몸만큼은 늘 색깔을 띠었다. 그뿐 아니라 미치루가 입으로 말하는 이름, 미치루가 쓴 글씨, 미치루가 쉬는 시간에 하는 행동마저 신경 쓰이기 시작했다. 아무래도 사람의 몸에 닿으면 오직 그것만으로도 마음의 열쇠를 빼앗기는 듯하다.

　요나타니는 요즘 아이들을 관찰하고 있으면 자기 세대보다 훨씬 진화했음을 강하게 느낀다. 어린 사자가 서로 장난치며 거대한 사바나 초원에서 살아갈 수 있는 몸을 만들듯이 어린이들도 서로 몸을 만지면서 지구를 공부한다. 만약 1교시 수업에 이름을 붙인다면 '즉흥 장난'이라 해야 할까. 담임 선생의 과제는 아이들을 주의 깊게 관찰하는 것이라고, 요나타니는 생각했다. 감시가 아니라 관찰이다.

무메이는 한 무리의 앉아 있는 남자아이들 세 명에게 덮치듯이 동시에 달려들어, 자신이 개발한 문어 무술 솜씨를 유감없이 보여 주었다. 하지만 머지않아 숨이 차서 자신이 만든 '준비 중'이라는 팻말을 목에 걸고 교실 구석에 틀어박혔다. 혼자서 쉬고 싶은데 학급 아이들에게 방해받지 않으려면 어떻게 해야 할까, 고심한 끝에 만든 팻말이었다. 마침 그때 메밀국숫집 입구에 걸려 있던 팻말을 참고했다. 가로가 다가와서 알랑거리듯 고개를 갸우뚱하며 "그거, 어떻게 읽어?" 하고 물었다. 어제 가르쳐 줬는데 오늘 또 똑같은 것을 묻는다. 무메이가 조금 불쾌해서 "어제 가르쳐 줬잖아." 하고 쌀쌀맞게 대답하자 가로는 "어제 일 따위 벌써 잊어버렸지." 하고 대꾸하고는 부끄러워하지도 않는다. '전날 배운 한자를 까먹다니 있을 수 없는 일이야, 가로는 나를 놀리고 있구나.'라고 생각한 무메이는 발끈해서 "비웃지 마." 하고 조금 목소리를 높였다. 그랬더니 갑자기 사이렌 같은 울음소리가 울려 퍼졌다. 가로가 울고 있음을 알아챈 순간, 무메이는 보이지 않는 손에 뺨을 맞은 듯했다. 그리하여 사람은 제각각 뇌의 움직임이 다르구나, 하고 번개처럼 이해했다.

"미안, 미안. 이건 '준비 중'이라고 읽어. 아직 준비가 되지 않았으니까 가게에 들어오지 말아 주세요, 하는 뜻이야."라고 전날과 똑같은 대답을 되풀이했다. 어제는 이 설명을 듣고 고개를 끄덕이던 가로가 오늘은 "준비 중'이라니 이상해. 메밀국숫집도 아니고." 하며 추궁한다. 그렇구나, 같은 질문을 되풀이

해서 같은 대답을 얻더라도 매번 다른 반응을 보이며 조금씩 말꼬리를 잡고 늘어지는 전략이구나. 또 여자아이들은 행동하는 방식이 상당히 다르구나. 하지만 여자아이라고 해서 모두가 로 같지는 않을 테지. "여자아이는 이렇고 남자아이는 저렇다, 하는 식의 이야기는 믿지 말아야 한다."라고 증조할아버지는 늘 말한다. 여자아이도 제각각이다. 무메이는 옆집 아이를 떠올린다. 눈과 눈 사이가 멀어서 아주 신기한 얼굴이었다. 빨리 집에 돌아가서 한 번 더 그 아이의 얼굴을 보고 싶다. 그때 야스카와마루가 큰 소리로 외쳤다.

"선생님! 화장실 가고 싶어요."

"나도."

"나도."

무메이는 자기 방광을 의식해 봤지만 굳이 화장실에 갈 필요는 없었다. 그래도 교실 밖으로 나가는 아이들의 머리칼이 한꺼번에 부드러이 나부끼는 모습을 보자 그쪽으로 이끌려 갔다.

그러고 보니 증조할아버지가 언젠가 웃으면서 가르쳐 주었다. '텐션'은 외래어이니 "텐션 높네." 같은 말을 쓰는 친구가 있더라도 따라 쓰지 않는 편이 좋다고 말이다. 그 대신 '쓰레숀'[40]이라는 말은 모든 국수주의자가 인정하는 틀림없이 훌륭한 일본어이니, 많이 쓰라고 충고했다. 친구와 같이 소변을 발산하면 기세도 좋고, 마음을 터놓고 이야기 나눌 수 있는 좋은 기회가 되리라고 일러 주었다.

---

40) つれしょん. 함께 소변을 봄.

증조할아버지는 죽은말, 더는 쓰지 않는 말을 모두 머릿속에 넣고 있다. 사용하지 않는 식기나 장난감은 바로 처리하자고 말하는 증조할아버지조차, 쓰지 않는 말만큼은 뇌 속 서랍에 가득 넣어 두고 버리려 하지 않는다.

여자와 남자가 각각 다른 학교에 다니던 시대가 있었다는 이야기를, 예전에 들은 적이 있다. 그 뒤에 학교는 여남 공학이 됐는데 화장실은 '토이레'[41]로 불리게 됐고, 토이레와 체육 수업만이 여남 유별인 어중간한 시대가 도래했다. 이윽고 체육 수업마저 여남 공학이 됐으나 '토이레'만은 여남 유별인 시대가 왔다고 한다. 마침내 그런 시대가 끝난 까닭은, 여자라느니 남자라느니 하는 성별 구분이 모호해졌기 때문이다.

'토이레'의 '이레'가 '이레루'[42]의 '이레'로 들려서, 무메이는 배설물을 내놓는 장소인데 넣는다고 말하니 모순이라고 느꼈다. 하지만 '토이레'는 영어에서 온 듯하므로 '이레루'하고는 아무 관계가 없을지도 모른다.

무메이의 학교 화장실은 여남 공용으로, 빨간색, 노란색, 파란색, 초록색 등 선명한 색채가 난무하는 즐거운 공간이다. 연꽃 위에 앉아서 차분히 대변을 보고, 벽화 화단에 핀 국화에 소변을 볼 수도 있다. 옛날 화장실은 놀이터가 아니라, 한시바삐 용무를 마치고 떠나야 하는 장소였다고 한다. 화장실에 오

---

41) 일본어에서 화장실을 뜻하는 '토이렛토(toilet)'의 준말.
42) 入れる. 넣다.

래 머무는 사람은 뭔가 남몰래 나쁜 짓을 한다고 의심받았다. 아마 가급적 세균과 접촉하지 않으려 하는 생각도 있었을 텐데, 언제부터인가 누구도 대장균을 그렇게까지 무서워하지 않게 됐다. 몸은 대장균과 싸우는 기술을 알고 있다. 대장균보다 훨씬 무서운 것이 오늘날의 생활 환경 속에 있다고, 요나타니 선생은 입버릇처럼 말했다.

무메이는 옆에 서서 바지와 격투를 벌이는 야나기에게 "말레이반도야." 하고 말했다.

"뭐가?" 하고 야나기는 귀찮은 듯이 웃으면서 옷과 싸움을 이어 갔다.

"네가 지금 내보내는 것." 하고 말하며 무메이는 쿡쿡 웃었다. 무메이의 이마 속에는 세계 지도가 붙어 있어서 눈앞에 보이는 것이 먼 나라의 반도나 산맥처럼 보일 때가 있다. 야나기는 말레이반도라는 말을 듣고 도대체 무슨 영문인지 도통 모르는 듯했다.

요시로가 만들어 준 특별 바지 앞에는 지퍼도 단추도 달리지 않았다. 좌우에 덧댄 두 겹의 천이 솜씨 좋게 앞을 가렸다. 요시로는 팔십 대에 재봉을 배우기 시작했는데, 상당히 열의를 가지고 임했으므로 바로 능숙해졌다. 심지어 무메이가 창피해할 만큼 옷깃과 소매에 공들일 때도 있다. 누가 눈치채지 않으면 하지만, 류고로가 재빨리 발견하고는 "멋진데? 보여 줘." 하고 큰 소리로 떠드는 바람에, 주위 아이들의 시선이 집중됐다. 류고로는 옷을 만드는 예술가가 되고 싶다고 말한다. 옛날 사람들은 그런 일을 하는 사람을 가리켜 '디자이너'라고 부르며 동경했던 듯하다. 류고로는 부자가 되고 싶은 것도, 유명인이 되고 싶은 것도 아니다. 그저 꿈속에서 본 특이한 옷을 실제로 만들어서 사람들에게 입히고 싶은 것 같았다. "입기만 해도 매미가 되는 신사복, 입어 보고 싶지 않아?" 하고 무메이에게 물어본 적도 있다. "소매를 흔들기만 해도 매미 울음소리가 난다니까?" 무메이는 왠지 무서워서 거절했다. "주머니가 100개 달린 바지, 입어 보고 싶지 않아?" 하고 권유하기도 했다. 그렇게 많은 주머니 속에 무엇을 넣느냐고 물으니 연필, 지우개, 사탕, 유리구슬, 차표, 약 따위를 가나다순으로 각각의 주머니에 넣는단다.

그때 이번 달 화장실 청소 당번을 맡은 신사 세 명이 들어왔다. 청개구리 색깔의 액체가 담긴 시험관을 들여다보며 즐거운 듯이 의논하고 있다. 한 사람은 대학교 화학과의 선생이고, 또 한 사람은 대형 제약 회사에서 근무한 적 있는 사람이며, 나머지 한 사람은 자신의 과거를 말하지 않는 사람이다. 무메이를 비롯해 다른 아이들은 화장실을 청소할 만한 체력이 없으므로, 젊은 노인 엘리트들이 자원봉사로 초등학교 화장실을 청소해 준다. 청소만으로는 부족한지 새로운 청소 도구나 소독제를 자체적으로 개발해서 매번 기부하기도 한다. 무메이는 이 사람들을 마주칠 때마다 늘 배설물을 보인 양 창피해져서 도망치듯이 그 자리를 떴다.

언제인가 야나기가 화장실에서 나왔을 때 이 삼인조 엘리트와 딱 마주친 적이 있다. 야나기는 굳은 얼굴로 "수고하셨습니다." 하고 인사한 뒤 머리를 깊게 숙였다. 조금 떨어진 곳에서 그 모습을 본 무메이는 '야나기는 어디서 저런 말을 배웠지? 굉장한데?' 하고 감탄했다. 수업 시간에 인사법에 관한 이야기를 나눌 때 손을 들어 그때 본 모습을 발표했다. 요나타니 선생은 민망하다는 듯이 "'수고하셨습니다.'라는 말은 고용주가 일하는 사람한테 쓰는 말이야. 네가 그 사람들을 고용하지는 않았잖니." 하고 말했다. 그 말을 들은 야나기는 귓불까지 새빨개져서 "그럼 뭐라고 말해요." 하고 물었다.

"'미안합니다.' 하고 말하는 거야." 하고 가마가 당당하게 말했다. 선생님은 가마의 어깨에 손을 살짝 올리고 말했다.

"'미안합니다.'는 사과할 때 쓰는 말이야, 옛날에는 고마움을 표시하는 데 이 말을 쓰기도 했지만. 너희는 나쁜 짓을 하지 않았으니 사과하면 안 된다."

"하지만 폐 끼치고 있잖아요."

"'폐'는 이제 죽은말이야. 잘 기억하렴. 옛날에 문명이 충분히 발달하지 않았던 시대에는 쓸모 있는 사람과 쓸모없는 사람을 구분했지. 너희는 그런 사고방식을 이어받아서는 안 된다."

"고맙다는 말 있지 않았어?"

"어딘가 좀 달콤한 듯도 하고 아삭아삭해서 좋네, 고맙다."

"그 말도 이제는 죽은말이야."

그때 누군가가 "감사아아아아아아!" 하고 목청껏 크게 외쳤다. 아이들 발바닥에서 키득키득 웃음소리가 솟아오르더니, 이내 교실 전체가 끓어오르기 시작한 물처럼 소란스러워졌다. 요나타니 선생은 과장되게 헛기침을 하고는 이렇게 말했다.

"고마움을 표하는 최근 유행어인 '감사아아아아아아!'를 큰 소리로 외친 사람이 있는 것 같은데, 가령 젊은 노인이나 보통 노인 그리고 무엇보다 나이 든 노인의 귀에는 그 말이 조금 이상하게 들리지 않을까. 모두들 그 점은 깨닫지 못했어?"

그 말을 들은 아이들은 일제히 "깨닫지 못했어어어어어!" 하고 소리쳤다. 사전에 어떤 음을 얼마큼 늘릴지 정하지도 않았을 텐데 서로 호흡이 딱 맞았다. 도대체 이게 무슨 일이지, 자기라면 그 음절에서 절대로 음을 늘이지 않을 테고, 만약 꼭 늘여야 한다면 아마도 나는 "깨닫지 못해애애애앴어!" 하고 말하겠지, 라고 요나타니 선생은 생각했다. 세대 공통의 리듬감 같은 것이 있을까. 그때 류고로가 공동체의 웃음에서 몸을 빼며 '마마가 얼마 전에 집에 왔을 때 말했어. '감사아아아아아'는 이상하다고!" 하고 눈살을 찌푸리며 말했다.

"너는 마마, 라는 말 따위를 쓰고 있냐, 그 오래된 말을." 하고 야나기가 놀린다. 언제부터인가 쓰지 않게 된 외래어 '마마'라는 말을, 류고로의 어머니는 우유병 속에 분유와 함께 섞어서 어린아이에게 전해 주었다. 마마는 같이 살지 않아도 류고로의 귓속에 늘 다정한 목소리로 속삭인다. 그런 마마를 놀리자 류고로는 불끈 화가 나서 야나기에게 달려들었다.

"싸움 났다, 싸움 났다, 구경하자." 하고 무메이가 단조롭게 말하자, 둘은 움직임을 딱 멈추고 기세 꺾인 얼굴로 무메이를 쳐다봤다. 그때 어김없이 선생이 끼어들었으므로, 결국 둘은 싸우려 했던 것마저 잊어버렸다.

"고맙다는 말은 조금 좋은 말인 것 같아. 당연하다고 여기는 일을 고마워하는 것,[43] 요컨대 좀체 있기 힘든 일로서 받아들이고 감사와 경의를 담아 만끽하는 것." 하고 말한 순간, 요나타니는 자신감을 잃었다. 온갖 풍습이 거듭 뒤집히기 때문에 어른으로서 "이것이 옳다." 하고, 확신을 가지고 가르칠 수 있는 것들이 쑥쑥 줄어들었다. 자신감이 충만한 사람은 어린이에게 신뢰받지 못한다. 오히려 자신감이 없음을 숨기지 않는 사람에게 귀를 기울인다. 자신감 없이 손으로 더듬으며 나아가고, 손에 닿은 것들을 하나하나 이래저래 생각하고, 그 망설임을 하나하나 말로 만들어 어린이에게 끊임없이 전해 준다. 하지만 그 자신 없음을 견디지 못하고 목소리가 약해지면 교실 안은 바로 벌집을 쑤신 듯 시끄러워진다. 이대로 놔두면 수습이 안 된다. 그렇다, 그 방법을 써 보자.

요나타니는 교실 안쪽에 있는 창고에 다가가서 미닫이문을 드르륵하고 열었다. 무메이는 기대감에 덥석 사로잡혀서 심장 박동이 빨라졌다. 높이 2미터 남짓한 봉에 감긴 커다란 세계 지도가 선생 손에 들려 나와, 칠판 앞에서 둘둘 펼쳐졌다. 무메이는 두 손을 곧게 들어 올려 "극락!" 하고 외치고는 수직으로 날아올랐다. 다른 아이들도 떠들기를 멈추고, 칠판 앞에 반원을 그리며 모여 앉았다. 이 세계 지도를 몹시 좋아하는 사람은 무메이뿐이 아니었다. 지도가 바람을 받은 대형 요트의 돛처럼 부풀자 바다 냄새가 코를 찌르고, 파도 소리가 들리고,

---

43) 有り難い. '아리가타이'라고 읽으며 고맙다는 의미이지만, 문자 그대로 '좀처럼 없다', '드물다'는 뜻도 내포하고 있다.

거기에 맞춰 몸도 천천히 흔들리기 시작한다. 머리카락이 바닷바람에 날려 춤을 추고, 괭이갈매기의 울음소리가 푸른 하늘을 찢는다.

"너희는 지금 이 근처에 있다." 하고 요나타니 선장이 해마 모양의 섬 한가운데를 집게손가락의 긴 손톱으로 가리켰다. 지도에는 갈색 얼룩이 많았다. 무메이는 어느 것이 섬이고 어느 것이 얼룩인지 뚫어지게 쳐다보며, 무릎을 한 쪽씩 앞으로 옮겨 지도 쪽으로 천천히 다가갔다.

"일본 열도는 아주 오래전엔 대륙에 붙은 반도였는데 어느 날 내쳐져서 섬이 됐단다. 극히 최근까지도 대륙과 가까웠는데 이전의 대지진으로 해저에 깊은 골이 생겨 대륙에서 뚝 떨어져 나와 버렸지. 이 지도는 그 전에 만들어진 거야. 그 뒤로 대규모 조사와 관측이 행해졌고, 여태 끝나지 않았어. 정부는 새 지도를 만드는 데에 경비가 부족하다며 '지도 제작세'라는 새로운 세금을 걷으려 하고 있어. 대륙에서 멀리 떨어져 나온 일본에는 기후적, 문화적으로 여러 변화가 생겨났지."

요나타니는 언제부터인가 어른을 상대로 이야기하는 방식과 어린이를 상대로 이야기하는 방식을 구별하지 않았다. 모르는 단어가 있더라도 아는 단어들 속에서 나타난다면 사전을 찾지 않아도 뜻을 이해할 수 있기 때문이다. 아는 단어들 속에 모르는 단어가 10퍼센트 정도 섞인 글을 계속 읽다 보면 어휘가 는다. 자신이 아이들에게 가르쳐 줄 수 있는 것은 말의 농사뿐이다. 말을 경작하고, 말을 솎아 내고, 말을 수확하고, 말을 먹어서 살쪄 주기를 기원한다.

세계 지도를 펼치고 바다 건너편 나라의 이야기를 들려주면 아이들은 이슬에 젖은 포도알 같은 눈동자로 바라보며 질리지 않고 귀를 기울인다. 그 아이들 중에서 '헌등사'에 가장 적합한 아이를 골라야 한다. 매일 수많은 초등학생을 관찰할 수 있는 환경이기에, 요나타니는 그중 적임자를 골라내는 일을 자기 사명이라고 생각했다. 무메이를 눈여겨보고 있긴 하지만, 앞으로 어떻게 성장할지 몇 년간 지켜보지 않고는 최종 판단을 내릴 수 없다.

무메이는 격렬하게 눈을 깜박였다. 머릿속 깊은 곳이 지끈지끈 아프다. 심장 박동이 가슴에서 귓속으로 옮겨 왔다. 코 깊은 곳에서 희미한 피 냄새가 난다. 그러나 몸이 안 좋다고 하면 선생님은 지리 이야기를 관둘 것이므로 몇 번이나 침을 삼키며 주먹을 꽉 쥐고 참았다.

무메이에게 세계 지도는 자기 내장을 촬영한 엑스레이 사진 같았다. 아메리카 대륙은 오른쪽 몸, 유라시아 대륙은 왼쪽 몸. 호주는 배에 있는 것 같다. 지금 선생님이 뭐라고 했더라? 일본 열도는 원래 대륙에 붙어 있었다고? 그런 일이 있을 수 있을까. 아주 오래전에는 반도였다고? 그렇다면 옛날에는 걸어서 대륙으로 넘어가고 지구가 둥글게 느껴질 만큼 넓은 땅을 횡단하여 아찔할 정도로 먼 곳까지 갈 수 있었을까.

"왜 대륙에서 내쳐졌어요?" 하고 누가 물었다. 무메이는 누구지, 하고 뒤돌아보려 했지만 목이 굳어서 돌아가지 않았다.

"일본이 나쁜 짓을 해서 대륙한테 미움받았기 때문이라고 증조할아버지한테 들었어." 하고 류고로가 어깨를 으쓱하며 말하자, 그 말을 들은 요나타니는 괴로운 듯이 웃으며 고개를 끄덕였다.

"자, 봐 봐. 세계 한가운데에는 커다란 바다가 있어. 여기가 태평양이야. 이 바다를 끼고 왼쪽으로는 유라시아 대륙과 아프리카 대륙, 오른쪽으로는 아메리카 대륙이 있지. 태평양 바닥에 가라앉은 판이 이따금 크게 어긋나. 그러면 커다란 지진이 일어나고, 해일이 몰려올 때도 있어. 그건 사람의 힘으로는 어쩔 수 없는 일이야. 지구란 그런 것이야. 하지만 일본이 이렇게 내쳐진 이유는 지진이나 해일 때문이 아니야. 단지 자연재해 때문이라면 벌써 극복하고도 남았을 테니까. 자연재해 탓은 아니야, 알았지?"

요나타니가 그렇게 말한 순간, 교실의 화재경보기가 시끄럽게 울리기 시작했다. 요나타니는 빨간색 기계로 다가가서 스위치를 껐다.

"지구는 둥글어!"

무메이는 어느덧 부드럽지만 울리는 목소리로 말하고 있었다. 자신이 무슨 말을 하고 싶은지도 모른 채 목소리가 저절로 튀어나왔다. 주변 아이들이 이상한 듯 무메이를 쳐다봤다. 무메이는 새가 날개를 퍼덕이듯 양팔을 움직이기 시작했다. 괴로운 까닭에 나온 행동인데, 마치 학 흉내를 내며 장난치는 듯이 보였다. 선생은 눈을 가늘게 뜨고 웃었다. 그러고는 "그렇단다. 지구는 둥글어. 둥근 지구를 평면에 그린 것이 이 세계 지도야. 그걸 말하는 걸 잊어버렸구나."라고 말하며 머리를 긁적였다. 야스카와마루가 속아서 화난 것 같은 얼굴로 "뭐라고,

둥글다고? 그러면 이건 거짓말이야?" 하고 말했다. 류고로도 어이없다는 듯이 말했다. "뭐야, 둥글다니."

요나타니는 대답할 말이 궁했다. 속일 생각은 없었다. 지구가 둥글다는 점보다 더 중요한 것을 말하려고 했을 뿐이다. 그런데 어쩌면 지구가 둥글다는 것 역시 중요할지 모른다.

"나중에 모두 같이, 종이를 잘라서 공처럼 둥근 지구본을 만들어 보자."

무메이는 머리 양쪽을 송곳으로 찌르는 듯한 아픔을 견뎌 내려고 필사적으로 계속 팔을 움직였다. 주위 사람들에겐 그 모습이 보이지 않는 것 같아서 신기했다. 고립감이 들며 시야가 흐려졌다. 다시 집중하려고 미간을 찌푸린 채 세계 지도를 노려봤다. 아무리 봐도 내 초상화다. 안데스산맥이 바깥쪽을 향해 그리는 포물선과 또 안쪽을 향해 들어간 곡선은, 내 오른쪽 허리에서 발목에 이르는 뼈의 곡선과 완전히 똑같다. 상반신 뼈는 정점을 향해 안쪽으로 곡선을 그리며, 왼쪽에서 올라온 산맥과 베링해에서 만난다. 뼈는 전부 굽었다. 굽을 작정은 아니었겠지만 이미 굽었다. 만약 이것이 어떤 아픔이라면 처음부터 아무 이유도 없는 아픔이다. 북극 얼음이 녹은 물, 차가운 바다, 뇌. 지형이 복잡하게 얽혔다. 폐 전체가 고비 사막이고, 그의 손바닥은 유럽이다. 아프리카 대륙은 상반신이 풍만한 데에 비해 엉덩이가 작다. 무희처럼 한쪽 발로 서 있다. 아프리카와 유럽을 잇는 목은 비틀어졌고, 부풀어 오른 갑상선과 편도선이 제발 어떻게 좀 해 달라고 외치고 있다. 배에 있는 호주는 주머니다. 먹을 것이 잔뜩 든 주머니. 그러나 나는 그것을 먹을 수 없다.

"봐 봐, 일본에서 만든 세계 지도에는 옛날부터 태평양이 한가운데에 있고, 건너편 오른쪽엔 아메리카 대륙, 왼쪽엔 유라시아 대륙과 아프리카 대륙이 있어. 하지만 같은 지구를 다른 식으로 자르면 또 다른 세계 지도가 만들어져." 하고 말한 뒤 선생은 아이들의 얼굴을 둘러봤다. 무메이는 흠칫 놀라며, 세계 지도와 자기 몸이 끝없이 중첩되는 괴로움에서 일순간 벗어났다. 이것과 다른 세계 지도도 있다는 말이지? 선생은 이야기를 이어 갔다.

"바다의 도랑이 태평양을 둘러싸고 원을 만들어. 남미를 따라 북상하고, 캘리포니아를 따라 더 북상하여 왼편으로 돌아 알래스카를 건너고, 캄차카반도에서 마리아나 제도까지 이어지며 원을 그려. 일본 열도는 그 원 위에 올라타고 있어. 이 원이 지금은 일본 동쪽에서 움푹 꺼진 거야."

"태평양 물은 컵으로 하면 몇 잔 정도예요?" 하고 야나기가 느닷없이 질문했다. 주변에서 웃음소리가 들렸지만 요나타니는 눈과 눈썹을 똑바로 하고 대답했다.

"지진 때문에 흔들려서 물이 쏟아졌으니 예전보다 양이 줄어들었을지도 모르겠구나."

"거짓말, 거짓말, 선생님은 거짓말쟁이!" 하고 새된 소리로 외친 사람은 가마였다. 그때 무메이의 머리 가마에서 지구의 흔들림이 부르르 전해지더니 태평양 물이 우주로 흩날리며 튀었다. 팔도, 손가락 끝도 경련했다. 이대로 계속 흔들린다면 뼈도, 살도 녹아서 물방울이 될 테고, 사방으로 튈 것이다. 아아,

어떡하지, 좀체 멈추지 않아. 눈과 입이 휘둥그레진, 경악한 표정들에 둘러싸여서 누가 누군지 모르겠고, 목소리마저 나오지 않는다. 선생님 얼굴이 마치 수면 위에 파문이 퍼지듯 점점 크게 보였지만 그다음은 어둠이었다.

도로는 투명한 유리판으로 돼 있었다. 그 밑은 한없이 텅 비었다. 바닥은 보이지 않는다. 이 유리판은 상당한 충격도 견딜 수 있다고 얘기하는데 혹시 유리가 깨지면 어디까지 떨어질까. 토양에 포함된 대량의 유해 물질이 아스팔트를 뚫고 도로 표면으로 새어 나왔다는 사실이 밝혀졌다. 정부에 호소해도 책임 소재를 밝혀 주지 않으니 지방 자치 단체가 굴착 회사에 의뢰해서 도로 아스팔트를 잘라 내고 그 밑의 땅을 깊게 파냈다. 흙은 굴착 회사에 돈을 치르고 처분한 뒤, 보행자가 지옥으로 떨어지지 않도록 그 위에 유리판을 덮었다. 굴착 회사는 오염된 흙을 어떻게 처리했을까. 어느 누구도 되도록 알고 싶어 하지 않았다. 양심 있는 신문 기자가 끈질기게 조사한 결과, 흙은 정부가 사들였다. 그러면 정부는 비싸게 사들인 흙을 어떻게 처리했을까. 개인 소유의 우주선에 실어서 태양계 밖에 버리고 왔다고, 환경오염부의 관리는 괴로워하며 마지못해 대답했다. 그 말에 국민들은 조소했다. 별들의 차가운 웃음이 박힌 밤이 길게 이어졌다. 달은 어처구니가 없어서 증발해 버리지는 않았을까, 걱정하는 사람도 있었다. 다행히 달만은 얼마 지나지 않아서 피곤한 얼굴로 다시 돌아왔다.
달이 돌아온 날 밤, 깊이 잠든 남자아이들의 가슴은 풍만

하게 부풀었다. 그리고 무릎을 세워 크게 벌린 두 다리 사이에서는 무화과가 영그는 듯한 향기가 피어올랐다. 무메이도 달콤한 향기에 잠에서 깨어났고, 시트가 젖어 있기에 침대에서 일어나 보니 빨간 과즙이 커다랗게 얼룩졌다. 밖에서 누가 엿보는 느낌이 들었다. 커튼을 젖히자 크고 노란 보름달이 낮은 곳에 버티고 앉아 무메이를 노려보고 있었다. 오늘 밤 달은 어째서 저토록 크지? 근시가 심해져서 흐리게 보이는 탓일까. 안경을 사 달라고 할까. 아니, 안경은 가지고 있다. 책상 위에 놓인 안경이 보였다. 무메이는 열다섯 살이 됐음을 알고 있다. 어느 날 초등학생이었던 자신이 세계 지도를 보고 기절했던 일을 분명히 기억한다. 아무래도 그때 시간을 뛰어넘어 미래로 휙 날아온 것 같다. 그런 것치고는 지금의 자신에 꼭 들어맞았고, 지나치게 큰 겉옷처럼 헐렁하지 않았으며, 피부에 딱 길들었다. 달을 보는 동안 눈꺼풀이 무거워져서 한 번 눈을 감고 다시 떴더니 아침이 밝았다. 잠옷을 벗고, 푸른 비단으로 만든 의상을 몸에 걸치고, 안경을 쓰고, 가느다란 자주색 넥타이를 맸다. 휠체어를 타고 집 밖으로 나간다. 도로를 덮은 유리판이 아침 햇살을 비눗방울같이 일곱 가지 색깔로 풀어 놓는다. 무메이는 유리판 위를 마치 아이스 스케이트 선수처럼 부드럽게 미끄러져 나간다. 제어 장치는 손가락 끝으로 전하는 무메이의 의사를 정확하게 읽어 냈다. 무메이가 오른쪽으로 돌고자 하면 오른쪽으로 돌고, 멈추자 하면 바로 멈춘다. 무메이는 초등학생 시절에 자기 다리로 조금이나마 걸을 수 있었는데, 성장하면서 점점 다리를 움직이기 어려워졌고 오랫

동안 설 수도 없게 됐다. 열다섯 살인 나는 걸을 수 없구나, 하고 새삼 깨달았지만 그렇게까지 놀라지는 않았다. 오른쪽 대각선으로 나아가고 싶다. 그 생각이 아랫배에서 손가락으로 전해지자, 거의 동시에 팔걸이 앞에 놓인 손끝에서 제어 장치로 희미한 압력이 전해졌고, 휠체어는 오른쪽 대각선으로 나아가기 시작했다.

무메이는 "아." 하고 소리를 내어 보았다. 성대가 아닌 손목 시계에서 소리가 흘러나왔다. 젊고 부드럽고 믿음직스럽고 따뜻하고 화려하고 활력이 가득한 목소리였다. 호흡기는 스스로 느끼기에도 듬직하지 않다. 머지않아 체외의 기계로 호흡하게 될 텐데, 그러면 그 기계 없이는 살아갈 수 없다. 휠체어가 뒤집어지면 기계는 어떻게 될까. 스물네 시간 내내 보조인이 필요하다면 그 또한 상당히 성가실 것 같다. 무메이는 혼자 외출했을 때 일부러 언덕에서 굴렀고, 그렇게 휠체어가 뒤집히는 것을 정말 좋아했다. 구르면서 몸을 휠체어 밖으로 내던지고, 바닥에 누운 채 뒹굴며 하늘을 바라본다. 앞으로 몇 년 동안 이토록 무모한 소풍을 맛볼 수 있을까.

휠체어가 넘어져서 밖으로 내동댕이쳐지는 것은 조금도 무섭지 않았다. 유리판으로 된 땅바닥은 그 정도 충격에 깨지지 않으며, 몸을 둥글게 마는 데도 능숙해졌으므로 아직 뼈가 부러진 적은 없다. 휠체어가 넘어지면 내장된 경보기가 자동으로 여성 구조대를 호출한다. 젊은 할머니들이 바로 구하러 달려온다. 그들이 도와주러 올 때까지 지구 표면에 내던져진 기쁨을 음미한다. 인력이 미련처럼 잡아당기므로 우주로 떨어질 수가 없다. 하늘을 보면서 호흡을 한다. 불안은 없다. 무메이 세대는 비관하지 않는 능력을 지녔다. 여전히 불쌍한 사람들은 노인들이다. 백열다섯 살이 된 요시로의 몸은 여태 건강해서 아침에는 개를 빌려 내달리고, 무메이를 위해 오렌지를 짜고, 채소를 잘게 썰고, 배낭을 메고 직판 시장을 둘러보고, 장롱 위에 있거나 창살에 낀 먼지를 느긋이 머물 여유도 주지 않고 야무지게 짠 걸레로 닦아 버리고, 딸에게 그림엽서를 쓰고, 속옷을 대야에 담가 놓았다가 양손으로 주물러 빨고, 밤에는 재봉 상자를 꺼내서 증손자에게 줄 멋진 옷을 바느질한다. 왜 쉬지 않고 일하느냐면, 아무것도 하지 않으면 눈물이 멈추지 않기 때문이다.

무메이는 호주머니에서 대형 여객선 그림이 인쇄된 가늘고 긴 배표를 꺼내 바라봤다. 시간을 뛰어넘었으므로 자신이 왜 배표를 가지고 있는지 알 듯 말 듯 형언할 수 없는, 아리송한 기분이었다. 눈을 감고 호흡을 가다듬으며 기억을 되살려 보았다. 그러자 어렴풋이 미래의 기억이 되돌아왔다. '헌등사'로 선발되어 이제 인도의 마드라스로 밀항해 가는 것이다. 그곳에는 국제의학연구소가 있는데, 무메이가 도착하기만을 기다리고 있다. 무메이의 건강에 관한 데이터는 의학 연구를 통해 세계 각지의 사람들에게 도움이 될 것이다. 어쩌면 무메이의 생명을 늘릴 수 있을지도 모른다.

헌등사가 되길 바란다고 부탁한 사람은 초등학생 시절에 담임이었던 요나타니 선생이다. 줄곧 연락이 없던 선생은 어느 날 갑자기, 열다섯 살이 된 무메이를 직접 찾아왔다. 이때 무메이뿐 아니라 요시로도 놀랐는데, 잠시 세 사람은 이런저런 이야기를 나누었고, 그 뒤 선생은 무메이만을 데리고 식사하러 갔다. 고급 호두 요리 전문점이었고, 창문이 없는 개별실로 안내되었다. 그리고 둘은 세 시간 동안 마주 보고 이야기를 했다. 선생은 먼저 자신이 자라 온 이야기부터 꺼냈다.

요나타니 선생의 부친은 성이 '요나탄'이었던 듯한데, 결혼한 뒤에 바로 행방불명이 됐다. 선생의 어머니는 이 성을 계속 자기 성으로 소중히 간직하고 싶었지만 가족 중에 비일본인이 있으면 경계했던 시대인 만큼 '요나탄'이라는 성을 유지하긴 어려웠다. 실제로 감시받는 느낌이 들었고, 빈집털이를 몇 번인가 당했고, 아무것도 도둑맞지 않았는데도 가택 수사를 당했다. 그래서 '요나타니'라는 한자 성으로 바꿨고, 아버지 이야기는 더 이상 하지 않기로 했으며, 어머니는 억센 두 팔로 아이를 키웠다. 그 이야기를 듣고 요나타니 선생의 얼굴을 다시 보니 지금까지 몰랐던 특색이 돌연 두드러져 보였다. 두 눈 사이가 높게 솟아 있고, 바로 거기서 코가 시작되었다. 눈썹과 눈 사이가 푹 들어가고 광대뼈는 튀어나오지 않았으며, 얼굴선이 날렵하고 턱은 길었다.

무메이는 이때 처음으로 '헌등사'라는 말을 들었다. 헌등사를 외국에 보낸다, 라고 공식적으로 얘기할 수는 없지만 범죄라 불릴 만큼 금지된 행동 또한 아니기 때문에 무서워할 필요가 없다고, 요나타니는 나직하게 죽인 목소리로 말했다. 예컨대 외국으로 밀항하려 한 사람이 적발돼서 며칠 동안 구속된 사례가 있지만 최종적으로 처벌받지는 않았다. 정부의 공식

입장에 따르면, 쇄국 정책은 '개국 추진 이데올로기'를 공식적으로 억제하려는 것일 뿐, 개인이 가진 여행의 자유까지 법적으로 구속하는 것은 아니었다. 설령 그것이 사실이라 하더라도 이 나라의 정책은 하룻밤 사이에 바뀌기도 한다. 이번 주에 아무도 유념하지 않았던 사소한 행동을 이유로 다음 주에도 종신형을 선고받는 사람이 없으리라고는 단언할 수 없다. 그렇게 되기 전에, 선생이 소속된 '헌등사 모임'은 적합한 인재를 찾아서 외국에 보내려고 하는 것이다. 그러면 일본 어린이들의 건강 상태에 대해 제대로 연구할 수 있고, 외국에서 비슷한 현상이 일어났을 때 참고가 될 터다. 이제 미래는 지구의 둥근 곡선을 따라 생각할 수밖에 없음이 명백했다. 번듯해 보여도 쇄국 정책은 어차피 모래성. 어린이용 삽으로도 조금씩 부술 수 있을 것이다. 그래서 한 사람, 또는 그 한 사람과 민간 차원에서 선발한 젊은이를 외국으로 보내야 한다고 헌등사 모임은 생각했다.

헌등사 모임은 회지도 없고, 집회도 없으며, 고작 서너 사람이 집에 모여서 이야기하는 정도였다. 그러므로 이 모임의 존재가 세상의 이목을 끌지는 못했다. 회비나 회원증도 없다. 본부가 시코쿠 지방에 있긴 한데, 그 작은 시코쿠 지방에서도 여든여덟 곳[44]으로 흩어져 있으므로 장소를 특정하기 어렵다. 회원을 알아보는 방법은 없느냐고 무메이가 물으니, 요나타니

---

44) 진언종 불교의 창시자로 알려진 헤이안 시대의 승려 구카이와 관련된 절이 시코쿠 지방에 여든여덟 곳이 있는데, 소원을 비는 목적으로 이곳들을 순례하는 행사가 있다.

는 특별히 없다고 대답했다. 다만 자신이 회원임을 자각하는 소소한 의식은 있다. 해 뜨기 전에 일어나서 하루 일과를 시작하기 전에 양초에 불을 밝히고 어둠 속으로 헤치고 들어간다. 양초의 크기는 지름 5센티미터에 높이 10센티미터로 정해져 있다.

요나타니의 설명에 따르면, 무메이는 지정된 시각에 요코하마 항구의 '국제 여객 터미널'이라는 간판이 걸린 부두에 가면 된다. 선체 중간 부분에 초록색 선이 들어간 국경 경비선이 바로 그곳에 정박해 있다. 유니폼을 입은 남자가 배에서 내려오면 그 사람에게 배표를 보여 주며 어디로 가야 하느냐고 묻는다. 그 사람이 "일단 이 배에 타시오."라고 말하면 망설이지 않고 올라탄다. 그러면 배는 그대로 출항하고, 바다 위에서 무메이를 외국 선박으로 인도한다. 요나타니 선생은 지금까지 가르친 아이들 중에서 무메이만큼 헌등사에 적합한 인재는 없다고 확신했으므로, 졸업한 뒤에도 사람을 붙여 무메이의 성장을 지켜봤다고 한다.

열다섯 살이 된 무메이가 정신적으로 충분히 성숙했다고, 요나타니는 판단했다. 따라서 이 이상 지체하다가 기계로 호흡해야 하는 상태가 되면 번거로워지므로 당장 제의하게 됐다고 한다. 물론 거절해도 되고, 좀 더 기다려도 된다고 말하는 요나타니 선생의 관자놀이가 파랗게 도드라졌다.

"알겠습니다. 바로 가겠습니다."

일생 동안 변성기가 없을 무메이의 목소리는 맑고 높았다.

다음 날 같은 음식점에서 만나기로 약속하고 집에 돌아오는데, 무메이는 문득 증조할아버지를 생각하니 망설여졌다. 자신과 증조할아버지의 관계는 세월이 흐를수록 긴밀해졌다. 기억 없이 뛰어넘은 세월 사이에 일어난 일들도 단편적으로 차례차례 떠오른다. 예컨대 은색 동맹. 자기가 떠나면 은색 동맹은 어떻게 되나. 무메이의 머리카락이 색깔을 잃고 곧이어 은색으로 빛나기 시작한 때는 삼 년 전쯤이었을 것이다. 무메이는 거울 속의 자기 모습을 황홀하게 바라보며 "우리, 머리 색이 똑같아서 쌍둥이 같네요."라는 말로 요시로를 웃기려 했다. 그런데 요시로는 되레 무메이를 가슴에 끌어안고 증손자의 머리칼을 다정하게 어루만지며 눈물을 흘렸다. 무메이는 당황해서 "증조할아버지, 우리 둘이서 은색 동맹을 맺어요. 이 머리 색이 회원증 대신이에요. 증조할아버지도 오십 년 넘게 은색 머리로 건강하게 살아왔으니, 저 역시 앞으로 오십 년 넘게 건강하게 살 수 있어요!" 하고 자신 있게 말했다. 그러자 요시로의 눈물이 기적처럼 멈췄고, 눈가에 은색 미소가 떠올랐다.

옆집의 네모토 씨는 어느 날 갑자기 스이렌을 데리고 어딘가로 이사해 버렸다. 그러고 보니, 그렇게 떠나기 전에 한동안 요시로와 네모토 씨가 연애하고 있었음을 무메이는 아이 나름대로 알아챘다. 네모토 씨는 새 주소를 남기지 않았고, 그 뒤로 한 번도 연락하지 않았다. 요시로는 얼마간 얼굴색이 어두웠는데 "분명 몸을 숨겨야 하는 사정이 있었을 게다. 외롭지만 무메이가 있으니 괜찮다." 같은 말을 했던 듯싶다. 푹 풀이 죽은 요시로의 등이 서서히 꼿꼿해지고 피부에도 윤기가 돌아왔다. 사실은 무메이도 스이렌이 사라져서 가슴에 구멍이 난 것 같은 아픔을 느꼈다. 머지않아 손바닥을 태우기만 하던 실망감을 손바닥을 펼침으로써 떨쳐 버릴 수 있었다. 자신들을 둘러싼 '사정'이라는 이름의 거미줄을 제대로 이해하지 못한 채 받아들였는지도 모른다.

무메이가 아직 초등학교 2학년일 때 스이렌을 의식하기 시작한 어느 날 아침, 요시로는 무메이를 학교에 보내고 나서 자전거 핸들을 고집 센 물소의 뿔인 양 꽉 틀어쥔 채 집으로 걸어 갔다. 햇빛은 성난 듯이 엷은 구름의 베일을 걷어 버리고 요시로의 이마 위로 쨍쨍 내리쬐었다. 눈에 들어오는 모든 것이 성가시게만 느껴지고 죄 없는 전봇대조차 풍경에 무용한 세로선을 그으며 도발하는 듯이 보였다. 떠오를 듯 떠오르지 않는 과거에 저지른 큰 잘못이 가슴 안쪽을 무자비하게 긁는다. 그 잘못 때문에 자기들은 감옥에 갇혔다. 격자로 된 전봇대 때문에 신선이 사는 저편의 나라로 가지 못함을, 매일 아침 깨닫는다. 손자는 딸에게 맡기고 증손자는 손자에게 맡긴 뒤 저 하늘의 건너편으로 날아가 버리면 얼마나 좋을까. 그것은 희망이 아니라 분노였다. 분노로 마음의 주머니가 찢기지 않도록 일부러 큰 소리로 웃어 보지만 그래도 기분은 맑아지지 않는다.

신호등이 빨간색에서 초록색으로 바뀌면 보행자들이 한꺼번에 길을 건너는 한가로운 시대가 있었다. 아무리 봐도 푸른색이 아니라 초록색인 빛을 모두들 '푸른색'이라고 불렀다. 푸르고 푸른 신선한 채소, 푸르고 푸른 무성한 수풀. 그래, 푸르고 푸른 일요일도 있었다. 초록색이 아니다. 파랑이다. 푸름이다. 푸른 바다, 푸른 초원, 푸른 하늘. 클린이 아니다. 뭐, 클린 정치라고? 클린이 아니겠지. 클린 같은 말은, 소독약처럼 자기 구미대로 죽이고 싶은 것을 세균이라고 빙자해 실제로 없애 버리는 화학 약품에 불과할 뿐이다. 덤불숲에 살금살금 숨어서 법률만 만지작거리는 민영화된 관청은 썩을 놈들이다.[45] 구깃구깃 말아서 버리고 싶다. 증손자는 들판에서 피크닉을 하고 싶다고 늘 말했다. 누구 잘못으로 그런 자그마한 꿈조차 이루지 못하게 되었는가, 무엇 때문이냐, 오염됐단 말이다, 들풀은. 어쩔 작정이냐. 재산, 지위에는 잡초 한 오라기만큼의 가치도 없다. 들어라, 들어라, 들어라, 귀이개로 귀지 같은 변명은 들어내고 귀를 기울여서 잘 들어라. 그때 자전거 앞바퀴에 날아든 돌멩이가 튕기며 요시로의 정강이를 때렸다. 아파! "제기랄, 제기랄." 하고 큰 소리로 욕설을 퍼붓는 심정으로 침을 삼키고, 무메이가 곁에 없으니 더러운 말을 내뱉어도 된다고 느꼈을 때는 이미 힘이 풀렸다. 요시로는 스스로를 원래 성급하고 더러운 말을 입에 달고 다니는 남자라고 생각했다. 만약 무메이가 없다면, 자신이 던진 썩은 과일 탓에 생활은 온통 고약한 냄새를 풍겼으리라.

집에 돌아오자 옆집의 윤곽이 두드러져 보였다. 남쪽으로 돌아서 이웃집에 가 봤지만 커튼을 전부 친 상태였다. 요시로

---

45) 관청(お役所)과 썩을 놈(オヤクソ)이 유사하게 발음됨을 의식한 언어유희다.

는 포기하고 집으로 돌아왔다. 그러고는 원고를 이어 쓰고자 접이의자에 앉았다. 그때 밖에서 파드득파드득하고 가슴을 격하게 휘젓는 날갯짓 소리가 들려왔다. 전기 비둘기인가, 생각하고 일어나서 창문을 여니 검은 그림자가 땅 위를 가로질러 갔다. 다급하게 맨발로 뛰어나갔다. 프로그래밍된 대로 태양 전지로 날아다니는 비둘기는 요시로의 집 주변을 세 바퀴 돌고는 현관 앞에 내려앉았다. 흑진주처럼 빛나는 비둘기의 눈이 무서웠다. 가는 다리에 달린 금색의 작은 통 속에서 편지를 꺼내 읽어 보니, 무메이가 수업 중에 기절해서 지금 의사의 진찰을 받고 있다고 쓰여 있었다.

열다섯 살의 무메이는 앞쪽에서 휠체어 한 대가 가까이 다가오고 있음을 느꼈다. 휠체어에 탄 자기 또래의 여자아이는 머리칼이 은빛이었다. 저 아이에게도 은색 동맹에 가입하라고 권유해 볼까, 하고 무메이는 유난히 다정한 표정으로 미소 지어 보였다. 여자아이는 휠체어를 멈추고 눈을 깜박이며 뭔가 물어보는 듯한 눈빛을 했다. 무메이는 달팽이의 속도로 천천히 여자아이에게 다가갔다. 가까워질수록 여자아이의 신기한 얼굴은 점차 또렷해졌다. 눈과 눈 사이가 여느 사람보다 멀다. 검은 눈동자는 햇빛의 각도가 바뀌는 순간 푸르게 빛났다. 복부 언저리를 쳐다보는 듯했으므로 무메이는 황급히 자기 하반신으로 눈을 돌렸다. 특별히 신경 쓰이는 곳은 없었다. 다만 헐렁한 옷에 감싸인 무릎 위에, 눈에 보이지 않는 따뜻한 공이 놓인 것 같은 감촉이 느껴졌다.

무메이는 여자아이의 곁을 지나서 바로 방향을 바꾼 다음, 휠체어를 그 옆에 착 놓고 똑같은 방향을 향했다. 마주 보고 이야기하자니 너무 멀리 떨어진 듯 느껴졌기 때문이다. 여자 아이는 "오랜만이야." 하고 한마디 했다. 어라? 무메이는 턱을 앞으로 내밀고 목을 비스듬히 기울였다. 마찬가지로 목을 비스듬히 한 여자아이와 정면으로 얼굴을 마주한 순간, 그 아이의 눈과 눈 사이의 공간으로 빨려 들어갈 것만 같았다.

"너는 옆집에 살았던 그 아이?"

"알고 있었어?"

"갑자기 사라져서 무슨 일인가 했어."

"그때는 사정이 있었어."

아주 짧은 시간이 흘렀다.

"지금 시간 있어? 바다로 한번 가 보자."

스이렌이 고개를 끄덕였고, 둘은 나란히 유리판 도로를 달리기 시작했다. 무메이의 머릿속 한구석에서 '왜 이렇게 바다가 가깝지? 혼슈 지방의 폭이 그 정도로 좁아졌나?' 하는 의문이 떠올랐지만 이내 사라졌다. 무메이는 오른편에 나타난 가파른 언덕의 내리막길을 골랐고, 브레이크도 걸지 않은 채 휠체어의 속도를 높였다. 언덕길을 급강하한다. 휠체어는 모래 사장에 빠지자마자 옆으로 쓰러졌고, 무메이 역시 뜨거운 모래 위로 내던져졌다. 무에이는 숨을 거칠게 들이쉬고 내쉬며 아직 언덕길 위에 있는 여자아이에게 "너도 해 봐!" 하고 큰 소리로 말했다. 스이렌의 휠체어가 언덕길을 굴러 내려왔다. 속도가 점점 빨라졌고, 마침내 바퀴가 모래에 닿은 순간, 스이렌은 능숙하게 중심을 기울여 가며 무메이 옆으로 쓰러졌다. 호흡을 가다듬기까지 파도가 몇 차례나 부서져 내렸다.

"만약에 내가 바다 저편으로 가게 되면 너도 같이 갈래?" 하고 스이렌이 물었다. 무메이는 놀라서 바로 대답하지 못했다. 스이렌은 미간을 찌푸리며 "호기심이 왕성하다고 생각했는데 아닌가 봐. 불안이 더 크구나. 뭐, 괜찮아. 혼자서 갈 테니까."

무메이는 당황하며 대답했다.

"물론 같이 갈 거야. 하지만……."

무메이 안에서 처음으로 싹튼 흥정하려는 심산이, 사실 자기도 혼자서 외국에 갈 예정이었다는 진실을 모래 속에 파묻어 버렸다. 그 말을 하지 않으면 스이렌은, 오로지 자신을 위해서 무메이가 굳은 각오로 자기 삶을 버리려 한다고 생각할지도 몰랐다.

뜨거운 모래에서는 해조 냄새가 풍겼다. 땀과 뒤섞여 살갗에 끈적하게 달라붙은 축축한 공기는 입에 닿자 짠맛이 났다. 파도 소리가 바로 가까이서 들리는데, 머리를 들어 보니 바다는 생각보다 멀리 있다. 모래의 열기로 밑에서부터 따뜻해지는 하반신에 의식이 닿은 순간, 무메이의 심장 박동이 멈추었다. 허벅지 사이에서 변화가 일어났다. 여성이 되었다. 스이렌의 이마에 달라붙은 조개껍질로 만들어진 모래가 반짝 빛났다. 스이렌은 아직 여성일까, 아니면 남성이 되었을까. 아름다운 여성의 얼굴이지만 그런 외모의 남성은 지금 시대에 얼마든지 있다. 스이렌은 눈썹과 입술을 희미하게 씰룩이며 뭔가를 권하는 표정이었다. 무메이는 들리지 않는 말을 읊조리며 스이렌의 입술을 더 자세히 보려고 상반신을 움직이려 했으나 모래에 붙잡힌 까닭에 움직일 수 없었다. 두 어깨를 번갈아 흔들며 몸을 움직여 보았다. 스이렌이 상반신을 수직으로 일으켰고, 그 얼굴이 무메이의 하늘을 덮었다. 눈과 눈 사이가 멀다. 오른쪽 눈, 왼쪽 눈. 점점 번지며 커져 간다. 나란히 있는 두 눈은 사실 폐였다. 폐가 아니라 거대한 잠두콩이었다. 콩이 아니라 사람의 얼굴이었다. 왼쪽은 요나타니 선생의 얼굴, 오른쪽은 요시로의 얼굴. 어느 쪽을 봐도 걱정스러운 듯 일그러져 있었다. "나는 괜찮아요, 굉장히 좋은 꿈을 꿨어요."라고 말하려 했으나 혀가 움직이지 않았다. 하다못해 미소를 지어서라도 두 사람을 안심시키고 싶다. 그렇게 생각하는 동안, 머리 뒤쪽에서 장갑을 끼고 다가온 어둠에 뇌를 몽땅 사로잡혔고, 무메이는 새까만 해협의 깊은 곳으로 떨어졌다.

빨리 달려 끝없이[45]

---

46) 원제는 「韋駄天どこまでも」인데, 여기서 위타천(韋駄天)은 앞(12쪽)의
각주 1 참고.

꽃꽂이를 하다 보면 꽃이 묘한 것으로 변신할 때가 있는데 예를 들면 초두머리〔艹〕가 보이지 않게 됐을 때다. 괴상한 꽃 (化け花)[47]은 무섭다. 취미(趣味)가 없으면 어떤 매혹적인 맛(味) 도 아직〔未〕 맛보지〔口〕 못한 사이에 인생을 완주할 힘〔走〕이 빠져나가서〔取〕 노쇠해진다는 말을 듣고 아즈마다 이치코는 남편이 죽은 뒤에 꽃꽂이를 시작했다. '이케바나'[48]라는 말이 어딘가 무서운 울림을 주듯이 화도〔道〕 교실에서 이미 잘린 식물의 목〔首〕을 싹둑 잘라 물에 꽂아 놓으면 꽃잎이 남자의 낮은 목소리처럼 "아." 하고 아픔을 내뱉고 연한 피가 수면에 대

---

47) 꽃 '화(花)'에서 초두머리 부수가 없으면 '화(化)'가 된다. 그리고 '化け' 는 엉뚱하거나 별난 것을 의미한다.
48) 꽃꽂이(生け花)의 일본어 발음.

리석 무늬를 그리는 모습이 이치코는 처음에 고통스러웠다. 하지만 훌륭한 지도(導)사인 바바 선생 덕분에 점차 꽃의 도(道)에 밝아졌고, 한 치〔寸〕 앞마저 어둠이었던 아즈마다 이치코에게 손가락 끝에 작은 불꽃이 가물거리기 시작했다.

꽃꽂이를 시작하기 전에는 단카[49] 교실에 다녔었는데 오래가지 못했다. 매번 시 한 수를 지어서 내라는 선생 말씀이 마치 "목을 내놓아라."처럼 들려서 무서웠고, 그러면 꽃의 목을 자르는 편이 나을 것 같아 취미를 바꿨다.

아즈마다 이치코의 죽은 남편은 말수가 적고 끈기가 있고 품(品)위 있는 남자였다. 산(山)을 좋아하고 병이라고는 모르는 사람이었는데 어느새 위암(癌)에 걸렸다. 방사선 치료를 시작하기 전에 자기가 태어나고 자란 집을 오랜만에 다시 보고 싶다고 하여, 이치코는 남편과 함께 새 여행 가방을 사서 기차를 갈아타고 북쪽으로 향했다. 남편의 양친은 이미 오래전에 이사해 그 집에는 이제 아무도 살지 않고, 마을 주민들도 차례대로 자취를 감춰 아무도 없을 텐데, 누군가 규칙적으로 와서 벼를 돌봐 주는 사람이 있는 듯 논은 눈에 띄게 푸르렀다. 누구도 쌀을 먹지 않는데 전원 풍경만은 남았다. 부부는 되도록 그곳에서 가까운 호텔을 찾아 방을 예약하려고 전화해 봤으나 이미 만실이었다. 일찍이 자기가 살았던 집을 다시 보려고 온 귀향 관광객들로 붐빈다고 했다. 하는 수 없이 조금 떨어진 곳에 새로 지은 호텔로 예약을 했다.

---

49) 短歌. 5-7-5-7-7의 5구 31음절로 이루어진 일본의 정형시.

해가 질 무렵 성묘에서 돌아온 두 사람은 호텔 레스토랑 테라스에 앉아 프랑스 요리를 '주방 특선 코스'로 주문했다. '주방에 맡긴다'라는 말이 이치코는 조금 개운하지 않았지만 자기가 요리를 선택하기보다 수동적으로 최상의 음식을 입에 넣는 편이 더 행복하리라는 착각에 몸을 맡겼다.

이윽고 날이 저물고 카망베르 같은 달이 구름 사이에서 나타나 시퍼렇게 질린 논을 비추기 시작했다. 먹을 수 없는 쌀을 재배하는 끈기는 앞으로 몇 년 동안 이어질까. 오염된 환경 속에서도 제초제 사용은 금지되었으므로 잡초(草)가 빨리(早) 자랐고 어금니(牙) 모양의 날카로운 싹(芽)이 벼에 들러붙어 물어 댔다. 아무리 사람이 벼 모종(苗)부터 보살펴 키워도 논(田)은 결국 잡초의 바다에 파묻힐 것이다. 이곳 땅에서 벼농사는 몇천 년 전에 시작됐을까. 달(月)은 논(田)보다 훨씬 오래전부터 존재했지만 멸망할 위험이 없을 만큼 인간으로부터 거리를 두고 있다. "논(田) 밑에 달(月)을 쓰면 위(胃)인가?" 하고 남편은 무심코 웃었었다.

아즈마다 이치코는 전문 대학을 졸업하던 봄에 성격이 온(穩)화한 남편과 성급(急)하게 선을 보고 결혼했다. 취(就)직도 아직 결정되지 않은 때에 남편 직장이 있는 이바라키로, 도쿄(京) 시타마치의 반려견 가게에서 들인 시바견(犬)을 데리고 이사했는데, 부부와 개 한 마리라는 삼각형 가정을 이루었으나 그 개는 인간보다 일곱 배 빠른 속도로 노쇠하여 세상을 떠났다. 그 뒤로 아이는 태어나지 않았으며, 남편이 사라지자 이치코는 이 세상에 혼자 남겨졌다. 남편이 남기고 간 것은

'아즈마다'라는 성과 생활이 어렵지 않을 만큼의 보험금, 융자를 모두 갚은 집과 태산만 한 고독이었다.

무슨 말이든지 들어 주는 남편이 있으면 번거롭게 친구를 사귀지 않아도 고독의 벌레에게든 고독의 여우에게든 물어뜯기지 않고 인생의 마지막에까지 무사히 도달할 수 있으리라고 편하게 생각했다. 그래서 사람 사귀기를 귀찮아했는데, 설마 그 남편이 부재하지 않는 날이 이토록 빨리 올 줄이야 생각도 못 했다.

꽃꽂이 교실에 다니기 시작한 이후에도 이치코는 다른 사람들의 모습을 조금 떨어진 곳에서 지켜볼 뿐 그다지 말을 하지 않았다. 내성적이어서가 아니라, 사람들의 말에 상처받기가 두렵고 사람들의 생각을 읽기가 번거로웠다.

예술가를 지망하면서도 생활비를 벌기 위해 꽃꽂이 교실의 강사를 하는 바바 선생은, 수업을 신청한 학생들이 너무 부족해 내심 실망했다. 언젠가 사람들이 잡담의 꽃을 피우며 교실을 소란스럽게 할 때 "떠들기만 하면 해가 지고 아무리 눈을 크게 떠도 아무것도 보이지 않는 밤이 옵니다. 어둠 속에서 꽃이 보일 것 같아요?" 하고 엄하게 꾸짖었다. 口, 日, 目, 見 하고 한자에 선을 더해 가면서 바바 선생은 설교의 이미지적 크레센도 효과를 노렸지만 교실을 둘러보니 아무도 그 훌륭한 재치에 놀라는[驚] 기색이 없었고, 말[馬] 귀에 경 읽기, 평온한 얼굴로 소용없는[駄] 이야기를 다시 시작하자 교실은 어느새 또 떠들썩[騷]해졌다. 이리하여 자격증 시험[驗]도 비평회도 없이 꽃꽂이 취미 교실은 질질 이어지기만 했다.

그런데 그 속에 야심 찬 학생이 한 명 있어서 모두가 바[馬]

보 같은 이야기를 해도 혼자 눈에 힘을 주고 중세의 기(騎)사가 용과 싸우듯이 눈앞의 꽃과 격투를 벌인다. 머리를 헝클어뜨리고, 좌우로 몸을 돌려 가며, 가위를 치켜들어 과감하게 싹둑 자른 순간 자기 손가락까지 끼어서 비명을 내지르고, 꽃의 목을 무리하게 활 모양으로 구부렸다가 무심코 손을 놓아 뺨을 얻어맞는가 하면 가시에 손가락이 찔리고, 악전고투 끝에 완성한 자기 작품을 우월감에 가득 찬 눈빛으로 노려보기도 한다. 이 사람이 바로 데구치(出口) 씨였는데, 사람들은 뒤에서 '참견(口出)쟁이'라고 불렀다. 자기 꽃하고만 싸우면 좋으련만 옆 사람이 꽃꽂이하는 장미까지 "균형이 나쁘다."라는 등 참견해서 미움을 받는다. 소양을 절차탁마(磨)하면 좋을 텐데 절차탁마(魔)해 버렸다. "색채 감각에 자신 있어." "손재주에 자신 있어." "사무 처리라면 자신 있어." "집안일이라면 자신 있어." 등 데구치 씨는 '자신'이라는 말을 자주 쓰는데 항상 겸손에 유의하며 따돌림당하지 않도록 신경 쓰는 사람들의 눈에는 그 모습이 이상하게 비쳤다.

꽃꽂이 교실에 쉬지 않고 다니는, 다바타 도오코라는 아름다운 여성이 있었다. 이치코는 이 사람이 왠지 신경 쓰였다. 입술은 석류알처럼 붉고 동글동글하고, 숱이 많은 눈썹 아래서 이따금 빛나는 눈동자는 비밀을 감춘 듯 보였다. 등뼈가 유연하고, 어깨 너머로 뒤돌아볼 때의 모습은 참 매력적이었다. 허리 주변은 탄탄한데 다른 여성들처럼 자학적으로 마르진 않았다. 검정 스타킹에 싸인 종아리엔 근육이 있고, 발목은 가늘고 탄탄했다. 육상부에라도 가입했는지 모른다. 말수는 적지만 아즈마다 이치코와 마찬가지로 주변 사람들을 잘 관찰하는 듯했으므로, 호기심 왕성한 두 사람의 눈이 이 사람에서 저 사람으로 옮겨 가다가 허공에서 마주칠 때도 더러 있었다.

가끔 다바타 도오코의 언니라는 사람도 함께 왔는데, 이 여자는 다바타 도오코(十子)를 '텐짱'이라고 불렀다. 열 살 정도 나이가 많은 언니는 텐짱을 인형처럼 귀여워했다. 아즈마다 이치코가 그 언니에게 "왜 텐짱이라고 부르세요?" 하고 물으니 "숫자 10은 영어로 '텐'이잖아요. 그리고 동물 담비[50]하고 얼굴이 어딘가 닮았잖아요."라는 대답이 돌아왔다. 듣고 보니 담비처럼 고상하면서도 조금 익살맞은 귀여움이 있다.

한번은 이치코가 소변을 보려고 교실을 나갔는데, 앞에 텐짱이 걸어가고 있었다. 텐짱이 복도 모퉁이를 돌았다. 이치코가 뒤따라서 복도 모퉁이를 도니 텐짱의 모습은 사라지고 없었다. 그 앞은 길이 막히고 오른편 안쪽엔 화장실이 있어서 당연히 화장실에 들어갔다고 생각했다. 그런데 화장실의 개별 칸은 모두 문이 열려 있었고, 거기엔 아무도 없었다. 이치코가 교실로 돌아오니 텐짱은 교실에서 아무렇지 않은 듯이 꽃의 팔다리를 자르고 있었다.

그날 밤 이치코는 이상한 꿈을 꿨다. 텐짱이 나체로 엎드려 네발로 기어가며 엉덩이를 드러내고 좌우로 흔들었다. 파란 장미 몇 송이가 웃으면서 바람에 흔들렸다. 잠시 뒤 장미한 송이가 줄기를 구부려 텐짱의 허벅지 사이로 무례하게 꽃

---

50) 일본어에서 담비를 의미하는 貂(담비 초)는 '텐'이라고 발음한다.

잎을 밀어 넣더니 냄새를 맡았다. 고작 꽃이면서 사람의 성의 냄새를 맡는다니. 텐짱의 항문은 보라색 장미로 만들어져 있었다. 이치코는 감탄해 마지않았다. 세상에는 이런 일도 있는 걸까. 하지만 어린이의 사회 과목 견학 시간도 아니고, 아무리 공부가 되더라도 언제까지 견학만 할 순 없다. 그 점을 알면서도 이치코는 줄곧 눈을 떼지 않았다.

이치코는 고등학교 시절에 화장을 하거나 허벅지, 가슴이 보이는 옷을 입지 않았지만 사실은 주변에서 생각하는 만큼 그렇게 순진하지는 않았다. 성에 탐욕스러운 여성들이 나오는 번역 소설을 읽어 치우고, 성에 대한 지식을 확실히 습득하고, 밤마다 상상의 나래를 펼쳐 결혼을 꿈꾸기도 했다. 산뜻한 용모 뒤에 왕성한 성적 호기심을 빈틈없이 감춘 채, 신혼 첫날밤에는 기다렸다는 듯이 신랑을 덮쳤다. 그 뒤로 남편과 둘이서 밤의 밀도를 높여 갔는데, 갑자기 혼자 남겨지자 열정은 갈피를 잃었고, 이제 어디로 향하면 좋을지 모르는 채 아무 목적 없이 무언가를 열심히 찾아 헤맸다.

그날은 운이 안 좋은 날이었다. 데구치 씨가 "오늘은 자신 있어." 하고 샛노란 국화를 노려보며 선언하자 아즈마다 이치코는 흠칫하며 움직이던 손을 멈췄다. 오늘은 자신[51] 있어. 이치코는 불길한 소식을 머리에서 쫓아내고자 열심히 국화 꽃

---

51) 자신(自身)은 じしん(지신)이라고 발음하며, 지진(地震)의 발음(じしん, 지신)과 같다.

꽂이를 시작했다. 창문으로 밖을 보니 하늘은 비웃는 듯이 파랗다. 이윽고 꽃꽂이 시간이 끝나자 선생이 검사를 하고 학생들은 차례대로 교실을 나갔다. 그런데 이치코는 바로 집에 가고 싶지 않은 기분이었다. 이치코는 끝까지 남아 있다가 텐짱하고 같이 나와 "오늘은 산책이라도 하고 싶은 날씨네요."라며 두세 마디를 주고받은 뒤, 용기를 짜내서 "차라도 마시고 가지 않을래요?" 하고 제안해 보았다. 텐짱이 전혀 망설이지 않고 "그렇게 해요. 이 근처에 있는 비브라토라는 가게 아세요?" 하고 대답하자, 아즈마다 이치코는 오히려 불안해졌다. 텐짱은 왜 바로 제안을 수락했을까. 제일 두려운 것은 보험 권유, 그 다음으로 두려운 것은 신흥 종교 전도였다.

텐짱은 익숙한 발걸음으로 빌딩과 빌딩 사이의 좁은 골목길로 들어갔다. 문을 열기까지 아직 몇 시간 남은, 어둑한 술집들이 빛바랜 얼굴로 늘어서 있고, 길고양이가 느긋하게 자기 엉덩이를 핥고 있었다. 그 길에 들어가 오른쪽으로 돌아서 안경점, 약국을 지나고, 아파트와 주차장 사이에 있는 길로 빠졌는데도 아직 비브라토라는 찻집은 나오지 않았기에 이치코는 초조해졌다. 초등학교 교정을 따라 걷다가 주유소를 가로질러 주택가를 통과한 끝에 큰길로 나왔다. 점쟁이의 탁자가 밖에 나와 있었으나 점쟁이는 없었다. '찻집(店)의 엄호밑 부수(广)가 떨어져서 점(占)이 됐구나.' 하고 생각하며 아즈마다 이치코가 한숨을 쉬자 "비브라토"라고 쓴 간판이 눈앞에 나타났다.

찻집 안은 어스름했고 마치 단추를 채운 블라우스 속으로 들어서는 느낌이었다. 그런 생각을 하던 이치코가 발견한 것은 벽에 일렬로 걸린 단추가 아니라 가면이었다. 오세아니아의 가면일까. 타원형 가면, 사각형 나무판 가면 등 도형인지 물결무늬인지 모를, 기묘한 주름이 있는 얼굴이다. 그중 한 개가 묘하게 유독 데구치 씨의 얼굴과 닮았다. 가만히 보고 있으니, 벽 너머에서 모래사장을 때리는 태평양의 파도 소리가 들려왔다.

"앉읍시다." 하며 이치코가 정신을 차렸다. 불규칙한 나뭇결이나 나뭇가지의 비틀림을 살린 의자와 테이블이 놓여 있었다. 둘은 마주 보고 앉아서 눈을 아래로 향한 채 얌전히 메뉴를 읽었다. 홀쭉한 몸에 검은 앞치마를 단단히 두른 젊은 남자가 주문을 받으러 왔다. 아즈마다 이치코는 놀란 듯이 얼굴을 들고 "블랙커피."라고 말하자 텐짱도 이어서 "저도요." 하고 대답했다. "블렌드 커피이신 거죠." 하고 웨이터가 정정했다.

아즈마다 이치코는 자기가 권했으니 상대를 즐겁게 해 줄 이야기라도 해야 할 것 같았는데, 솔직히 전혀 자신이 없었다. 반대로 텐짱은 느긋한 목소리로 "벽(壁)에 걸린 토(土)속적인 가면, 재미있지요? 프랑스 인상파 화가의 복제화에 질린(膵) 참이라서 눈이 즐겁네요."라거나 "커피를 마시면 간이 바싹 말라 버려서 신장이 바보가 된다는 등 언니가 하도 말해서 좀처럼 마실 기회가 없어요."라거나 "이 집은 무화과 케이크하고 바나나 케이크가 맛있어요."라고 하며, 마치 고등학생처럼 마음에 떠오른 것들을 그대로 이야기했다. 이치코는 잘 대답하지 못하고 침만 삼켰다. 사실은 케이크도 먹고 싶었는데, 깜빡 잊어

버리고 주문을 못 했다.

커피가 왔다. 텐짱은 전시회 같은 곳에 자주 가는 듯 며칠〔日〕전에 갔던, 백혈〔百血〕병에 걸린 어린이들이 접시〔皿〕에 그린 그림을 전시한 '백〔百〕장의 접시〔皿〕'전에 대해 들려주었고, 커피 원두 원산지에 사는 민중〔衆〕의 생활을 촬영한 사진전을 보러 갔다고 이야기했다. '커피〔珈琲〕' 글자 왼쪽에서 두 명의 왕을 지우면 '가비〔加非〕'가 되고, '콩〔豆〕'에 '머리 혈〔頁〕'을 붙이면 '머리 두〔頭〕'가 된다. 그런 의미 없는 것들을 생각하는 동안 아즈마다 이치코도 전에 다녀왔던 전시회가 생각나서 "커피 원두를 가는〔碾〕도구 전〔展〕시회를 본 적이 있는데, 나무 외에 돌〔石〕로 만들어진 것도 있었어요. 맛있을 것 같지요, 커피 원두를 돌로 갈아 으깨는 소리와 향기." 하고 거들었다. 그러자 거기에 화답하듯이 신발 밑에서 바닥이 맷돌처럼 천천히 돌기 시작하더니, 벽에 걸린 가면이 덜그럭덜그럭 소리를 내며 소란해졌다. 아즈마다 이치코는 '망령이 가면을 덮쳤구나.' 하고 생각하며 내심 당황했는데, 텐짱은 묘할 정도로 침착해 보였다. 자기만 야단법석이면 이상할 것 같아서 "그저 지진일 뿐이지요." 하고 애써 떨리는 목소리를 억누르며 말했다. 커피 잔도 망령에 쐰 듯 테이블 위에서 춤을 추었다. 이럴 줄 알았으면 무화과 케이크를 주문해서 먹을걸. 무화과는 어떤 한자를 쓰더라? 첫 글자가 '무〔舞〕' 아니면 '용〔踊〕'? 만약 주문했다면 접시 위에서 춤추〔踊〕었을지도 모르는 케이크, 떠돌〔舞〕았을 지도 모르는 무화과. 아니다, 아니다, 떠도는 일 따위 없다, 망설이는 일 역시 없다. 무화과는 아마 '무〔無〕'라는 한자로 시작할 터다. 발 달린 감옥 같은 '무(無)'로.

벽에 걸린 가면들은 점점 심하게 벽을 쳐 댔고, 커피 잔들도 거기에 맞춰 달그락달그락 탭 댄스를 추었다. 바닥이 돌고 눈이 돈다. 지옥의 디제이가 마을을 레코드판이라 여기고 손가락으로 돌리는지도 모른다. 무릎에 놓은 핸드백을 꽉 쥐고서 가슴에 누르고 있던 텐짱의 몸이 위아래로 움직이기 시작했다. 아즈마다 이치코는 의자 다리를 두 손으로 잡았는데, 의자도 악령에 씌었는지 춤을 추기 시작했고, 그 위에 앉은 자기 몸마저 공중으로 내던져졌다. 건너편에 앉은 텐짱도 의자째로 풍풍 뛴다. 이대로는 안 되겠다. 아무래도 데구치 씨가 "오늘은 지진[52] 있어."라고 했던 예보가 보기 좋게 적중한 것 같다.

"아주 고집 센 지진이네요. 아직도 흔들리다니." 하고 텐짱이 말했다. 유리문을 통해 멀리서 불길이 치솟는 광경이 보였다. 지진뿐이라면 괜찮겠는데 화재가 일어나면 어쩌지? 데구치 씨는 "집안일이라면 자신 있어."라고 말했다. 어쩌면 그 말은 "지진이라면 화재[53]도 있어."의 다른 말이 아니었을까.

웨이터가 네발로 엎드린 채 홀쭉한 몸을 흑표범처럼 구불거리면서 찻집을 대각선으로 가로질러 간다. 문 앞에 닿자 두 발로 돌아오더니 어깨로 문을 밀치고는 쏜살같이 도망갔다. 그때 쨍그랑하고 멋들어진 소리가 났다. 카운터 안쪽에서 컵이 일렬로 쏟아져 나와 바닥으로 내동댕이쳐지며 전부 산산

---

52) 앞(161쪽)의 51번 각주 참고.
53) 火事(かじ)의 발음(카지)은 '가사(家事)'의 발음(카지)과 같다.

이 부서지는 소리였다.

아즈마다 이치코가 "나갈까요." 하고 침착한 목소리로 말하니 텐짱은 "그럽시다." 하고 더 침착한 목소리로 대답했다. 찻집을 나왔을 때 두 사람은 손을 꼭 잡고 있었다.

바깥에서는 작은 단독 주택들이 커피 잔과 똑같이 몸을 좌우로 흔들며 춤추고 있었다. 전봇대가 천천히 고개를 숙이며 길거리의 행인들에게 경의를 표했고, 이어서 기와지붕들이 인사를 대신하듯 덜그럭거리며 떨어졌다. 두 사람은 발걸음이 딱 맞았으므로 마치 한 마리의 동물에 속한 네발 같았다. 멈춰 서면 땅이 발밑에서 몸부림치는 감촉이 징그러워서 계속 걷는 편이 나았다. 잠시 뒤 텐짱은 갑자기 생각난 듯이 "우리 집이 이 근처예요." 하고 말했다.

땅은 제멋대로인지라 밟으면 어긋나거나 푹 꺼졌다. 텐짱이 앞으로 넘어질 것 같으면 이치코는 팔을 잡아당기면서까지 결코 손을 놓지 않았다. 그 덕분에 텐짱은 고꾸라지지 않았다.

걸어간다고 생각했는데 어느새 뛰고 있었다. 가뿐하게 뛰고 있었다. 내가 이렇게도 뛸 수 있구나, 몸이 정말 가볍다고 이치코는 생각했다. 두 사람은 호흡도 딱 맞았다. 그대로 쭉 달렸다. 멀리서 같은 방향으로 뛰어가는 사람들의 등이 보였다.

아즈마다 이치코는 혼자 뛰는 자기 모습을 떠올리자 무서웠다. '아, 잘됐다. 나에게는 텐짱이 있어.'라고 생각하며 얼굴을 보니 텐짱이 "아!" 하고 큰 소리를 냈다. 2층짜리 집이 우지직하고 기울어진다. 텐짱은 아즈마다 이치코의 손을 놓고는, 달리기 전부터 잃어버리지 않도록 유치원생처럼 가슴에 대각선으로 메고 있던 핸드백 속에서 휴대폰을 꺼냈다. "언니에게서 연락이 왔네. 모두 무사하대. 집에 아무도 없었던 모양이야." 이치코는 더 자세한 상황이 궁금했지만 그때 "이쪽에 있으면 위험해!" 하고 누군가 등 뒤에서 굵은 목소리로 외쳤다. 두 사람은 손을 꼭 잡고 목적지 없이, 우선 모두가 달리는 방향으로 달려갔다. 이상하게도 모두가 같은 방향으로 달릴 뿐, 반대 방향으로 달리는 사람은 보이지 않았다. 숨을 헐떡이며 멈춰 선 남자가 있기에 이치코가 "죄송한데요, 저쪽으로 달리면 뭐가 있어요?" 하고 물으니 남자는 "글쎄요, 모르겠네요." 하고 답한 뒤 다시 달렸다. 이치코와 텐짱도 손을 꼭 잡은 채, 서로 고개를 끄덕이고는 다시 달렸다. "규칙적으로 숨을 쉬는 게 중요해." 하고 텐짱이 육상부 선배처럼 확신을 가지고 말했다. 이치코는 알려 준 대로 호흡에 유의하면서 뛰었다. 천천히 뛴다고 생각했건만 두 사람은 계속 주변 사람들을 앞질렀다.

앞을 달리던 몇 사람이 오른쪽 모퉁이로 도는 모습이 보였다. 샛길에 버스가 한 대 있었다. 남색 유니폼을 입은 남자가 흰 장갑을 낀 손을 열심히 움직이면서 "자, 자, 어서 모두들 타세요!" 하고 소리를 지른다. "이 지역은 위험해서 버스를 타고 피난소로 가야 합니다. 버스 요금은 필요 없습니다. 모두들 타세요."

아즈마다 이치코와 텐짱은 얼굴을 마주 보고 말없이 고개를 끄덕인 뒤 버스에 올랐다. 2인용 좌석이 굉장히 좁게 느껴져서 두 사람은 서로 몸을 착 밀착시키고 앉았다. 그러고는 버스가 떠나기만을 기다렸다. 아즈마다 이치코는 배기가스 냄새를 질색했는데, 이 버스에서는 라벤더 향기가 났다. 잠시 후 버스는 사람들을 가득 태우고 출발했다.

창가에 앉은 이치코가 고개만 조금 돌려 조심스럽게 밖을 내다보자 무너진 마을 풍경이 트럼프 카드를 넘기듯이 차례차례 시야에 날아들었다. 거미줄 모양으로 금이 간 유리문. 인도에 내던져진 스포츠 가방에서 비어져 나온 피가 묻은 수건. 피부가 아름다운 등 사진이 밟혀 찢어져 있었다. 마사지 살롱의 간판이 쓰러진 것이겠지. 인도에 나뒹구는 새장은 텅 비었고, 쓰러진 자전거의 타이어가 계속 제멋대로 돈다. 판매용 샴푸와 비누가 길 여기저기에 흩어져 있었다.

창밖이 어두워졌다. 처음 좌석에 앉은 자세로 몸이 굳어진 아즈마다 이치코가 돌연 기운을 싹 잃고 몸을 늘어뜨리자 텐짱도 긴장을 풀고 곤약에 기대는 두부처럼 이치코의 몸에 기댔다. 하늘에는 달 두 개가 나란히 떠 있었다. "저것은 뭐라고 하지?" 하고 아즈마다 이치코가 두 개의 달을 가리키며 물으니 텐짱이 웃으면서 "살 붙임. 살이 잘 달라붙는 사이좋은 친구들이 아닐까." 하고 대답했다. 마주 보는 두 사람의 얼굴과 얼굴 사이의 거리는 처음에 10센티미터 정도였다. 그러더니 9센티미터, 8센티미터가 되고 7센티미터가 되고, 점점 더 가까워졌다. 텐짱은 전혀(全然) 색다른 여성이 아니라고 생각했는데, 전혀(全然)의 연(然)에 불(火)이 붙어서 타기(燃) 시작했고 혀는 불꽃(炎)이 됐다. 두 사람은 혀의 불꽃으로 펜싱을 시작했다. 혀가 서로 뒤엉키고 입속에 나타났다가 사라지고, 두 사람은 탐욕적으로 정신없이 상대의 입술을 잡아먹으려 들었다. 서로의 입안이 우주이고, 바깥 세계는 지나치게 큰 우주의 미니어처일 뿐이라고 느꼈다.

버스는 연신 달렸고, 어두운 차 안에선 말소리가 들리지 않았지만 인기척으로 가득 찼다. "키", "쿠", "코" 소리를 내며 코 고는 사람, 땀 흘리는 사람, 휴대폰 문자를 보내는 사람. 코와 귀가 다소 방해받았지만 이치코와 텐짱은 얼굴과 얼굴을 서로 부드럽게 비비고, 한쪽 가슴을 상대의 몸과 얽고, 다른 손으로 상대의 몸을 열심히 더듬었다. 두 사람 모두 이제까지 그렇게 타인의 몸속 깊숙한 곳까지 손을 넣어 본 적이 없었다. 예를 들어 '동(東)'이라는 글자가 있으면 그 글자 속까지 손대지 않는 것이 한자에 대한 예의다. 그런데 텐짱은 아즈마다〔東田〕의 '동' 자 안으로 손을 넣어 그곳에 있는 먹음직스러운 가로획을 잡아 밖으로 끄집어내려고 한다. "안 돼, 안 돼." 하고 이치코는 헐떡였다. 빼앗긴 것을 되찾고자 이번에는 이치코가 '텐짱'이라는 귀여운 가명 뒤에 숨은 비겁한 '도오코〔十子〕'의 교차된 다리 사이로 손을 넣어 '열십(十)' 자의 세로획을 붙잡아 흔들면서 끌어당겼다. 그러자 굳게 끼어 있던 획이 떨어져 나왔고, 텐짱은 "우." 하며 몸을 뒤로 젖혔다. 두 사람은 빼앗고, 서로 빼앗기고, 글자를 바꾸고, 획수를 바꿔 가면서 한자만이 주는 특이한 쾌락을 전부 맛보았다. 이윽고 누가 아즈마다 이치코이고, 누가 다바타 도오코인지 스스로도 알 수 없었다.

그리고 어느덧 격렬한 행위에 지쳐서 잠들어 버린 두 사람의 얼굴을 주유소의 조명이 이따금 신기한 듯 비추었다. 밤은 무너진 마을에 남색 이불을 다정하게 덮어 주었지만 부엉이 같은 눈을 감지 않은 채 새벽을 맞은 사람도 많았다.

눈부신 햇빛에 놀라서 잠이 깬 이치코의 코앞에서 텐쨩이 미소 짓고 있었다. 버스는 부드럽게 멈췄고, 이제 밖으로 내리라고 했다. 두 사람 모두 블라우스 단추가 위에서부터 반쯤 풀어져 있었다. 브래지어는 너저분하게 배까지 흘러내렸으며, 드러난 유방 아래로 끌러진 벨트가 마치 뱀 같았다. 재빨리 옷매무새를 가다듬은 뒤, 두 사람은 손을 잡고 버스에서 내렸다. 주위 사람들의 머리는 헝클어져 있었다. 빗이 없는 세계의 주민들이란 이런 외모인가, 하고 이치코는 어이없어했다. 어쩌면 자기 머리도 지금 그럴지 몰랐다. 이제 거울에 신경 쓰는 일 따위 그만둘까, 하고 생각하니 몸이 홀가분해졌다. 버스에서 내린 사람들은 모두 삼십 명 정도였을까. 컴퓨터 판매점에 어울릴 법한 점원, 등산화를 세트로 신은 백발 부부, 물방울무늬 손가방을 든 학생들, 하이힐을 한쪽만 신고 화장을 진하게 한 여성, 안대를 둘러쓴 양복 차림의 남자, 장갑을 낀 택시 운전기사, 안경이 어울리는 여성, 주유소 작업복을 입은 청년 등 여러 사람들이 두 줄로 서서 교정을 가로질러 걸어가니, 앞쪽에 문을 열어 둔 거대한 체육관이 보였다. 그 안에는 이불이 산처럼 쌓여 있었다. 이치코는 갑자기 추위를 느끼고 이불로 몸을 감쌌다. 텐쨩도 바로 똑같이 했다. 얼마 동안 이곳에서 지낼 수 있다는 설명을 들었다. 작년에 학생 수가 급격하게 줄어서 문을 닫은 곳이라고 했다.

체육관 안쪽에 몇백 개 정도 되는 박스가 쌓여 있었다. 청바지 차림의 남자 두 명이 칼로 그 상자들을 차례차례 열었다. 다가오는 사람들에게 미소를 지으며 "어서 오세요. 박스 안에서 가지고 싶은 것 가져가세요." 하고 말했다. 물론 그렇게 빨리 지원 물자가 도착했을 리 없었다. 이전 지진 때 도착한 물자인데 배급이 늦어지는 바람에 그대로 보관했단다. 바겐세일 같은 광경이 벌어질까 해서 지켜보는데 물건을 서로 빼앗는 기색은 전혀 없이, 오히려 먼 행성에서 온 낯선 물건을 보듯이 모두 곤혹스러운 모습이었다. 스웨터, 쿠션, 모자, 슬리퍼, 탁상시계, 라디오, 수건, 칫솔, 비누, 드라이어, 물통, 컵, 포크, 스푼, 접시, 손가방, 인형. 지금까지 이런 물건들이 필요하다고 믿으며 살아왔다는 것이, 순간 이치코에게 이상하게 여겨졌다. 뇌가 다시 실용적으로 움직이기까지는 얼마간 시간이 걸렸다.

잘 닦은 체육관 바닥엔 머리카락 한 올 떨어져 있지 않았다. 이치코와 텐짱은 이불을 나란히 깔고 쿠션을 베개 삼은 뒤, 머리맡에 알람 시계를 두어 침실을 만들었다. 방석을 두 장 깔고 그 위에 라디오를 놓았으며, 꺾어 온 민들레를 컵에 꽂아 거실을 장식했다. 큰 쟁반에 밥그릇, 젓가락, 찻주전자, 찻잔을 놓고 거기서 식사를 하기로 했다. 마지막으로 방을 둘러싸듯이 박스를 펼쳐서 벽을 만들고 빨래집게로 고정하니 마이홈[54]이 완성됐다. 이치코와 텐짱에게 가정이 생겼다. "왠지 소꿉장난 같아." 하고 이치코가 말했다. 텐짱은 "신혼부부

---

54) マイ・ホーム. 도시 샐러리맨이 장만한 자기 집, 가정을 뜻한다.

같은걸." 하고 신나 했다.

이렇게 해서 체육관에는 부부, 독신 가구, 학생들의 합숙방 등이 차례대로 생겨났다. 체육관에 설치된 샤워실과 화장실은 공동으로 사용했다. 조리대는 옛날에 쓰던 쓰레기 소각로를 활용하여 교대로 이용하기로 했다. 향토 박물관이 거대한 냄비를 제공해 주었다. 가까운 농가의 사람들이 채소를 가져다주었다. 비닐봉지에 든 빵이 한가득 도착했다.

며칠 후에는 옷이 몇 박스나 왔다. 이치코는 이제껏 입은 적이 없는 보라색 비단 드레스를 입어 봤다. 거울은 없지만 자기답지 않은 모습이어도 괜찮다는 해방감이 밀려왔다. 텐짱은 남성용 멜빵바지를 입고, 야구 모자의 챙을 뒤로 돌려 쓴 다음 웃었다. "코스프레 같아."라고 텐짱이 웃으며 말하기에 "무슨 역할인데?" 하고 이치코가 물으니 아무렇지 않게 "나라는 역할." 하고 대답한다.

이치코는 행복했다. 아침부터 밤까지 혼자 있을 일은 없다. 늘 텐짱이 곁에 있다. 식빵을 야채수프에 찍어 먹고, 잡초를 뜯어서 꽂아 놓고, 수돗가에서 속옷을 빨아 크리스마스 장식처럼 벚꽃나무에 걸어서 말리고, 그네에 앉아 달을 올려다보며 나누어 준 맥주를 마시고, 무얼 하든 즐거웠다. 물론 토할 것 같거나 눈물이 흐를 때도 많았지만, 세월을 체에 걸러서 들여다보면 즐거웠던 일이 수없이 떠오를 뿐 슬펐던 기억은 하나 정도만 남는다. 그런데 그 단 하나의 슬픔이 몇십, 몇백 개의 즐거움을 찌부러뜨릴 만큼 무거웠다.

피난소에 있는 사람들의 가족들이 하나둘 찾아와서 자기

들 가족을 데리고 떠나간 뒤로 체육관은 썰렁해졌다. 어느 맑은 날 오후 2시쯤 텐짱의 언니가 정장을 입고, 양복 차림의 남성 두 명과 초등학생 남자아이 한 명을 대동한 채 벤츠를 타고 나타났다. 그 언니라는 사람은 꼿꼿이 교실에 같이 있던 이치코를 기억하지 못하는지, 아니면 기억하고 싶지 않은지 얼굴을 봐도 무표정하고 인사도 없었다. 텐짱은 언니를 본 순간, 둑이 무너진 듯이 울기 시작했고, 세 사람에게 안기듯 차에 올라타더니 그대로 잡혀가는 사람처럼 떠나 버렸다. 한 번도 뒤돌아보지 않았다. 그때는 경황이 없었을지도 모른다. 하지만 연락할 마음이 있었다면 이 체육관을 알고 있으니 만나러 왔을 것이다. 이치코는 깨진 마음을 단단하게 얼려서 기다리기를 그만두자고, 잊자고 마음먹었다. 다음 날도, 그다음 날도 '기다리지 않는다.'라는 강한 의지가 자기 안에 있음을 확인했다. 그런데 며칠이 지나도 기다리지 않는 스스로가 웅어리처럼 목에 걸렸고, 기다리기를 그만둔 일은 기다리는 일만큼의 고통으로 이치코를 지배했다.

달이 꽉 찬 밤, 이치코는 가슴 위에 고양이라도 올라앉은 듯한 압박감을 느끼며 눈을 떴다. 그대로 누워 있을 수가 없어서 몸을 일으켜 운동화를 신고 얼어붙은 교정으로 나가 밤하늘을 올려다보았다. 카망베르 같은 달이 떠 있었다. 이것은 '다케토리 이야기'가 아니다. 선녀가 하늘로 돌아갔을 리 없다. 서 있자니 추워서 이치코는 달리기 시작했다. 호흡이 거칠어질수록 기다림을 금지했던 자신의 옹고집이 풀렸다. 기다림은 나쁜 것이 아니다. 꼭 언젠가는 지상에서 다시 만날 수 있으리라. 이치코는 계속 달렸다. 자전인지 공전인지는 모른다. 머리 위의 달을 의식하면서, 헉헉 하얀 숨을 내쉬며 교정을 두 바퀴, 세 바퀴, 네 바퀴 돌고도 여전히 달리기를 멈추지 않았다.

불사의 섬

여권을 받으려 했던 손이 순간 멈췄다. 금발의 젊은 여권 검사원의 얼굴이 굳어졌고 할 말을 찾는지 입술이 미세하게 떨렸다. 말을 꺼낸 사람은 내 쪽이었다. "이건 분명 일본 여권이긴 한데요, 저는 거의 삼십 년 전부터 독일에서 살고 있어요. 지금은 미국에 여행을 갔다가 돌아오는 길이고요. 그동안 일본에는 가지 않았어요." 여기까지 설명하고 말을 멈춘 뒤 아까 했던 생각은 입 밖으로 꺼내지 않았다. '설마 여권에 방사성 물질이 묻었을 리 없잖아요. 더러운 사람으로 취급하지 마세요.' 상대방이 받지 않은 여권을 일단 도로 가져온 다음, 이번에는 영주권 스티커가 붙은 페이지를 펼쳐 다시 내밀었다. 그러자 상대방이 손가락을 떨며 여권을 받았다.

"그동안 일본에 가지 않았어요." 하고 말함으로써 결백을 증명하려 한 스스로가 한심했다. 2011년엔 '일본'이라는 말을 들으면 동정을 받았고, 2017년 이후부터는 차별을 받았다. 유럽연합 여권을 발급받으면 국경을 넘을 때마다 일본을 생각하지 않아도 되니 편하겠지만, 왠지 신청하고 싶은 마음이 들지 않았다. 상황이 이러한데 여권에 집착하는 자신이 외려 이상하게 느껴진다.

나는 붉은색 여권 표지에 핀 국화를 원망하듯이 노려보았다. 그 순간 국화 꽃잎이 한 장 더 늘어나 열일곱 장으로 보이기에 흠칫 놀랐다. 여권 표지에 핀 국화에 유전자 변이가 생겼을 리 없다.

뉴욕에서 부친 짐은 베를린에 도착하지 않았다. 분실물 센터에 가서 서류에 트렁크의 색깔과 모양, 베를린 집 주소 등 필요 사항을 적는 동안, 큰일이다, 하고 생각했다. 베를린에서는 구할 수 없는 참마 메밀국수, 맷돌로 간 낫토, 모즈쿠 해초, 명란젓 등을 맨해튼 도심에서 사들인 뒤 트렁크에 넣었다. 물품 검사를 하면 일본 문자가 빽빽이 적힌 식품은 틀림없이 위험물로 분류되어 방사성 물질 처리장으로 보낼 것이다. 낫토는 방사성 물질로 인해 단시간 사이에 변형된 땅콩이 아닐까, 하고 의심받을지도 모른다.

2015년, 일본에서 오는 정보가 끊긴 이후로 일본에 대한 소문과 신화는 구더기처럼 들끓었다. 자라난 구더기는 이제 파리가 되어서 세계를 떠돌아다닌다. 일본행 비행기도 끊긴 까닭에, 실제로 일본에 가서 직접 상황을 확인해 볼 수도 없다. 중국의 어느 항공사가 조만간 오키나와행 항공편을 개시한다는 이야기를 들었지만, 사실인지는 아직 모른다.

후쿠시마에서 사고가 일어났던 해에, 모든 원자력 발전소의 가동을 중단해야 했다. 또 큰 지진이 올 것을 알면서 왜 우물쭈물했을까. "후쿠시마의 공포는 끝났다."라고 언론이 주장하기 시작한 2013년 초봄, 나는 교토에 일주일 동안 체류하고 있었다. 대지진이 있은 뒤, 딱 이 년이 되는 날에 생방송으로 '천황 폐하의 말씀'이 있었다. 종업원과 숙박객은 호텔 휴게실의 텔레비전 앞에 모여서 불안한 표정으로 방송을 기다렸다. 물론 호텔 객실에도 텔레비전은 있었지만, 혼자서 이 방송을 보기가 두려운 사람은 나뿐만이 아닌 것 같았다. 구강 세척제 광고가 좀처럼 끝나지 않아서 초조하기만 한데, 화면이 갑자기 새하얘지더니 바람에 나부끼는 무명으로 만든 일장기가 클로즈업됐다. 그런데 그다음 나타난 것은 예상하던 얼굴이 아니라 검은 복면을 쓴 남자였다. 화면이 덜덜 흔들렸다. 카메라가 흔들렸을 것이다. 남자는 마이크를 향해 돌연 거북이처럼 목을 내밀더니 "모든 원자력 발전소의 가동을 당장 중단하시십시오. 이것이 폐하의 말씀입니다."라고 말했다. 청중은 얼어붙었다. 복면을 쓴 남자는 부드러운 목소리로 "여러분, 걱정하지 마십시오. 납치 사건이 아닙니다. 저는 오늘 여기서 말씀을 하시려던 분과 아주 가까운 사람입니다. 그리고 이것은 저희들 모두의 마음입니다." 하고 덧붙였다. 복면을 통해 느껴지는 얼굴과 턱의 윤곽은, 뭐랄까 하나 인형[55]을 연상시켰다.

---

55) ひな人形. 일본은 3월 3일에 히나마쓰리(ひな祭り)를 지내는데, 여자아이의 무병장수와 성장을 기원하는 날로, 이날 집 안에 히나 인형을 장식한다.

호텔 밖으로 뛰쳐나가 방송국에서 일하는 남동생에게 휴대폰으로 연락해 보니 전원이 꺼져 있었다. 그날 몇 차례나 전화를 걸었지만 음성 메시지조차 남길 수 없었다. 그다음 날 겨우 남동생에게서 전화가 왔는데, 가족을 데리고 효고현에 있는 별장으로 도망갔다고 이야기했다. 그런 방송이 나간 탓에, 방송국은 우익의 공격을 받을 가능성이 크므로, 방송국 간부들은 모두 가족을 데리고 도쿄에서 도망쳤다고 한다.

방송국은 끝내 공격당하지 않았다. 황실 사람들은 대지진에 대비한다는 명목으로 그해 교토의 거처로 옮겼고, 유감스럽게도 그 뒤로 더는 말씀을 들을 수 없었다. 황실 가족 전부가 유폐됐다는 소문도 있었다.

그리고 또 놀랄 만한 일이 있었다. 내각 총리가 느닷없이 NHK의 「모두의 노래」라는 프로그램에 출연한 것이다. 무슨 노래를 부를까, 기다렸더니 "다음 달에 모든 원자력 발전소의 가동을 영원히 중지합니다."라고 외쳤다. 강경파 중의 강경파였던 그 사람의 천지개벽한 모습에, 강경파도 온건파도 모두 다 벌어진 입을 다물지 못했다. 간청해도, 위협해도, 귀신에 씐 듯이 '원자력 발전 반대'를 밀어붙였으므로 내각의 동료들은 특별한 복어 요리를 먹여 보기도 하고, 등에 문신한 남자들을 자택에 보내기도 하고, 침실에 레이저 광선으로 만들어낸 부친의 유령을 등장시켜서서 설교하게도 하고, 온갖 수를 써 보았지만 소용없었다.

그런 뒤 얼마 지나지 않아서, 내각 총리는 이 세상에서 모습을 감췄다. 평소 같았으면 '암살' 뉴스가 나왔을 법한데, 언론은 무슨 일인지 '납치'라는 말을 썼다. 도대체 누가 납치했다는 말인가. 북한이라는 나라가 있었을 때는 이 '납치'라는 말을 자주 사용했지만, 2013년에 돌연 북한에서 일어난 과격한 반핵 운동을 계기로 한국과 북한은 통일했다.

내각 총리가 모습을 감춘 뒤로 혼란기가 이어졌고, 2015년에 결국 일본 정부는 민영화됐다. Z 그룹을 자칭하는 한 무리가 주식을 전부 사들이더니 정부를 회사처럼 운영하기 시작했다. 방송국도 빼앗기고, 의무 교육도 없어졌다. 그 언저리 소식은 베를린에 사는 나도 인터넷 뉴스나 친구의 이메일을 통해 자세히 알 수 있었는데, 급기야 일본은 인터넷마저 쓸 수 없게 됐다. 이메일이나 그와 비슷한 것들을 사용할 수 없을 뿐 아니라, 일본에서 만든 인터넷 사이트도 갱신되지 않았다. 전화도 걸 수 없고, 편지를 보내도 "일본행 우편은 취급하지 않습니다."라는 내용의 독일 우체국 소인이 찍혀서 바로 돌아왔다. 또 어느 독일 원자 물리학자가 일본에 착륙하면 방사성 물질이 기체에 부착된다는 연구 결과를 발표한 뒤로, 일본행 비행기도 사라져 버렸다. 그리고 2017년에 태평양 대지진이 일어났는데, 그것마저 위성 카메라에 찍힌 무시무시한 영상으로 판독할 수밖에 없었다. 해일은 수도에서 이즈 지방 주변까지 모조리 쓸어 간 듯이 보인다. 그 뒤로 육 년이 지난 지금도 자세한 사정은 모른다. 다행히 남동생네 가족은 이미 효고현으로 옮겼다. 연락은 없지만 육감으로 무사함을 알 수 있었다.

미국에서 일본으로 가는 비행기는 아직 운항한다는 소문

을 들었다. 맨해튼의 차이나타운에 자리한 어느 채소 가게 안쪽에 작은 여행사가 있는데, 거기서 오사카행 비행기표를 살 수 있다는 것이었다. 물론 인터넷에는 나와 있지 않다. 직접 찾아가서 달러를 내고 비행기표를 구입해야만 한단다. 그런데 일부러 미국까지 건너가서 막상 그 장소에 가 보니 여행사는 이미 없었다. 채소 가게에서 일하는 사람들의 말에 따르면, 분명히 그런 여행사가 얼마 동안 존재하긴 했으나 어느 날 밤에 갑자기 자취를 감추어 버렸단다. 나는 그 부근을 이삼일 정도 수소문해 보았지만 단서 따윈 아무것도 없었다. 별수 없이 캘리포니아에서 생산한 일본 식재료를 사서 베를린 집으로 돌아왔는데, 비행기에 탑승할 때 맡긴 트렁크는 아무래도 영원히 잃어버린 듯하다.

내가 미국에 갔던 해 여름, 일본으로 밀항해 갔다는 포르투갈 사람의 책이 나왔고, 그 책이 속속 번역되며 유럽 언론에서 화제가 됐다. 『페르낭 멘드스 핀투의 손자가 겪은 불가사의한 여행』이라는 책인데, 곧바로 사서 읽어 봤더니 왠지 『걸리버 여행기』를 읽는 느낌이었다. 페르낭 멘드스 핀투는 16세기 사람이니, 그 작가가 손자일 리는 없다. 거짓말쟁이임을 바로 알 수 있다. "나는 매일 죽음과 마주하고 살아가는 일본 사람들의 영혼을 구하러 일본에 밀항한 신부다."라고 저자는 책 첫머리에 썼지만 어느 신문 기사에 따르면 신부가 된 때는 일본에 오기 직전이고, 그 전까지는 탐험가였다고 한다. 탐험가이자 작가라면 거짓말하는 재주도 있을지 모른다.

그 책에는 이런 이야기도 쓰여 있다. 2011년 후쿠시마에서 피폭했을 당시에 백 살이 넘은 사람들은 여전히 건강하고, 다행히 지금까지 단 한 사람도 죽지 않았다. 이런 현상은 후쿠시마뿐 아니라 그 이후 몇 년간 연이어 주목받은 중부 관동 지방의 스물두 곳에서도 마찬가지였다. 피폭자 중 최고령자는 당시 백열두 살이었고, 이제 백이십 살이 넘었는데도 아직 정정하다. 핀투가 "건강해 보이세요." 하고 통역을 거쳐 칭찬하니 "죽지 못해요."라는 대답이 돌아왔다고 한다. 젊어진 것이 아니라 아무래도 방사성 물질 때문에 죽는 능력을 뺏긴 듯했다. 밤에는 잠들지 못하고 아침에 깨어나면 몸이 축 늘어지는데, 그래도 일어나서 일을 해야만 한다. 2011년에 어린이였던 사람들은 점차 병에 걸려서 일하지 못하게 됐을 뿐 아니라, 간호마저 필요했다. 어쨌든 소량의 방사능이라도 매일 노출되면 세포가 활발하게 분열하므로 어느새 100배, 1000배로 늘어난다. 그래서 나이가 젊으면 젊을수록 위험하다. 그런 현상은 당시부터 익히 알려져 있었음에도 2011년에 아이들을 데리고 일본 서남 지방으로 도망간 사람들은 극히 적었다. 몇 년이 지나서야 오키나와나 효고현으로 이주하는 가족이 늘어났다. 효고현은 지역 방침으로 도쿄에서 이주해 오는 영세 기업을 우대했고, 집을 새로 짓는 사람들에게는 장소에 따라 토지를 무료로 제공하는 정책을 마련했다. 새로 짓는 집은 모두 천지 자연이 주는 전기를 쓰므로 정전이 돼도 괜찮다. 산에서 샘솟는 차갑고 맛있는 물은 상급이고, 방사성 물질 따윈 검출된 적이 없다. 효고현 붐이 일었던 또 한 가지 원인은, 그곳이 교토와 가까웠기 때문이다. 전통 가이세키 요리[56]가 학교 급식으로 나온다. 물자가 귀한 시대인데, 밥그릇도 겉옷도 방석도 모두 세련된 것으로 구할 수 있다. 2017년까지 효고현으로 이주했던 사람들은 정말로 운이 좋았다.

'젊다'라는 형용사에 젊음이 있었던 시대는 끝나고 이제 '젊다'라고 하면 설 수 없음, 걸을 수 없음, 눈이 보이지 않음, 음식을 먹을 수 없음, 말할 수 없음을 뜻하게 됐다. '영원한 청춘'이 이렇게까지 쓰라릴 줄이야, 이전 세기의 사람들은 아무도 예상하지 못했다.

노인들은 젊은 사람들을 간호하고 가족에게 먹일 식량을 확보하는 데 정신이 없어서 한탄할 힘도, 분노할 힘도 없다. '지옥도'라는 말이 자주 쓰였지만 몸을 태우는 불길도, 넘쳐흐르는 피도 눈엔 보이지 않는다. 슬픔도 괴로움도 형태 없는 채로 노인들의 마음속에 쌓여 간다. 아무리 극진하게 간호해도 젊은 사람부터 차례대로 모습을 감춘다. 미래를 생각할 여유조차 없는 와중에 다음 대지진이 덮쳤다. 정부는 새로 지은 네 개의 원자로에선 아무것도 누출되지 않았다고 발표했지만, 민영화된 정부의 말을 과연 신뢰해도 될지 장담할 수 없다.

핀투가 도쿄에 체류한 때는 딱 8월의 한창 더운 시기였는

---

56) 懷石料理. 가이세키는 본래 다도에서 차를 대접하기 위해 내놓는 요리로, 오늘날 일본의 고급 요리를 대표한다.

데, 모든 집이 문과 창문을 열어 두고 있었다. 빈집 털이, 도둑, 강도는 전부 죽은말이 됐다. 여성도 남성도 맨발에 나막신을 신고서 팔다리를 드러내고 통근, 통학을 했다. 집에서는 나체로 보낸다. 이건 문명인들의 모습이라 할 수 없으므로 식민지가 될 위험도 있었지만 이제 일본을 찾는 외국 배는 없다. 하얀 배도 검은 배도 오지 않는다. 요코하마 바다는 아주 고요해졌다. 생선, 조개, 해초 등 바다에서 나는 음식을 먹는 관습도, 해수욕을 즐기던 일도 없어졌다. 인간과 교류하지 않게 된 바다는 어둡게 침묵한다. 해산물이 치명적이긴 하지만 버섯 등 산나물도 위험하긴 마찬가지다. 도쿄 거주민들은 흙이 아닌 면직물을 넣은 화분을 빌딩 옥상이나 베란다에 내놓고 거기에 강낭콩이나 토마토를 키워서 먹는다.

하지만 오락이 완전히 사라지지는 않았다. 사람들은 매일 아침 책 대여점 앞에 줄을 섰고, 신문을 인쇄할 전력이 없어서 목판으로 찍은 것을 길에서 내다 팔았다. 툇마루에서 바둑과 장기를 즐기는 사람들. 긴 밤을 텔레비전이 없이 보내는 데는 독서만 한 것이 없지만 일몰과 함께 정전이 되므로 이야기꾼이 길모퉁이에서 옛날 만화나 애니메이션의 내용을 비파나 기타를 튕기며 들려준다. 그러나 모두가 그렇게 변형된, 에도 시대의 오락에 만족하는 것은 아니다. 피폭한 사람들을 구하기 위해 낮이나 밤이나 의학 연구에 매진하는 학자들은, 반딧불이 엉덩이에서 나오는 불빛을 모아 도서관에서 수많은 문헌을 읽어 치우고 실험을 거듭하며 답을 찾고 있다.

컴퓨터는 없지만 태양 전지로 작동하는 소형 게임기는 있다. 전지가 약해서 영상이 매우 느리게 움직이는데, 마치 노가쿠[57] 배우 같다. 그래서 속도로 경쟁하거나 적과 싸우는 게임은 전혀 유행하지 않았고, 최근에는 노가쿠에서 힌트를 얻은 '몽환 노 게임'이 시장을 지배하고 있다. 원한을 품고 죽은 사람, 말하고 싶은 것을 말하지 못하고 죽은 사람 등의 망령이 읊조리는, 좀처럼 이해하기 어려운 말과 단편적인 망상을 솜씨 좋게 나열해서 하나의 이야기로 만든다. 그러고는 그 망령들에게 각각 어울리는 경(經)을 읽어 주면 성불하게 되는 것이다. 그런데 이렇듯 없애고 없애도 새 망령이 계속 나타나는 까닭은 무슨 연유일까. 그래도 실신하지 않고 끊임없이 즐기는 사람이 이 게임의 승자가 된다. 그러나 '이긴다'는 말의 뜻을 기억하는 사람도 이제는 거의 없다.

---

57) 能樂. 노래와 춤으로 구성된 일본의 전통 무대 예술로서, 가면을 쓴 인물이 노래로 대사를 읊으며 느린 동작으로 춤을 춘다.

피안

전투기가 나뭇잎처럼 회전하면서 떨어지는 모습을 남자는 보고 있었다. 이제 이곳 땅에는 살지 않지만 오랫동안 돌보던 작은 채소밭에 애정이 남아서 일부러 전차를 타고 돌보러 온다.

　가늘고 휘어진 오이를 자르려고 했던 손은 멈춘 그대로였다. 기체는 낙타 등 모양을 한 언덕 저편으로 사라졌다. 아마도 바다에 떨어졌을 텐데, 남자가 선 위치에서 바다는 보이지 않았다. 남자가 초등학교에 들어갔을 때 언덕 전체가 출입 금지 구역이 됐고, 그때 이후로 마을에서는 직접 바다로 나갈 수 없게 되었다. 그곳에 해수욕장이나 항구가 있을 리 없고, 매립해서 더욱 넓어진 콘크리트 부지에 후지산을 절반으로 잘라 윗부분을 떼어 버린 듯한 모양새의 건축물이 하나 있을 뿐이다. 거죽은 반들반들하지만 8000개의 가시를 피부 안쪽에 숨긴 괴물이다. 어렸을 때는 그 건물의 존재를 의식했지만 언제부터인가 잊어버렸다. 지금 그 기억이 긴 혼수상태에서 눈을 뜨려고 하는데 늦었다. 폭음으로 고막이 찢어지는 동시에 남자의 뇌 자체가 녹아 없어졌다.

파일럿은 머리 위에 갑자기 거대한 건축물이 나타나자 놀라면서 '아, 이건 머리 위가 아니야. 지상이야. 내가 거꾸로 떨어지는 중이다.' 하고 생각했다. 마치 다른 사람에게 일어난 일 같았으므로 당황할 수가 없었다. 그리고 시간이 점점 느리게 흘러가더니, 이제 남은 시간은 일 초보다 짧은데도, 숱한 말로 생각을 했다. '흡사 군수 공장 같구나. 이런 곳에 군수 공장이 있었나. 옛날 일본인 가미카제 소년들도 추락하는 도중에 시간이 느리게 흘러가는 걸 느꼈을지도 몰라. 하지만 나는 자폭 테러를 할 이유가 없다. 이건 단순한 사고라고. 제비가 모터 안으로 날아 들어와서 프로펠러가 멈췄다. 바보 같은 죽음이야. 이럴 줄 알았으면 군대에 들어오지 말고 그대로 요양소에서 빈둥빈둥 지내는 편이 좋았을 텐데. 호흡기가 약한 것을 왜 행복으로 받아들이지 못했을까. 굳이 남자답고 위험한 일을 하려다가 아무 관계도 없는 지루한 아시아의 섬나라에서 하찮은 공장에 충돌해 죽다니, 너무 한심해서 웃음마저 안 나온다. 너무 무의미하다.'

열여덟 살의 파일럿이 한낱 공장이라고 생각한 그 건물은 한 달 전에 재가동한 원자력 발전소였다. "프랑스 우수 회사의 도움으로 최고의 기술을 사용해 안전을 몇 번이나 확인한 결과, 주민의 찬성을 얻어 드디어 재가동하기에 이르렀다."라고 신문에는 쓰여 있었다. 실제로 누구의 찬성을 얻었는지는 분명하지 않다. 왜냐하면 그 주변에는 한 사람밖에 살지 않고, 야마노 사치오라는 이름의 시인으로 활동했던 그 사람은 재가동에 반대했기 때문이다. 다른 주민들은 원자력 발전소 반대 운동 때문에 일어난 가정불화에 지쳐 그 지역을 떠났다.

갑자기 일본 원자력 발전소 재가동의 안전 여부에 대해 파리에서 국제회의가 열린 때는 삼 개월 전이었다. "재가동은 예상외의 일이 일어나지 않는 한 반드시 안전하다."라는 결론이 나왔다. 회의에 참석한 전문가들은 서로 이해가 대립하는 스물두 나라에서 모였으므로 그 인원이 모두 매수당했다고 생각하기는 다소 어려웠다. 하지만 그렇더라도 회의 결과가 객관적이고 과학적이라고 말할 수는 없다. 개인의 의지와 관계없이 움직이는 최근 정치에는 정치인, 학자, 재계인이 요정에 모여 고급 생선을 젓가락 끝으로 뒤적거리며 작은 목소리로 행하는 옛날식 비리는 없다. 더는 고급 생선이 잡히지 않았고, 그곳 주인이 스파이 혐의로 체포된 뒤로 요정의 보안이 의심받았기 때문이다. 그 대신 뇌에서 뇌로 눈에 보이지 않는 신호가 날아가고 특정한 사람들이 거기에 무의식적으로 동의하면 동의한 사람의 계좌에 자동으로 돈이 입금되는 새로운 세계 경제 질서가 벌써 자리 잡았다. 오늘날 생물학자도 경제학자도 이 새로운 비리 메커니즘을 똑바로 실증해 내지 못했지만, 어쨌든 그런 것이 있을 법하다고 느끼는 사람들 중엔 특히 시인이 많았다.

기자들이 날카로운 눈빛으로 곤봉 같은 마이크를 들이대면 전문가들은 "예상외의 일이 일어나지 않는 한 반드시 안전합니다."라고 대답했다. 비행기가 고장 나서 원자력 발전소 위에 곧바로 떨어진다. 그것은 전형적인 예상외의 사건이었다. 전쟁이 빈번해서 교전 중에 전투기가 추락한 것이라면 예상외라고 말할 수 없지만 이번 일은 전쟁과 무관한 사건이다. 평화 시에도 군인은 식사를 해야 하므로 미국에서만 구할 수 있는 특수 식자재를 운반하던 군 비행기가 고장이 나서 추락했다. 군 방침에 따라 수송기와 전투기를 구별하지 않게 되었지만, 이 비행기는 옛날 기준으로 말하면 전투기였다. 다만 사고의 원인이 정말로 모터에 끼인 한 마리의 제비인지, 아니면 다른 원인이 있는지는 지금도 알 수 없다. 이 전투기가 군 식자재를 수송한 건 맞지만, 어떤 사정으로 인해 원래 다른 형태로 운송해야 했던 최신 폭탄의 견본을 싣고 있었다.

　　파일럿은 뉴저지주 출생이며, 어느 뛰어난 소설가가 스스로 잘 만들어 냈다고 고생한 보람을 느낄 만큼 '평균 정도의 단순한 성격'을 가진 건강하고 젊은 남자의 표본이었다. 물론 본인은 그 점을 모른다. 전투기에 오른 그날은 몸 상태도 좋았고 날씨도 좋았다.

　　예상외의 일이 일어날 확률은 대단히 높다. 지난 100년간을 돌아보았을 때, 전쟁을 하지 않더라도 군 비행기가 추락한 예는 많다. 다만 지금까지는 다행히 산속이나 논 한구석에 떨어져서 피해가 적었을 뿐이다. 주민들은 '혹시 우리 집 지붕에 떨어졌다면.' 하는 음침한 의문을 마치 일상이라는 이름의 맛있는 케이크에 몰려드는 시끄러운 파리 떼인 양 내쫓았지만, 이렇게 집에서 쫓겨난 의혹이라는 이름의 파리 떼는 이번엔 길에 떨어진 갈색 똥에 몰려들었고, 사람이 바로 옆을 지나가면 놀라서 검은 구름 떼가 되어 날아갔다. 무서운 것은 파리 떼가 아니라 이 갈색 똥이었다. 반려견도 들개도 멸종한 이 마을의 인도에 돌연 나타난 사람의 두개골만 한 똥.

훈련 중인 전투기만 떨어지는 것이 아니라, 여객기도 종종 추락한다. 그 원인은, 과로한 파일럿이 조종 중에 졸다가 지금도 하늘을 떠도는 특공대의 망령에 붙들려 지상에 보이는 큰 건물을 향해 급강하하기 때문이다. 파일럿의 책임이 아니다. 충분한 수면 시간을 주지 않은 쪽은 항공사다. 엄한 국제 경쟁에서 살아남기 위해 고생하는 항공사를 비난할 사람은 없다. 가장 큰 문제는 특공대의 망령들이 벌써 한참 전에 2차 세계 대전이 끝났음을 아직도 모른다는 점이다.

여객기 추락은 파일럿의 과로 때문만은 아니다. 조종 마니아가 일으키는 사건도 있다. 인터넷으로 비행기 조종을 배워 모의 비행을 즐기던 젊은 남자가, 어느 날 진짜 비행기를 운항하고 싶은 욕망을 억누르지 못하고 국내선 여객기를 납치하여 공중제비를 갈망하던 오랜 꿈을 이뤘다. 다행히 부상자는 없었지만 같이 탔던 승객들은 모두 직장에서 해고되고 재취업도 하지 못했다. 승객들은 죄가 없는데 왜 그렇게 됐는지 참으로 이상한 일이지만, 가해자뿐 아니라 피해자도 사건의 불결함이 묻으면 공동체에서 내쫓는 오랜 관습에서 비롯한 일인지도 모른다.

그 뒤로도 모의 비행에 지나치게 열중한 무직의 젊은 남성들이 잇따라 비행기 납치 미수로 체포됐는데, 흉내 내는 사람이 많아지면 곤란하므로 해당 사건은 보도되지 않았다.

신주쿠 빌딩 옥상에서 태극권을 연습하던 환경 보호 단체 여성들 아홉 명은 폭발음에 하늘의 고막이 찢기고, 멀리 그 찢긴 틈으로 하얀 가루가 폭설처럼 내려와서 먼 곳의 집 지붕들을 새하얗게 물들이는 광경을 보고 황급히 빌딩 속의 자기들 사무실로 뛰어 들어가서 샤워를 했다. 하네다 공항으로 착륙하기 시작한 여객기의 창가 좌석에 앉은 승객들은 바다 수면에서 두 개의 거대한 화염 바퀴가 떠올라 내륙으로 굴러 들어간 뒤 하나는 일본 남쪽으로, 또 하나는 북쪽으로, 그리고 동해와 태평양 양쪽으로 죽음의 가루를 흩뿌리며 굴러가는 모습을 창문 너머로 목격했다. 이노카시라 공원에서 밀회를 즐기며 아이스크림을 먹던 고등학생들은 폭음에 뺨을 맞고 하늘을 올려다보니, 세상의 절반을 뒤덮을 만큼 커다란 갈색 우산이 천천히 펴지고 있었다. 다카오산에서 하이킹을 하다가 주황색 용과 청록색 용이 구름 침대에서 서로 뒤엉키는 모습을 목격한 등산 동호회의 연금 생활자들. 폭발음으로 산이 흔들리고 벼랑이 무너지는 바람에 쓰러진 수십 그루의 삼나무가 일제히 뿌리를 하늘로 치들고 정지한 모습을 본, 기요사토에 사는 아흔 살의 어느 화가는 훨씬 나중에야 그때의 모습을 유화로 그렸다. 이바라키에서 땅콩밭에 가려고 집을 나선 순간 하얀 가루에 휩싸여 눈앞이 보이지 않고, 목이 막히고, 기침이 계속되고, 기침이 멈추지 않고, 기침 때문에 의식을 잃을 수도 없고, 심한 기침으로 갈비뼈가 산산이 부서질 듯한 고통에 시달리며 앞뜰의 흙을 얼굴에 문지르다가 그대로 흙이 돼 버린 삼촌을 집에서 지켜본 어린이도 있다.

하지만 사람들이 눈앞의 광경에 주의를 빼앗긴 시간은 불과 몇 초 사이고, 그 이후로는 화상의 아픔과의 싸움이었다. 눈으로 보기만 해서는 피부의 변화를 알 수 없는데, 가령 바비큐 꼬치를 팔과 손의 뼈 근처까지 찔러 넣어서 숯불로 계속 달구는 듯한 아픔이다. 지금까지 경험하지 못한 이상한 화상이었다. 화상이 가벼워서 살아남은 사람들은 훨씬 나중에 이런 말을 남겼다. 처음에 눈에 보이지 않던 화상은 날이 갈수록 몸속의 세포를 연신 태우고, 얼마 뒤에는 고추에 절인 생선알처럼 변해 버렸다. 다행히 물뱀 껍질을 구워서 만든, 3000년의 역사가 있는 한방약이 화상에 효과가 있어 그것을 바른 사람은 구제받았지만, 경련이 일고 자주색으로 빛나던 피부가 원래 상태로 돌아오고 아픔이 사라지기까지는 긴 시간이 걸렸다.

그날 수천만 명의 사람들이 두 손을 앞으로 내밀고 비틀거리면서 근처의 강과 바다로 걸어갔다. 도중에 신발이 벗겨져도 알아채지 못했다. 땅에 떨어져 깨진 유리창 조각들을 맨발로 밟아 온통 피투성이가 돼도 아픔을 느끼지 못한 채, 머리를 투우처럼 앞으로 내밀고 발부리가 걸려 넘어질 듯 위태위태하게 물을 찾아 걸었다. 그러다 도로에 얼굴이 빨려 들어갈 것처럼 푹 쓰려져서 그대로 아스팔트와 입을 맞추고 영영 움직이지 않는 사람도 적잖았다. 달리는 자동차는 보이지 않았다. 달아오른 철이 뜨거워서 차 문을 만질 수조차 없었다. 버스도 전차도 멈췄다. 운전석에는 운전기사의 형체만이 눌어붙은 채 남아 있었다.

강에 다다른 사람들은 옷을 입은 채로 강물에 첨벙첨벙 들어갔다. 허리, 허벅지에 힘이 들어가지 않아서 물살에 쓸려 넘어졌고, 개울에서 익사한 사람도 있었다.

"살아남는 방법은 하나가 아니다."라는 말이 딱 그 무렵에 유행했는데, 이젠 그 말과 반대로 살아남는 방법은 하나뿐이었다. 일본을 떠나는 것이다. 이 열도에서는 이제 살 수 없다. 머리가 깨진 원자력 발전소라는 이름의 분노한 괴물은 앞으로 몇천 년 동안이나 가까이 다가오는 사람들의 피부를 태울까.

사람들은 본능적으로 가장 가까운 항구로 갔다. 항구에 정박한 배들은, 비단 여객선뿐 아니라 어선, 화물선도 피부가 타서 문드러진 사람들을 태우고 대륙으로 향했다. 동해 쪽에 사는 사람들 중에는 비교적 빨리 대륙에 도착한 사람도 있었다. 태평양 연안에 살던 사람들은 거센 파도에 밀려가며 마실 물도 음식도 부족한 배에서 며칠을 보낸 끝에 대륙에 도착했다. 그즈음에는 벌써 의식이 몽롱한 사람도 있었다. 선실에서도 갑판에서도 젊은 사람들은 손안의 작은 기계 디스플레이를 줄곧 노려봤지만 거기에는 깊은 어둠만이 있을 뿐이었다.

니가타항을 출발한 유키와카마루는 정원을 훨씬 넘는 승객들을 태우고 중국의 어느 항구로 향하고 있었다. 입항 허가가 비교적 빨리 나온 이유는, 학창 시절에 홍콩에서 유학한 사도섬 출신의 선장이 중국어에 능숙한 덕분이었다. 중국에서 입항 허가를 받지 못한 일본 배는 없었지만 사무적 문제로 인해 꽤 오랜 시간이 걸리기도 했다. 이때 러시아에도 동시에 상륙 허가를 신청한 배가 많았는데, 결국 그 대답을 기다리는 동안 중국에서 먼저 허가가 나왔다. 사실 러시아도 모든 일본 배에 상륙 허가를 내렸지만 이미 늦었다. 사할린에서 낚시를 즐기던 대통령이 피폭당한 까닭에 병원에서 치료받고 있었기 때문이다.

선실엔 구석구석까지 사람들이 꽉 들어차 앉았다. 선실에 있자니 숨이 막힌 사람들은 잠시 망설이다가 갑판으로 나갔다. 한번 일어서면 돌아갈 자리는 사라진다. 그래도 바깥 공기를 쐬지 않으면 기절할 것만 같았다. 갑판에서는 어디에 서 있든 얇은 칼날 같은 차가운 바람에 에였다. 파도는 높지 않았지만 검은 돌을 녹인 듯한 섬뜩한 무게를 느끼게 했다.

돛대 밑에서 햇볕에 그을린 남자들이 책상다리를 하고 빙 둘러 앉아 뭔가를 열심히 토론했다. 뱃머리 근처에는 몇 시간 만에 갸루[58]에서 난민으로의 변신을 강요받은 세 여성이 몸을 서로 가까이 붙이고, 매니큐어가 벗겨진 두 손을 신경질적으로 문지르거나 자기 머리카락을 거듭 불안하게 만지곤 했다.

갑판 구석에 한 사람, 모두에게 등을 돌리고 바다를 바라보

---

58) ギャル. 스트리트 패션의 하나이며 짙게 태닝한 피부와 눈을 강조하는 진한 색조의 화장이 특징이다.

는 양복 차림의 남자가 있었다. 전직 참의원 의원 세데 이쿠오였다. '전직'이라는 말이 맞는지 아닌지는 모른다. 세데는 의원직을 그만두지 않았지만 일단 국회는 열리지 않을 것이고, 그 국회가 속한 국가도 언제까지 존속할지 알 수 없다. 밤이 되자 세데는 옆을 지나가던 선원을 작은 소리로 불러 세운 뒤, 나지막한 목소리로 거래를 청했다. 이윽고 두 사람은 기계실로 들어갔고, 다시 나왔을 때 세데는 양복 대신 회색 작업복을 입고 남색 털모자를 쓴 차림이었다.

배가 항구를 떠난 뒤 얼마 동안, 세데는 배 안의 매점 옆에 멍하니 앉아 있었다. 몇 시간이 지나자, 선내 방송이 흘러나왔다. 이를테면 중국 정부가 일본에서 온 난민을, 여권이 없는 사람마저 전부 받아들이겠다고 발표한 것이었다. 그 방송을 듣고, 승선해 있던 사람들은 피곤에 지친 얼굴로 안도의 미소를 지었으나, 세데만은 괴로운 듯이 호흡하며 창백한 얼굴을 하고 갑판으로 뛰쳐나갔다.

세데는 최근 몇 년 동안 중국을 모욕하는 발언을 거듭해 국내에서도 국외에서도 비난을 받았다. 여기에는 개인적 이유가 있다. 세데는 최근 몇 년 동안 남성으로서 수치스러운 모종의 증상 때문에 고민이었는데, 어느 날 우연히 그 고민을 해결할 방법을 찾아냈다. 무슨 일이 있어도 그 해결책을 놓치고 싶지 않았다. 정치는 어떻게 되든 상관없었다. 아니, 지금껏 자신이 정치에 관심이 없었음을 이제야 깨달았다. 젊었을 때는 영화배우가 되고 싶었는데, 대학을 졸업하고 오디션에 네 번 연속 떨어지자 자포자기했다. 그러던 중 술을 마시던 바에서 정치의 길을 권유받고 거기에 들어선 것이 잘못이었다.

어느 날, 늘 그렇듯이 괘씸한 기자 회견이 있었다. 학부생처럼 어린 얼굴을 한, 명석한 두뇌의 신문 기자가 외교 정책의 잘못을 간접적으로 지적하면서, 그와 관련해 최근 한 발언의 저의가 무엇인지 따져 물었다. 그 기자는 차근차근 비판하고, 정보도 풍부하게 준비한 데다 사고력도 우수해서 참의원 세데는 마치 쫓기던 쥐가 고양이에게 달려들어 발악하듯이 그 자리에서 완전히 즉흥적으로 중국을 모욕해 버렸다. 그 발언을 듣고 신문 기자는 세데의 저열한 지적 수준에 아연실색하여 말을 잇지 못했다. 다른 기자들도 괴한으로부터 달아나듯이 기자 회견이 열린 호텔의 다목적 홀에서 도망쳤다.

세데는 대기실에 틀어박혀서 방금 했던 실언을 어떻게 변명해야 하나, 고민하며 의자에 푹 주저앉았다. 평소 습관대로 다리를 꼬려고 했지만 그럴 수 없었다. 하반신이 아무래도 이상해 보이기에 숨을 들이쉬고 지방이 붙은 뱃살을 안으로 당겨 넣었다. 그 순간 오랜 고민이 해결됐음을 깨달았다. 세데는 다리 위에 올려진 오른손을 천천히 움직여, 몸의 그 부분을 만져 보았다. 믿을 수 없어. 세데는 자리에서 일어나 복도를 달려 '남성'이라고 적힌 공간으로 빨려 들어갔다.

그날 세데가 했던 발언은 반대편 정당뿐 아니라 소속 당에서도, 국민에게서도 흠씬 비난받았다. 전화가 끊임없이 울리고 메일함은 터질 것 같았다. 이로써 세데의 정치생명은 끝장인가 싶었는데, 오히려 그 반대였다. 세데는 다음 선거에서 여태껏 얻은 적이 없었던 수많은 표를 받았다.

자신이 했던 발언을 떠올리기만 해도 허리가 흔들리고 하반신이 뜨거워졌다. 불능의 고민이 이런 식으로 해결되리라곤 상상조차 못 했다. 이렇게 간단한 치료법은 없다. 돈도 들지 않고 무엇보다 누구에게도 알려질 염려가 없다. 그렇다, 자신에게 아시아는 너무 크고 너무 강하고 너무 아름다운 어머니였다. 아니면 자기를 비웃는 터울 진 똑똑한 형, 혹은 지나친 기대를 하는 엄한 아버지일지도 몰랐다. 뭐든 좋다. 어쨌든 자기를 억압하는 거대한 무언가를 칼로 찌르는 포즈를 취할 수 없다면 사내가 될 수 없다. 세데는 오랜 수수께끼가 드디어 풀리자 기쁜 나머지 차 뒷좌석에 앉아, 공적 업무를 보러 갈 때조차 자신도 모르게 싱글벙글거렸다. 그러다 백미러로 이상하게 쳐다보며 얼굴을 찌푸리는 운전기사와 눈이 딱 마주쳐서 기침을 할 때도 있었다.

그다음 해 세데는 자기 발언을 몰래 훔치는 나이 어린 동료가 있음을 알아챘다. 누구에게도 주목받지 못하고, 빛나는 데라곤 전혀 없는 말라깽이 애송이여서 처음에는 신경 쓰지 않았는데, 점점 텔레비전에 얼굴을 내비치기 시작했다. 코와 윗입술 사이에서 배어나는 열등감, 야심으로 번쩍번쩍 빛나는 눈동자를 차마 바라보기가 괴로웠으므로 자기도 모르게 텔레비전에서 눈을 돌렸다. 저 남자는 사람들의 관심을 끌기 위해서라면 뭐든지 하는 비열한 인간임에 틀림없다. 만약 언론의 관심이 옅어지면 화제가 되기 위해서, 왜 자기가 세데와 비슷한 발언을 해 왔는지 충격의 고백마저 폭로할지도 모른다. 그러면 당연히 세데 역시 똑같은 이유로 중국을 도발하는 발언을 한 건 아닌지, 의심하는 사람이 생길 터다. 세데는 차츰 민감해졌다. 강연이 끝나고 청중에게서 "대국을 두려워하지 않고 남자답게 용감한 발언을 한다."라고 격려의 말을 들으면 그 '남자답게'에서 식은땀이 흘렀다.

세데는 개인적인 걱정거리를 마음속으로 끙끙 앓느라 갑판에 계속 서 있었음에도 불어닥치는 바닷바람의 한기를 느끼지 못했다. 대륙에 도착했는데, 혹시 대국의 정부가 자신의 정체를 알아차리면 어떻게 될까. 진짜 이유를 고백하면 웃으며 허가해 줄까. 아니면 지금 바다에 뛰어드는 쪽이 편하게 죽는 방법일까. 돛대에 설치된 라이트의 불빛이 바다의 검은 물결에 반사된다. 바다도 배도 흔들려서 생각이 정리되지 않는다. 세데는 천천히 뒤로 돌아 몸을 서로 붙이고 잠든 몇 명의 젊은이들을 봤다. 저들은 얼마나 행복한가. 저런 싸구려 옷을 입고, 아버지가 하청 회사에서 잘려도, 어머니가 파트타임으로 시급 만 원밖에 못 벌어도, 언니가 파견 사원이어도 자신의 존재 가치를 의심하는 일 없이 지금까지 아무런 범죄도 저지르지 않고 사랑스러운 얼굴로 즐겁게 살아왔다. 일본의 프리터족이나 니트족은 앞으로 새로운 중국 시민으로서 따뜻하게 받아들여지리라. 분명 생활 조건도 더 좋아질 테니 지금까지 살아왔던 '일본'이라는 섬나라의 존재를 완전히 잊어버릴 것이다. 그들은 아직 젊고 뇌가 유연하므로 아마 몇 년 뒤엔 아시아의 거대한 다민족 국가에 속한 '일본족'이라는 소수 민족으로서 밝게 살아갈지도 모른다. 그것도 좋은 일인지 모른다. 하지만 왜 자기만 사형에 처해져야 할까. 그런 불평등이 용서받을 수 있을까.

세데는 증오를 품은 채 진녹색 바다 수면을 노려봤다. 바다에 책임이 없음은 충분히 안다. 사람들은 책임을 지지 않아도 되는 주체를 '자연'이라고 부른다.

세데는 어느새 잠이 들었다. 눈을 뜨니 마치 스스로를 묶으려 했던 듯 밧줄로 두 손을 얽어매고 몸을 활처럼 구부린 자세로 젖은 갑판에 누워 있었다. 주변이 밝아서 날이 샜음을 알았다. 어깨는 차갑고 이마 안쪽이 아팠다. 흥분한 말투로 논쟁하는 사람들의 목소리가 들린다. 일본어일 텐데 뜻을 전혀 모르겠다. 아니면 여기는 이미 중국이고, 지금 들리는 말은 중국어일까. 비틀비틀 일어서자 하룻밤 사이에 허벅지 근육이 퇴행했는지 몸이 무겁고 지탱하기가 힘들었다. 바다의 표면은 사파이어색을 띠었고 앞쪽에 작은 선착장이 보였다. 저런 작은 선착장에 이렇게 큰 배가 들어가도 되나, 걱정이 되어 뒤돌아보니 막상 타고 있는 배도 그리 크지 않았다. 승선할 때는 큰 배라고 생각했는데 왜 이렇게 작아졌을까.

물가에는 진한 남색 유니폼을 입은 남자들이 일렬로 서 있었는데, 세데의 예상과 달리 총을 들지 않았다. 유니폼 차림의 남자들은 배에서 내리는 일본인 난민을 한 사람씩 정중하게 건물로 안내했다. 얼굴에 미소를 띠진 않았지만 손이나 어깨의 움직임에는 난민을 따뜻하게 맞이하는 마음이 나타났다. 세데는 몸이 떨려서 평상시처럼 걸을 수 없었다. 태연하게 걷지 않으면 찔리는 구석이 있다고 의심받을지도 모른다. 애써 평소처럼 걷자니 점점 더 걷기가 어려웠다. 겨우 건물 안으로 들어갔다. 뒤쪽 유리창을 통해 그 건너편에 길게 늘어선 고층 주택이 보였다. 언덕을 개간해서 지었을 것이다. 불그스름한 흙이 드러난, 깎여 나간 경사면은 새로 생긴 상처처럼 생생했다. 저 고층 주택에 들어갈 수 있을까. 그리고 무엇보다 평화로운 생활이 시작되려나. 과거는 조사하지 않고 모두 새 이름을 받아서 일을 시작할 수 있으면 얼마나 좋을까. 세데는 지금까지 인생에서 거의 써 본 적이 없는 '노동자'라는 단어를 동경심에 젖어 떠올려 보았다. 나도 노동자로 받아들여지고 싶다. 모두와 똑같은 월급을 받고, 노동자로서 군중 속에 묻힐 수 있다면 얼마나 행복할까. 이만한 대국이니 작은 섬에서 온 수백만 명의 피난민을 받아들이는 일쯤은 그렇게 큰일이 아닐지 모른다. 그래서 텔레비전 뉴스에 보도되지 않을지도 모르고, 어느 쪽이 되었든 금방 잊힐 것이다. 관청이, 난민의 과거 따윈 굳이 조사할 가치가 없다고 결론을 내렸다면 고마울 터다.

세데는 두려워하며 접수대로 다가갔다. 스무 살 전후의 여성 공무원이 앉아 있었다. 머리칼이 턱 부근에서 찰랑거리고 젖은 눈동자 위쪽의 속눈썹은 풍성하며 립스틱을 바르지 않은 입술은 무르익은 딸기 색깔로 빛났다. 세데는 의자에 앉았다. 복숭아색 손톱을 한 가늘고 긴 손가락이 눈앞에 서류를 한 장 놓았다. 이름, 생년월일, 태어난 곳, 이제까지의 직업, 앞으로 희망하는 직업 등을 기입하도록 돼 있었다. 세데는 실제 나이보다 세 살 더 올려서 거짓된 생년월일을 적었고, 직업은 소매업 경영으로 하고, 주소는 어릴 적 주소지를 적었다. 그리고 이름은 지난주에 읽은 추리 소설 속 범인의 이름을 적었다. 다 적고 나서 차라리 무죄였던 남자의 이름을 썼다면 좋았을걸, 하고 후회했다.

"조선 연방 이주를 희망합니까?"라는 질문을 읽은 순간, 세데의 손이 떨리기 시작했다. 그 떨림이 보이지 않도록 왼손으로 볼펜을 쥔 오른손을 잡고 책상 아래로 숨겼다. 중국에 머물기보다 조선 연방으로 가는 편이 안전하지 않을까. 통일 후 조선은 과거에 집착하지 않고 미래를 지향하는 나라임을 외부에 연신 알려 왔다. 세데는 북한과 한국에 대해 한 번 심한 망언을 한 적이 있어서 그때 국내의 정적들과 국민들로부터 비난을 받았는데, 이젠 과거의 이야기일 뿐이고 일회성 사건으로 끝났다. 아무리 우수한들 비교적 작은 나라라서 나쁜 말을 해 봐야 불능을 치료하는 데 효과가 없음을 깨달았기 때문이다. 큰 나라에 덤벼야 비로소 남성 호르몬이 나온다. 그래서 중국에 대해서는 끈질기게 비방과 중상을 일삼았지만 한반도에 대해서는 기억하는 한 딱 한 번밖에 욕하지 않았다. 겨우 한 번뿐이라면 미래로 나아갈 예정인 나라이니만큼 용서해 주지 않을까. 조선 연방으로 가자. 그렇게 생각했음에도 바로 큰 결단을 내릴 체력이 남지 않아서 의식이 멍해졌다.

세데가 볼펜의 움직임을 멈춘 채 아무 말도 하지 않자, 젊은 여성 공무원은 "문제(問題)?"라고 메모지에 적어서 세데에게 보였다. 세데는 자기 생사를 결정할 이주지를 숙고해야 하는 순간에 '혹시 이 젊은 중국인 여성과 결혼한다면 뭔가 하고 싶은 말이 있을 때 종이에 한자로 적어서 서로 보여 주면 되려나. 그래도 즐거울 것 같다.' 하고 바보 같은 생각을 떠올렸다. 아무래도 매우 어려운 결정에 임박한 세데의 뇌가 곤경에 처한 나머지 뒷골목으로 도망가려고 한 모양이다.

영어를 전혀 발음하지 못하는 세데에게 이제부터 올바른 중국어 발음을 배우기란 도저히 불가능한 일일 텐데, 이 여성이 지금 했듯이 한자로 이루어진 키워드를 쓰며 대화의 기술을 몸에 익힌다면 혹시 소통할 수 있지 않을까. 중국어로는 틀리겠지만 "귀가는 몇 시에?(歸宅何時?)" "저녁 맛있어.(夕食美味.)" "나는 낫토를 아주 좋아해.(我愛納豆.)" 식으로 쓰면 이해할 듯하니 그렇게 먼저 부부끼리 대화를 하면 세계 평화도 노릴 수 있지 않을까. 하지만 아무리 즐거운 신혼 생활을 보내더라도 비밀경찰이 자신의 과거 발언을 폭로하면 어느 날 갑자기 체포돼 사형을 선고받을지 모른다. 그러면 아무리 감옥이라 해도 역시 중국이니 가끔은 샥스핀수프나 상하이 대게 정도는 나올 것이고, 그러면 경비도 많이 들 것이고, 그러면 자기 같은 무가치한 인간들을 감옥에서 오랫동안 보살펴 줄 리만무하니 며칠 뒤엔 사형을 집행할 것이다. 그러면 젊은 아내는 목메어 울 테고, 아직 이렇게 젊은데 얼마나 불쌍한가. 세데는 정신을 차렸다. 눈앞의 여성은 질문이 없자 다음 수속으로 넘어가려고 했다. 세데는 용지를 잡아채서 거기에 "조선 이주 가능?"이라고 적었다. 그때까지 단정하고 아름다운 얼굴로 냉정한 표정을 짓고 있던 여성이 갑자기 풍경 같은 소리를 내며 웃었다. 세데는 그 이유를 전혀 알 수 없었다. 여성은 새로운 종이를 손에 쥐고 거기에 크고 힘 있는 글씨로 "불가(不

피)"라고 적었다. 상대는 뭔가 알고 있다. 자기를 희롱한다고, 세데는 생각했다. 소름이 돋고 배꼽을 중심으로 몸이 점차 쪼그라든다. 이마에서 땀이 배어나는 것이 느껴진다. 고개를 숙인 채 얼굴을 들 수 없다.

동물들의 바벨

성별에 관계없이 누구나 어떤 배역이든 맡을 수 있다.

1막

어느 대홍수 이후.

    개   왠지 몸 옆에 구멍이 난 것 같아.

    고양이 몸 옆에 구멍?

    개   자, 봐 봐, 여기 인간 하나만 한 구멍이 났어.

    고양이 구멍 같은 건 보이지 않는데?

    개   호모 사피엔스 같은 건 존재하지 않은 편이 낫다는 것이 일반적 견해. 확실히 인간은 지구에게 암세포 같은 것이었는지도 몰라. 그래도 인간이 그립다.

고양이   두 발의 독재가 끝나서 모두 숨을 돌렸는데. 과거를 미화할 작정이야? 동물 윤리는 어디로 갔어?

개   윤리도 인간, 즉 독재자가 생각해 낸 거야. 포유류의 감정은 윤리로 관리할 수 없어.

고양이   누군가가 없어서 그립다는 건 어떤 느낌이야? 구체적으로 설명해 봐.

개   가슴뼈가 아파. 허리가 무거워. 위가 마비돼서 아무것도 먹을 수 없어.

고양이   인간은 없어졌지만 다행히 유산은 물려줬지.

개   유산?

고양이   봐 봐, 이렇게 미식가를 위해서 통조림을 잔뜩 남겼어. 인간의 시대가 끝나고 통조림이 남다. 통조림은 썩지 않는 미래를 보장해 줘.

다람쥐   그런데 고양이가 캔을 열 수 있어? 고양이는 자부심만 높지 실생활에서는 인간한테 의존만 하고 아무것도 못 하잖아? 통조림 따개 사용법은 알아?

고양이   의존한 게 아니라 인간이 부탁하니까 별수 없이 애완동물 역을 연기해 준 것뿐이야.

다람쥐   몇 년 동안 똑같은 역만 하면 다른 역을 연기할 수 없게 되지 않아?

고양이   인간의 애완동물이 되거나 시궁쥐처럼 하수구에

	서 살거나 판다처럼 사랑받으면서 멸종하거나. 포
	유류에게는 그다지 선택지가 없었어.
개	일하고 싶었어. 동거인 호모 사피엔스에게 부양
	받을 생각은 아니었으니까. 하지만 인간은 일을
	맡겨 주지 않더군. 관리, 조사, 결정, 매매, 회계,
	교육, 치료. 모두 자기들만 할 줄 안다고 믿었어.
	이를테면 작은 아이를 교육하는 일이나 우울병
	치료같이 나한테 맡기는 편이 더 좋은 일도 많았
	는데. 내게 맡겨진 역할은 애완동물로서 사랑받
	는 일뿐이었어.
다람쥐	애완동물은 자기 힘으로는 통조림 하나도 따지
	못해.
고양이	마을 공원의 다람쥐 따위 옛날에는 무시했는데
	지금은 후회합니다. 우리는 모두 평등해. 평등 평
	화 조약을 맺읍시다. 통조림 하나 열어 주면 나는
	호두나무 밑에서 낮잠 자는 하루를 포기하겠어.
	통조림 한 개에 하루 정전. 어때?
다람쥐	정전? 전쟁 중인 줄 몰랐는데. 그런데 그 고양이
	손으로는 펜을 쥘 수 없으니 조약에 사인하지 못
	하잖아?
고양이	그러면 돈을 지불할 테니 통조림을 열어 줘. 부탁
	이야!
다람쥐	돈 같은 건 낙엽이나 마찬가지로 의미 없잖아.
고양이	부탁이니 캔 하나만 열어 줘. 박수할 테니까.

다람쥐   박수? 그러면 하고 싶어지는데. (캔을 열어 보인다.)
          시원하게 열렸다. 그런데 이빨이 빠졌네.

고양이   설치류이니 이빨이 또 날 거잖아. 혹시 아프면 진
          통제 가져다줄게.

다람쥐   아픔을 없애고 싶다는 생각은 안 했는데, 그것 역
          시 인간의 독특한 발상이라고 생각해.

고양이   인간은 아픔도 통조림에 가둬서 어디에 숨겼을지
          몰라. 정말이지 여러 가지 통조림이 있었으니까.
          토마토, 귤, 파인애플, 오이 식초 절임, 죽은 소, 빨
          간 콩, 고래 고기, 은행, 누에. 인간은 할 수만 있
          다면 우주도 통조림에 넣어 영원히 보존하고 싶
          었던 것 같아.

다람쥐   우주 통조림? 자기들 뇌를 통조림했으면 좋았을
          텐데. 영원히 썩지 않도록.

고양이   인간의 뇌는 원숭이 뇌와 99퍼센트 똑같대.

개   (슬픔에 가라앉아 있다가 갑자기 눈을 뜨며) 원숭이?
          원숭이는 정말 질색이야.

고양이   침착해. 원숭이는 이미 멸종했으니까.

여우   원숭이는 고기가 맛이 없어서 멸종했을지도 몰
          라. 그 점에서 다람쥐 몸은 부드럽고 맛있지. 하지
          만 더 맛있는 건 토끼 고기.

토끼   안녕하세요, 내 이름은 토끼예요, 뭐든 알고 있으
          니 모르는 점 있으면 얼마든지 물어보세요. 전염
          병에 걸렸느냐고? 걸렸어요. 그러니 절 먹으면 병

이 옳아요.

고양이 그러면 토끼 스테이크는 포기하고 다람쥐 꼬치구이로 할까.

여우 토끼 그라탱이나 다람쥐 파스타도 맛있어.

토끼 당신들, 채식주의자가 되었다고 들었는데 아닌가요?

여우 종이를 먹는 것도 채식에 들어갈까. 우연히 새 공항이 생겨서 그 전까지 계속 살던 집이 헐렸는데 먼 곳으로 이사 가고 싶은 마음은 들지 않았어. 뭘 먹어야 좋을지 모르겠어서 얼마 동안은 공항 승객이 버리고 가는 비행기표를 먹으며 연명했지.

개 당신들은 아까부터 먹을 것만 생각하는 듯한데 인간이 그리운 이유는 먹을 것을 주었기 때문이 아니야. 씻겨 주고, 털을 빗질해 주고, 대변을 치워 주었기 때문도 아니야. 요컨대 단지 주인이라서 인간을 사랑했던 것은 아니야.

고양이 개는 일종의 변태네. 산책하러 갈 때도, 음식점에 갈 때도 반드시 호모 사피엔스를 데리고 갔어.

개 인간이 몸을 쓰다듬어 주어서 기분 좋았던 적 한 번도 없어?

고양이 있지만 나도 쓰다듬어 주고 싶다고 생각한 적은 없어.

다람쥐 인간이 자기 몸을 쓰다듬게 하는 것만으로도 변태라고 생각해.

토끼 하지만 인간이 쓰다듬어 주면 황홀할 때도 있었

어. 인간은 기묘한 능력이 있어서 그걸 에로스라
고 부르더군. 인간이 양배추를 쓰다듬으면 양배추
가 점점 커졌어. 인간이 꽃봉오리에 입을 맞추면
장미꽃은 하루 일찍 폈어.

다람쥐 　그건 유전자 조작?

토끼 　아니야. 자연과 인간의 연애 관계. 하지만 인간의
가장 좋은 점은 우리 토끼를 봄의 신으로 숭상한
다는 것.

다람쥐 　그건 왜 그러는데?

토끼 　아이들 수가 많으니까.

곰 　아이들이 많다고 좋은 것은 아니야.

토끼 　당신네 아이들은 몇 살에 어른이 돼?

곰 　겨울을 두 번 지내면 어른이 돼.

토끼 　그렇게 오랫동안 아이인 거야?

개 　길지 않아, 인간에 비하면. 옆집 인간은 아들에게
사십 년간이나 먹이를 줬어. 인간 문명은 변태 문
명. 그래서 진보적이야. 우리 개들은 그 영향을 받
아서 문명이 발달했지.

곰 　당신들 문명이 발달했다는 증거는?

개 　나는 어린 남자아이의 냄새가 나는 신발을 보리
수 밑 수풀 속에 감추어 두었어. 이따금 그것을
꺼내서 냄새를 맡으며 황홀경에 빠지곤 해.

곰 　확실히 문명이네.

고양이 　사실은 나도 모르는 사이에 인간의 변태가 옮아

서 우리들 역시 문명이 조금 발달했어. 플라스틱으로 만든 장난감 쥐가 살아 있는 쥐보다 재미있어. 그보다 더 재미있는 쥐는 게임 속의 쥐. 그런데 그게 쥐덫 같은 것이었지. 컴퓨터에 빠져서 뇌도 근육도 완전히 줄어들었어. 가짜 쥐가 없는 세상이 더 좋았어.

개 그래도 인간이 모인 거실 소파에서 자는 것이 좋았지?

고양이 확실히 그래. 인간이 말하는 소리에 귀를 기울이면 교양을 익히게 되거든. 인간은 자기가 가 본 적 없는 장소도 잘 알고 있었어. 언젠가 옛날 독일의 양계장 이야기가 나왔어. 닭들 몇백 마리가 좁은 곳에 갇혀서 스물네 시간 내내 특수한 강한 빛을 얼굴에 쬐며 잠도 자지 못하고 매일 반드시 달걀 하나를 낳지. 기계처럼. 너무 좁은 곳에 집단으로 갇혀 있으니 병도 옮기 쉬워. 마시는 물에는 항생 물질이 많이 들어 있지. 매일 두꺼운 장갑을 낀 검사원이 돌아다니며 병에 걸린 닭이 있으면 확 잡아서 케이스에 넣어. 너무 꽉꽉 눌러 넣어서 목뼈가 부러지는 닭도 생겨. 케이스는 트럭에 실려 식품 가공 공장으로 보내져.

다람쥐 그 공장에서 고양이 먹이 통조림을 만들어? (공장의 모습을 상상하고는 토한다.)

토끼 괜찮아? (갑자기 속이 울렁거려서 토한다.)

여우	우리 여우들은 그런 잔혹한 일은 한 적이 없어. 여우에게는 여우만의 윤리가 있으니까.
토끼	잔혹하긴 하지만 능률적이지 않아? 인간이 하는 방식은. 멸종한 것이 신기해.
곰	인간은 자기들이 우리 곰보다 먼저 멸종하리라곤 생각도 못 했을 거야.
개	아직 멸종했다고는 할 수 없어. 인간은 어딘가 섬에 분명 살아남았을 거야. 적어도 양심적인 인간은.
여우	양심적인 사냥꾼이 과연 있을지 모르겠네. (총을 손에 들고 관객 몇몇을 겨냥한다.) 총 맞은 여우 부모에게 사냥꾼의 양심이란 존재하지 않겠지.
개	그래도 해가 되는 동물을 쏘는 사냥꾼이 나쁜 인간은 아니지. 곰이나 여우는 쏴도 된다고 생각해.

곰과 여우가 화를 내며 개에게 달려들지만 다람쥐가 한 손을 들자 싸움을 멈춘다.

토끼	(다람쥐에게 악수를 청하며) 당신은 작고 위대해.
다람쥐	다람쥐는 동물의 왕이니까.
여우	왜 인간은 노아의 방주에 타지 못했을까.
개	그건 자기뿐 아니라 다른 생물도 구하려고 했으니까.
여우	자기 가족만 구하려고 했기 때문이야.

개	대홍수가 일어난 건 자기들 때문이라고 생각해서 자살했을지도 몰라.
곰	그건 있을 법한 일 같아. 인간은 강에 코르셋을 입혀 가늘게 조이고, 강에 콘크리트를 발라 화장을 시키고, 강의 코끝을 잡아당겨 흐름을 바꾸려 했기 때문에 어느 날 강의 분노가 넘쳐서 홍수가 난 거야.
개	하지만 모든 인간이 자연의 손발을 자르는 데 찬성한 건 아니야. 처음부터 반대한 인간도 있었고 나중에 후회한 인간도 있었어.
여우	인간이 후회를 할까. 차를 달려 결혼식장에 가는 도중에 여우 한 마리를 치어도 절대로 후회하지 않아. 결혼한 건 후회할지 몰라도 여우를 친 건 후회하지 않아.
다람쥐	자기가 한 일을 후회하는 방법을 몰라서 인간은 익사한 거야?
곰	호모 사피엔스는 머리가 이상한 곳에 붙어 있어서 해부학적으로 봐도 익사하기 쉬워. 그뿐이야. 한마디로 말하면 설계 미스. 그건 대체 누구 책임이야?
다람쥐	사실은 나도 완전히 똑같은 생각을 했었어, 완전한 설계 미스라고. 우선 방향키가 없어. 그래서 가느다란 가지 위에서 균형을 제대로 잡을 수 없지. (복슬복슬한 꼬리를 자랑스러운 듯이 보인다. 여우도

고양이도 똑같은 행동을 한다. 곰과 토끼는 제 작은 꼬리를 부끄러워한다.)

개   모두들 인간의 위대함을 모르네. 인간의 꼬리는 뇌에 있어.

여우   그것도 조금 변태일지 몰라.

곰   설계 미스가 아니라 병일지도 몰라. 체모가 거의 다 빠진 이유는 생명을 빼앗는 광선에 닿았기 때문이라더군.

여우   입이 평면적인 얼굴에 달려서 잘 씹을 수도 없어.

다람쥐   인간은 눈이 옆에 달리지 않아서 시야가 좁았어.

토끼   인간은 귀가 너무 낮은 곳에 위치해 있고, 귀 바깥 부분이 퇴화해서 멀리 있는 소리를 거의 듣지 못했어.

여우   인간은 달리기가 지나치게 느려서 도약하는 힘도 없었어. 그래서 올림픽에는 호모 사피엔스만이 나갈 수 있다는 차별적 규칙을 만들었지. 캥거루가 올림픽 세단뛰기에 출전하면 인간은 금메달을 따지 못할 테니.

고양이   인간은 야맹증이었으면서 밤이 되면 잠도 안 자고 전기를 낭비하며 언제까지고 이유도 없이 깨어 있었어.

개   인간의 코는 콧물을 흘리기 위해 달려 있는 듯 후각과 관련해서는 영 성능이 나빴어. 냄새를 맡아도 아까까지 제 아이가 앉았던 의자와 다른 아이가 앉았던 의자를 구별하는 일조차 못 하더군. 아니, 냄새가 안 나는 편이 좋으니까 코가 퇴화한 거야. 인간의 교실도, 일터도 공포를 느낄 때 배어나는 땀 때문에 후덥지근했어. 인간을 욕하기는 너무 쉬우니 그만두자. 인간을 칭송하기는 매우 어려워. 그래서 문명이 발달한 우리 개족은 인간의 장점을 무리해서라도 찾아내 선언하기를 일생의 과제로 삼았지. 아, 인간은 훌륭해.

고양이 그러면 왜 멸종했어?

토끼 노아의 방주 선장이 인간을 태우지 않았으니까.

고양이 왜?

토끼 인간은 선장을 경멸했으니까.

곰 선장은 미녀였는데 하반신이 물고기였어. 선장의 남편도 역시 여자인데 등에 날개가 돋았었던가.

여우 나는 선장을 존경했어.

토끼 나도 마찬가지야. 인간은 돈으로 표를 사면 누구나 배에 탈 수 있다고 생각했어.

곰 하지만 배표 따위는 존재하지 않았어. 나만 해도 태어나서 한 번도 돈을 가진 적이 없어.

여우 자랑처럼 들릴까 봐 이 이야기하고 싶진 않은데, 나는 사실 옛날에 뻔쩍뻔쩍한 부자여서 여우 목도리를 한 적도 있어. 하지만 어떤 병에 걸려서 저금을 전부 써 버렸지. 여우 색깔 물건만 보면 바로 사고 싶은 이상한 병. 나도 왜 그랬는지 모르겠는데 사고 싶어서, 사고 싶어서 밤에 잠도 못 잤어.
아무리 비싸도 사면 기분이 고양됐지.

곰 　기분이 고양됐다니, 그런 인간 같은 말을 하면 곧
우울증에 걸려.

여우 　사실 지난주 화요일에 막 우울증에 걸린 참이야.
그랬더니 수요일에 벌써 치료 약이 집에 와 있더
군. 주문도 하지 않았는데. 필요 없으면 반송해도
된다고 쓰여 있었어. 그렇지만 한 알이라도 먹으
면 청구서에 적힌 금액을 내야 해. 인간이 생각해
낸 합법 사기 중 하나야.

곰 　인간이 윤리적 이유 때문에 익사했다는 말을 모
두 진짜라고 믿는 거야? 그런 판결을 내리는 건
극히 인간답지 않아?

여우 　인간이 거짓말쟁이이고 자만심이 강하고 교활하
다는 말은 그저 스테레오타입일지도 몰라. 설령
진실이라 해도 그 정도쯤은 성격의 결함으로 참
아 줄 수 있지. 그런데 인간은 불로 위험한 장난
을 저질렀어. 불을 관장하는 여우의 신59)으로서
용서할 수 없어.

곰 　전쟁을 좋아했지.

토끼 　그보다 무기 팔기를 좋아했다고 말해야 하지 않

---

59) 이나리 신(稻荷神)은 일본 전역의 이나리 신사에서 모시는 농업과 곡식
의 신, 상공업 번성의 신인데, 여우는 이 신의 심부름꾼으로 불린다. 에도 시
대에는 화재가 많아서 이 신을 화재 예방의 신으로도 숭상했다고 한다.

을까.

곰　무기를 팔아서 돈을 번 인간도 있었고, 전쟁은 좋아하지만 전쟁터엔 나가지 않은 인간도 있었고, 전쟁을 원하지 않는데 전쟁으로 죽은 인간도 있었어.

여우　인간이 없어져서 잘됐다고 생각해?

토끼　솔직히 말하면 어느 쪽이든 상관없어. 당신은?

여우　어느 쪽이든 상관없어. 어느 한쪽에 투표하라고 한다면 인간이 없는 지구에 찬성해.

곰　찬성.

다람쥐　어느 쪽이든 상관없어.

고양이　인간이 있는 편이 좋아.

개　인간이 없는 세계는 의미 없어! 인간이 없으면 개라는 단어도 존재하지 않아. (긴 시간) 하지만 개라는 것이 내게 그만큼 중요한지 아닌지는…….

2막

미술관 카페 같기도 하고 헬스장 같기도 한 정의 불가능한 곳. 동물들은 인간처럼 옷을 입었다. 그 옷은 우아하고 매력적이지만 성별은 분명하지 않다. 1막에서 서로 말을 나눈 기억은 사라졌다.

곰　(손에 든 팸플릿을 소리 내어 읽는다.)

정부는 수도 동북 지방 쪽에 우리들 나라의 영광에 걸맞은 훌륭한 요새를 건축할 예정이다. 높이는 세계에서 가장 높은 탑보다 1센티미터 높고 방사능이 외벽을 통과하지 못한다. 이 요새는 바로 위에서 내려다보면 바다가 소용돌이치는 모양을 하고 있다. 요새 한가운데에는 탑이 있고 인터넷, 휴대폰, 텔레비전, 라디오 등 모든 전파를 관리한다. 이 요새는 모든 공격을 막아 줄 뿐 아니라 전염성 있는 이데올로기도 막아 준다.

5미터 두께의 요새 외벽 안쪽에는 주거지를 마련했다. 요새 건설에 협력한 사람은 나중에 그 주거지에서 살 수 있다.

여우   안녕하세요. 바벨탑 건설에 협력하고 싶어서 왔는데 여기가 혹시 프로젝트 오피스인가요? 제 눈에는 헬스장으로 보여서요. 사실 헬스장은 질색이에요.

다람쥐   헬스장을 꺼리세요?

여우   헬스장이란 근육 백화점, 땀 냄새를 파는 향수 가게, 칼로리의 소각로일 뿐이에요.

다람쥐   평소대로 생활하면 근육은 퇴화하지 않아요.

여우   하지만 평소대로 생활하기가 매우 어려워요. 그래서 평소대로 자기도 어려워요. 사실 저는 불면증이 고민이에요. 잠들지 못해서 한밤중에 여우처럼 변두리를 살금살금 어슬렁댑니다.

다람쥐　사실은 저도 평상시와 달라요. 최근에는 크루아상, 딸기 케이크 같은 부드러운 음식밖에 먹지 못해요. 그래서 딱딱한 것을 먹도록 돼 있는 앞니가 점점 자라나기만 하더군요. 매주 월요일에 치과에 가서 앞니를 깎고 있는데 주말에는 입을 다물 수 없을 정도로 자라 버려요.

여우　저는 깊은 밤중에 보석상과 인쇄소가 많은 지역을 돌아다니다가 경찰한테 이 시각에 무얼 하고 있느냐며 신문을 받았어요. 뭘 물어보는지 모르겠어서 혁명 준비를 한다고 대답했어요. 잠이 오지 않아서라고 대답하면 경찰이 미심쩍게 볼까 봐서요. 그 뒤로 언젠가 유죄 판결을 받을 것 같아서, 그 점이 무서워요. 법전을 읽은 적이 없어서 어느 때 체포되는지 자세한 건 몰라요. 제 지식은 전부 텔레비전 추리 드라마에서 얻은 거니까요. 뭐 대부분의 사람들 역시 그럴 것 같다고 생각하지만요. 당신은 법을 잘 아나요?

다람쥐　그럭저럭 아는 편이죠. 하지만 누가 언제 체포되는지는 형법을 공부해도 몰라요.

토끼　(몸을 단련하는 기계를 하나하나 시험해 보며) 이것은 웃을 때 쓰는 복근을 키우는 기계, 이것은 입석에서 오페라를 볼 때 필요한 종아리 근육을 키우는 기계. 분명 이곳은 프로젝트 오피스라기보다 헬스장이네요. 건강에 좋은 일이라도 할까요?

여우 저는 일을 하러 왔어요. 돈은 건강에 좋지 않은 일을 할 때만 벌 수 있어요.

다람쥐 돈이요? 돈을 받는다고 초대장에 쓰여 있었던가요? 돈은 나오지 않지만 나중에 요새 안 아파트에서 공짜로 살 수 있다고 적혀 있었던 것 같은데요.

토끼 요새라뇨, 그런 위험한 곳에서는 살고 싶지 않은데요.

다람쥐 요새이기 때문에 보통의 건물보다 훨씬 튼튼하게 지었고 다이너마이트로도 폭파할 수 없어요.

토끼 하지만 요새는 적의 공격을 받을 만한 곳에 짓잖아요. 게다가 전쟁이 일어나면 다이너마이트가 아니라 핵무기를 쓰지 않을까 싶은데요. 만약 공격을 받는다면 몽땅 탄 고깃덩어리가 되는 거죠. 아니, 남는 건 그림자밖에 없을지도 몰라요.

다람쥐 위험한 장소에 짓는다면 안전을 진지하게 생각했을 테죠. 그래서 위험한 장소는 특히 더 안전하다고 해요. 전문가가 한 말이니 틀림없습니다.

토끼 설령 요새가 정말로 안전하다고 해도 저는 요새에서 살고 싶지 않아요. 제 배가 그렇게 말해요.

다람쥐 솔직히 말하면 제 작은 배도 그렇게 말해요. 전문가와 달리 제 배는 저를 배신한 적이 없어요.

개 그런데 우리가 요새에서 살고 싶으냐 아니냐는 문제가 아닌 것 같아요. 우리에게는 여기에서 살 의무가 있는 듯한데요.

토끼   그런 바보 같은.

다람쥐   자세한 설명이 쓰인 팸플릿을 가지고 있었는데
       어디로 갔지? (다른 사람들이 이야기하는 동안에도
       계속 혼자서 찾는다.)

토끼   누군가가 요새에 살아야 한다는 말은, 국방부 장
       관이 한 말인가요?

여우   아니요. 국방부 장관은 도서 박람회가 끝난 뒤 사
       표를 내고 그만뒀어요. 호러 소설을 써서 베스트
       셀러 작가가 됐다는 소문이에요. 앞으로는 자기
       공상을 픽션으로 써서 팔 예정이겠죠.

토끼   그러는 편이 더 낫겠네요.

여우   이번 주에 정부는 일을 안 해요. 문화부 장관은
       언어 장애를 겪는 중이고, 경제부 장관은 사채업
       자에게 쫓겨서 도망 중이고, 환경부 장관은 코감
       기에 걸려서 방사선 치료를 받는 중이에요. 건강
       한 사람은 건설부 장관뿐이에요.

개   어렸을 때 저는 장래에 뭐가 되고 싶은지 몰랐어
       요. 동생은 맹인 안내견 학교에 다니고 형은 영화
       배우가 되는 학교에 다니는데, 저만 뭘 해야 좋을
       지 모르는 거예요. 그즈음 술집 화장실 문에 붙
       은 경찰견 모집 포스터를 보고 심장에 불이 붙
       은 것 같았죠. 그날 밤은 기뻐서 잠이 오지 않았
       어요. 아침에 일어났을 때 내 아군을 위해서 죽고
       싶구나, 하는 생각이 들었어요.

토끼 내 아군이란 누구?

개 저와 똑같은 종교를 믿는 사람들.

토끼 그래서 당신 종교는 뭔데요?

개 그건 그러니까, 잊어버렸어요.

토끼 그래도 죽고 싶나요?

개 아니요, 제 생명을 바치고 싶다고 생각한 날은 그 하루뿐이었어요. 그다음 날 어처구니없는 다큐멘 터리를 봤거든요. 집 없는 개들을 거대한 그물로 붙잡아서 트럭 우리에 가두더니 옛 공장터로 운 반해서 차례차례 총살하는 영화였어요. 팝콘 파 는 사람에게 그 영화를 보고 화가 났다고 이야기 했더니 들개는 국민에게 해를 끼치니 없어지는 편 이 낫다고 말하더군요. 그 말을 들은 순간, 나라 를 위해서 죽고 싶다는 생각이 싹 사라졌어요. 그 대신 대학에서 법을 공부할 결심을 했지요.

토끼 그래서 법학부에 갔군요.

개 네. 그런데 박사 논문에도 사춘기나 반항기가 있 더군요. 교수에게서 네가 하는 것은 법학이 아니 라 언어학이라는 말을 듣고 논문을 다시 쓰는 대 신에 전공을 바꿨습니다.

다람쥐 여기 있다! 드디어 찾았다! 여기에 전부 분명하게 설명돼 있어요. 월급은 물론 없어. 반대로 한 번 출근할 때마다 참가비를 내야 해. 그런데 열 번 출근하면 한 번은 무료니까 결국 한 번은 돈을 버

	는 셈이야. 그러려면 이른바 포인트를 쌓아야만 한다네요.
고양이	하지만 바벨 카드를 가지고 있지 않으면 포인트를 못 쌓죠. 출발하기 전에 인터넷으로 산 이 카드. 이 카드를 매일 아침 일을 시작하기 전에 '안녕 머신'에 넣어서 포인트를 쌓아요.
개	당신은 벌써 카드를 가지고 있군요. 행동이 빠르네요.
고양이	유명 대학을 나온 무리는 실무에 둔할 수도 있어요.
개	제가 졸업한 대학교는 틀림없이 아주 유명한데요, 이를테면 어떤 스포츠 종목에 강해서 유명하다는 뜻이에요.
고양이	'어떤 스포츠'라니 변죽 울리지 말고 정확히 말해 봐요.
개	공 두 개를 동시에 쓰는 축구 같은 스포츠예요.
고양이	공 두 개를 동시에 쓴다고요? 조금 에로틱한 것 같아요.
곰	당신은 젊은데도 재치 있게 말하네요. 재능이 있어 보여요. 이발사를 해 보지 않겠어요?
고양이	젊다고 말했는데, 젊은지 아닌지는 수명을 모르면 계산하지 못해요. 총 삼 년밖에 못 산다면 두 살이어도 노인이니까요.
개	당신은 대학에 가지 않아요?

고양이	뭐든 인터넷으로 조사할 수 있는데 대학 같은 데 갈 필요는 없지요.
개	하지만 예컨대, 포인트를 1점 쌓을 때마다 수명이 하루씩 짧아진다는 것도 인터넷에 나와 있나요?
고양이	아니 그게 무슨 말이에요?
개	서비스 포인트라고 말하죠. 서비스란 무료 봉사, 즉 노예가 되는 것이에요. 포인트가 쌓이지 않으면 손해를 본다는 기분의 노예가 되고, 포인트가 쌓이지 않는 일이라면 아무것도 하지 않게 되어서 자유를 잃죠. 자유를 잃으면 수명이 짧아져요.
고양이	즉 포인트는 쌓지 않는 편이 이득이다?
개	바로 그 말이에요. 그 정도는 소비자를 위한 초급 문법이죠. 포인트는 전혀 쌓지 말 것. 이렇게 중요한 생활의 지혜가 인터넷에 나와 있어요?
고양이	아니요. 그 반대의 말밖에 없더군요. 이 카드, 이제 필요 없어.
다람쥐	아, 안 돼요, 안 돼, 쓰레기통에 버리면. 당신의 과거를 전부 훔쳐 가 버려요.
고양이	과거라뇨?
다람쥐	예를 들면 태어났을 때 샴고양이였던 것.
고양이	샴고양이? 생각나지 않는데. 순종이었던 건 생각나지만 무슨 종류였더라? 네안데르탈 고양이였나. 아니야. 코카서스 고양이였나.
다람쥐	최초의 기억은?

고양이	사랑에 빠져 집을 뛰쳐나와 꿈속을 헤매며 걸어
	다녔던 일. 사흘이 지나자 배가 고파서 집으로 돌
	아갔더니 모르는 가족이 살고 있었다.

다람쥐	과거를 빼앗기지는 않았네요. 고양이의 좁은 이
	마 속에 꽉 보관됐어요. 저는 '나'를 그대로 모조
	리 빼앗긴 경험이 있습니다. 지금 생각하면 기한
	이 만료된 고객 카드를 음식물 쓰레기와 같이 버
	린 것이 실수였죠. 어느 날 신문사에 출근하니 제
	자리에 가짜가 앉아 있더군요. 가짜가 내 문체로
	내 기사를 쓰고 내 목소리로 동료에게 말을 걸고
	있었어요. 내 비밀번호를 입력해서 내 이메일 주
	소로 내 병을 치료하는 내 약을 주문하고 내 자
	손을 만들기 위해 내 집으로 귀가했습니다.

곰	어쩌면 우리는 카드에서 빼낸 정보에 따라 선발
	됐는지도 몰라요. 응모자 수가 적어서 이상하긴
	했죠.

| 개 | 하지만 그래도 우리, 너무 공통점이 없어요. 선발 |
| | 기준이 뭐였을까요. |

곰	귀 모양은 제각각, 몸 크기도 제각각. 그래도 일단
	인간이 아닌 점은 확실해요. 인간이 되려고 한 적
	도 없고 앞으로도 될 생각 없어요. 그 점이 우리
	의 공통점 아닐까요.

| 개 | 그런 것치고는 어디를 봐도 인간의 모습을 하고 |
| | 있지 않나요. 우리는 인간과 다르게 사회를 만들 |

작정으로 출발했거늘, 언제부터인가 인간의 족적에 빠져 버린 느낌이 들어요.

곰 오늘은 멋을 부리고 와서 인간 흉내를 낸 것처럼 보일지 모르지만 제 영혼은 아직 지옥처럼 심오한 인간적 깊이에는 도달하지 못했어요.

여우 영혼이요? 저는 영혼을 인터넷 경매에 부쳐서 쏠쏠한 가격에 팔았어요. 그 점을 자랑스럽게 생각해요. 당신은 인간인가요.

개 물론 그렇지 않지만. 그래도 인간의 정의를 좀 더 넓혀서 생각해도 좋지 않을까, 생각하곤 해요. 그러면 다람쥐를 인간으로 간주할 수 있을지도 몰라요.

다람쥐 왜요? 두 발로 설 수 있으니까? 아니면 호두를 먹고 호두 모양의 뇌를 써서 나무가 존재하는 의미를 생각하니까?

곰 인간이 되고 싶다는 생각은 하지 않습니다. 도대체 누가 인간 따위가 되고 싶어 할까요? 인간 중에는 인간이 되고 싶은 치가 있을지도 몰라요. 하지만 이제 인간은 존재하지 않아요.

토끼 그 의견에는 음악적으로 찬성해요.

곰 그건 무슨 뜻이에요?

토끼 곡을 붙이면 설득력이 있을 것 같다는 뜻.

곰 자, 그럼 노래로 만들어 봐요.

토끼 (노래한다.) 바벨, 바바벨, 바바바벨, 바바바바벨, 바바바바바벨……. (끝도 없이 '바(場)'60)를 늘려 간다.)

곰 　그 노래는 내가 말하고 싶은 것과는 달라요. 게다
　　　가 음치예요.

토끼 　예술의 자유는 개인의 자유보다 가치가 있다.

곰 　"토끼의 자유는 여우도 먹지 않는다."라는 말도
　　　있잖아요. 이건 내 의견이 아니라 속담입니다.

여우 　그 속담, 얼마에 팔래요?

곰 　속담을 돈으로 살 순 없죠. 제가 하고 싶은 말은,
　　　인간이 아니라는 것이 우리의 공통점이라면, 인간
　　　이 아니라서 좋은 점은 어디에 있는지를 찾아야
　　　한다는 겁니다. 그러지 않으면 탑을 같이 만들 수
　　　없어요.

토끼 　그럼 여러분, 이제부터 순서대로 자기소개를 하면
　　　어떨까요?

고양이 　(다람쥐에게) 당신은 머리카락이 탔으니까 아마도
　　　소방관이겠지요? 무허가 불법 공장에서 일어난
　　　화재를 진압하는 특별 부대에서 일하고 있지요?

다람쥐 　아니요. 우리 직업은 뜨거운 기분으로 차가운 흐
　　　름을 쫓아야 하는 일입니다.

고양이 　그건 무슨 일이에요? 사막의 선장?

곰 　(고양이에게) 우리 직업은 좀 더 알기 쉬워요. 이
　　　발사입니다. 가게를 이을 사람이 없어서 큰일인데

---

60) 場은 일본어로 ば(바)라고 읽는다.

당신은 어떠신지요?

고양이 이발사요? 중요한 직업이라고 생각은 하는데, 잇고 싶지는 않네요. 손이 젖는 일은 아무래도 말이죠. 할 수만 있다면 무대에 서서 모두에게 박수를 받고 싶어요.

토끼 저는 오케스트라에서 피콜로, 재즈 밴드에서는 베이스 기타, 록 밴드에서는 드럼, 집에서는 설거지를 담당하고 있어요.

곰 모두 취미에 지나지 않는 것들이죠.

토끼 취미이면 안 되나요?

곰 취미는 인간이 걸린 병 중 하나예요. 우리는 그런 것들이 필요하지 않아요.

고양이 (토끼에게) 왜 음악을 시작하셨나요?

토끼 부모 재산을 다 탕진하려고요. 비싼 악기도 몇 개나 사고, 초급일 때부터 유명한 선생한테 고액의 레슨비도 지불하고, 가끔은 콘서트장을 빌려서 무료 입장권도 뿌리고. 어쨌든 부모 재산을 다 쓰고 싶었으니까.

고양이 그런 복잡한 음모를 꾸미지 말고, 부모님 재산으로 평범하고 단순한 부자처럼 대저택과 요트와 비행기라도 사들였으면 좋았을 텐데.

토끼 우리 부모는 오락엔 돈을 쓰지 않았어요. 돈을 써도 되는 분야는 오로지 교양과 문화. 그 나머지는 자손에게 유산으로 남겨 줄 예정이었지요.

곰 유산 같은 건 인간의 유전자라고 생각했는데 토
끼에게도 있었군.

토끼 병 같은 것이라서 옮았더군요. 아주 멋진 부활절
이 끝난 뒤 월요일에요.

개 제 이야기를 해 보자면, 이전 세대에서 계승해야
할 유산은 언어뿐이죠. 그래서 어학 선생이 됐습니
다. 경제적으로 의미 없다고 여겨지는 언어 몇 개
를 전문적으로 가르칩니다. 물론 학비를 내지 않는
학생만 가르칩니다. 그런데 최근에 잘렸습니다.

다람쥐 새 법이 만들어졌기 때문이지요? 외국어를 한 개
도 할 줄 모르는 사람을 비웃지 말아야 한다는
법. 어느 나라에선가 변변하지 못한 정치인이 내
놓은 발상인데, 그게 전 세계로 퍼졌어요.

곰 사실 저는 현재 일을 할 수 없어요. 이발소 주인
이라서 잘릴 일은 없지만요. 어느 날 경찰관 두
명이 왔더군요. 사체를 태우는 냄새가 난다면서
무얼 태우느냐고 물었어요. 저는 손님 머리카락
속 유전자 정보를 보호하기 위해 그날 자른 머리
카락을 매일 밤 거실 난로에서 태우고 있어요. 머
리카락에 든 유전자 정보가 악용되지 않도록 말
이에요. 이건 이발사의 윤리예요.

다람쥐 왜 경찰은 갑자기 그 냄새를 의심한 건가요.

곰 최근에 사라진 사체가 아주 많아서, 불법으로 사
체를 처리하는 장소를 찾는 것 같더군요. 조사가

끝날 때까지 우리 이발소는 영업 정지입니다.

다람쥐 　행방불명된 사람이 있다면 이해하겠는데, 사체가 사라진다는 것은 뭔가 사체를 능멸하는 범죄인가요?

개 　사체가 멋대로 묘지에서 나와 동네를 돌아다니는 것일지도 몰라요.

여우 　저는 밤이면 늘 돌아다니는데 죽은 사람이 산책하는 모습을 마주친 적은 없어요. 대도시는 밤이 되면 머리카락 냄새가 강해지죠. 머리카락이 탄 냄새가 아니라 아직 살아서 괴로워하는 거예요, 그 머리카락은. 부들부들 떠는 땀, 자만의 샴푸, 고독하게 피우는 담배 연기, 달콤한 기만의 분유에는 기름 냄새가 섞여 있어. 머리카락 냄새가 나면 저는 잠들지 못해요.

다람쥐 　당신의 직업은 불면증인가요.

여우 　그래요. 옛날에는 어떤 공장에서 일했습니다. 모피 목도리를 만드는 공장이었죠. 일 자체는 편했는데 상사가 무의미한 명령을 마구 내려서 바로 신경 쇠약이 되고 말았어요. 지금 당장 저쪽 기계로 가라 하고, 아직 일이 많이 남았는데 오늘은 이만 집으로 돌아가라 하고.

고양이 　저도 상사가 없었다면 회사를 그만두지 않았을 거라고 생각해요. 상사는 부하를 체스 말처럼 부리고 싶어 하죠. 자기 딴에는 부하를 배려하는 것일 테니 부하가 무시하면 굉장히 화를 내요.

여우 불면증에 걸리는 편이 회사에서 일하는 것보다 건강할지도 몰라요. 그런 생각이 들어서 불면증에 전념하기로 했습니다.

고양이 상사는 알코올, 조깅 의존증일 뿐 아니라 회의 의존증도 있었어요. 회의를 하지 않으면 모두가 뒤에서 자기 욕을 하는 것 같아 불안한 모양이더군요. 일주일에 몇 번이나 회의를 하며 혼자서 들입다 떠들어 댔어요. 아무도 듣지 않는데.

곰 '상사'란 현대의 병원균. 그에 비하면 '스승'은 좋은 옛날 전통. (고양이에게) 기술을 배워서 독립하는 편이 좋아요.

다람쥐 언제였나, 호두 장인의 작업장을 취재한 적이 있어요. 스승이 말하기를 십 년간 시간도, 돈도, 자기도 잊고 기량을 익혔다고 하더군요. 조각칼 하나로 호두에 궁전을 새겼죠. 샹들리에나 쳄발로에 새긴 장식, 식탁에 나열된 접시의 꽃무늬는 현미경으로 봐야 할 정도로 작았어요. 스승은 제자를 칭찬하지 않았는데, 제자도 그런 건 상관하지 않는 듯했죠. 스승도, 제자도 호두 껍데기에 썬 사람처럼 자기를 잊은 채 일하고 있었어요.

곰 일은 되도록 손이 많이 가고 벌이가 적은 것이 이상적일지도 몰라요. 그게 제 비인간 미래의 비전입니다.

동물들의 바벨

여우 　무슨 말인지 알아요. 하지만 누군가가 제 노동 양
　　　식을 훔쳐 가서 제가 가난한 거라고 생각하면 잠
　　　이 안 와요.

곰 　　자지 않으면 일 못 해요.

여우 　이 약을 먹으면 잠은 잘 수 있는데, 그다음 날 머
　　　릿속이 늪지대같이 되어서 통 일어나질 못해요.

다람쥐 아, 그 약상자, 알아요. 옛날에 농약을 만드는 회
　　　사에서 일했었는데, 어느 날 신경 안정제와 수면
　　　제를 개발하기 시작했어요. 그 회사의 약 대부분
　　　은 사실 농약이에요. 고객 머릿속에 사는 해충을
　　　죽여서 잠들게 해 준다는 콘셉트라면 어느 정도
　　　이해가 갑니다. 실제로는 그런 이유가 아니라, 이
　　　제 더는 팔리지 않는 재고를 거짓 이름으로 포장
　　　해서 판 거예요. 저는 윤리적 차원에서 회사를 그
　　　만두고 프리 저널리스트가 됐습니다. '프리'를 강
　　　조하고 싶네요. 자유롭게 쓸 수 없다면 안 쓰기
　　　때문에.

토끼 　양파, 좋아하세요?

다람쥐 네?

토끼 　양파를 먹지 않는 사람들은 양파를 먹는 사람들
　　　이 가까이 오면 코를 잡아요. 그거 종교 아네요?

다람쥐 저는 양파 따위 먹지 않아요.

여우 　양파를 먹으려고 하는 발상 자체가 이해가 안 돼
　　　요. 하물며 볶는다니. 웩. 하지만 양파가 종교인

236

줄은 몰랐습니다.

개 양파 타는 냄새가 사라진 지구는 쓸쓸해요. 호모 사피엔스는 늘 양파 껍질을 벗겼습니다.

고양이 머리가 지끈지끈 아프기 시작했다. (혼잣말) 다들 하고 싶은 말이 뭔지 잘 모르겠다.

다람쥐 머리가 아플 때 두통약을 먹으면 안 됩니다.

개 (혼잣말) '양파가 반투명해질 때까지 잘 볶는다.' 라는 문장이 자꾸 머릿속에 떠올라서 여러분의 이야기에 집중할 수가 없어. 하지만 양파라는 주제에 매달리면 어떻게든 이야기를 따라갈 수 있을 것 같아.

다람쥐 뭔가 말씀하셨나요?

개 맞아요, 양파는 반투명해져야 해요! 프로젝트도 마찬가지. 투명하면 매력이 없고, 너무 탁하면 비리나 부정이 있어도 몰라요. 맞아, 반투명이 좋아.

고양이 (혼잣말) 반투명이 무슨 뜻이지? 모르는 단어가 있으면 사전을 찾으면 된다고 초등학교 선생님은 말씀하셨는데, 사전 속 문자들은 어떤 순서로 배열돼 있는 걸까.

토끼 양파를 먹으면 어떤 병이든 낫는다. 불면증도 낫는다. (혼잣말) 사실 아까 '바벨'이라고 말하려고 했는데 잘못해서 '양파'라고 말해 버렸다. 전혀 비슷하지 않은데. 그 뒤로 모두 양파 이야기만 해. 뭐 할 수 없지. 지금 와서 되돌릴 수도 없고.

다람쥐 　양파만 먹으면 뇌가 양파처럼 돼 버려. 껍질이 몇 겹이나 되지만 겹과 겹 사이의 연결은 희박해서 겉껍질을 벗겨도 바로 아래 껍질은 그다음이 자기 차례라고 느끼지 않아. 나는 역시 다람쥐답게 호두를 먹어서 호두 같은 뇌를 계속 유지할 테야.

토끼 　하지만 환자를 생각해 보세요. 아무리 수상쩍은 가르침이라도 그 덕분에 마음의 병이 낫는다면 좋은 일이 아닌가요.

곰 　그래서 양파예요? 현재는 이래야 한다, 라고 생각하는 것이 아니라 연신 양파만 생각하는 거예요? (여우에게) 그런데 동면하면 어떤 병이든 낫습니다. 불면증도.

여우 　(혼잣말) 모두들 나를 위해서 여러 가지 이야길 들려주는데 어쩌면 나의 여우 정신을 식민지로 만들려는 것뿐일지도 몰라.

개 　(여우에게) 좋은 것 알려 줄게요. 일주일에 두 번 이상 연극을 보러 가면 잠이 잘 와요. 연극을 보러 가지 않으면 배우가 당신 잠 속에서 대사를 지껄이죠. 시끄러워서 참을 수가 없을 거예요.

고양이 　(혼잣말) 그 말인즉 양파란 극장을 뜻하는 것이었다. 이제야 모두의 이야기를 따라갈 수 있을 것 같구나.

여우 　(혼잣말) 어째서 모두들 건강 이야기만 하지? 모

두 이제 곧 죽어 버리는 것 아닌가, 하는 예감이
들어.

3막

입고 있던 인간의 옷이 오랜 시간의 흐름에 따라 근사하게 찢기
고 군데군데 구멍이 나서 몸에 난 털이 보이고, 모두 인간과 동물의
중간쯤 되는 상태에 있다.

여우   언제쯤 시작할까, 바벨탑 건축.

곰   아침도 기다리는 사람, 밤도 기다리는 사람.

여우   기다리다 지쳐 불면증.

곰   기다림은 문명의 최고봉.

다람쥐 기다리다 지쳐 귀 뒤가 가려워. 어깨 밑도, 엉덩이
       도, 배꼽도 가려워.

곰   기다림 자체에 의미가 있다고 믿는 건 어리석어.
       위에서 내려오는 지시를 기다리지 않고 자기들끼
       리 바벨탑 프로젝트를 시작하고 싶은 은밀한 바
       람이 엉덩이 구멍에서 기어 나와 배의 표면까지
       천천히 올라오네.

다람쥐 좋은 생각!

여우   하지만 어디서부터 손을 대야 좋을지 모르겠어.

다람쥐 우선 건축 재료를 모아야 해.

여우 사들이는 게 아니라 수집이라고?

다람쥐 돈도 없고 가게도 없는 이 지구에서 '구입'은 불가
     능해. 떨어진 가지와 낙엽들이 "부탁이니 우리를
     사용해서 집을 지어!" 하고 말하는 소리가 들려.

곰   그건 나무에 감정 이입을 하는 것뿐이잖아. 주운
     재료만으로 지은 오두막에는 다람쥐다운 빈약함
     이 있어. 그에 비해 동굴로 만든 저택에는 곰다운
     호화로움이 있지.

여우 묘비는 어떨까. 꿈속에서 헤매며 걸었던 미로로
     된 마을엔 모든 집들이 다 묘비로 만들어져 있었
     어. 집마다 주변엔 장미와 국화가 만발해서 눈부
     실 정도였어. 인간이 남긴 것 중에 안전한 것은 묘
     비뿐이야.

개   나는 돌로 만든 거대한 사전 꿈을 꾼 적이 있어.
     사전이면서 동시에 하나의 마을이었고 굉장히 많
     은 언어가 새겨져 있었어. 돌로 된 페이지 사이를
     한없이 걸었는데, 어디서 사전이 끝나는지 알아
     볼 수 없더군.

토끼 무슨 말 사전인데?

개   과거와 현재의 모든 말 사전. 나는 돌 사전으로
     이루어진 마을에 살고 싶어.

고양이 돌로 건물을 짓는 데 반대. 난방비를 생각해 봐.

곰   자연 동굴 속이라면 겨울에 따뜻하니까 난방이
     필요 없어.

개	콘크리트 집은 효율적 냉방으로 차갑게 할 수 있어. 그러니 냉방비를 절약할 수 있지.
곰	동굴은 여름에 시원해. 냉방 같은 거 없어도.
다람쥐	콘크리트로 만든 건물이 다음 대홍수 때에 무너진다면 그 잔해들은 어떻게 되지.
고양이	이제 집 따위는 필요 없으니까 나무 밑에서 자자. 큰 나무 밑에서 세 마리의 암컷 사자가 기분 좋게 자는 모습을 텔레비전에서 본 적이 있어. 나무 밑이 내 집이 아니라면 내 집은 없는 거야. 이봐, 동물만 촬영하고선 인간이 그들의 생각을 추리해 내는 이상한 방송이 있었지, 기억해? 굉장히 좋아했어, 그 방송. 그 방송 덕분에 인간들의 생각을 알게 됐지.
곰	바벨탑도 어딘가에 있는 나무를 흉내 내서 생각해 낸 것뿐일지도 몰라. 그 나무를 찾아보고 싶다.
다람쥐	높은 나무 위쪽이 안전하다고 생각해.
토끼	높은 나무에서 떨어져 목뼈가 부러지는 모습을 비디오로 촬영하고 그걸 보험 회사 광고로 쓰면 어때? 땅에 구멍을 파고 거기서 자는 것이 가장 안전해. 겨울엔 따뜻하고 여름엔 시원한 지하실이 진짜 바벨탑. 지구 중심을 향해 물구나무서기를 하는 거야. 높이가 아니라 깊이가 중요해.
다람쥐	아, 다 지겹다! 모두의 이야기를 듣고 있자니 함께

살기는 어려울 것 같네. 성격 불일치!

곰 하지만 대홍수 이후에 따로따로 떨어져서 살아갈 순 없어. 모두가 하나의 건물을 짓는 일 외에는 다른 선택지가 없어.

개 그러려면 보스가 필요하지 않을까.

토끼 누군가가 내 위에 서는 건 도무지 마음에 들지 않아.

개 토끼 사회에는 최고 권력자가 없었어. 다람쥐도 마찬가지. 약한 자들 무리에 최고 권력자는 필요 없다는 내 생각이 잘못된 추측일까.

곰 약한 동물만이 아니라 곰 같은 강한 동물에게도 보스는 없었다.

개 하지만 우리 선조 늑대 무리에는 보스가 있었어. 원숭이에게도, 인간에게도.

다람쥐 그래서 멸망했지. 보스가 아니라 번역자를 고르면 어떨까? 자기 이익을 잊고, 모두의 생각을 모으고, 그때 생기는 부조화는 하나의 노래로 만들고, 주석을 붙이고, 빨간 실을 찾고, 공통된 소원에 이름을 붙이는 번역자.

개 대통령도, 대표도, 지휘자도, 프로젝트 감독도 아닌······.

토끼 번역자!

전원 찬성!

개 가장 연설을 잘하는 사람을 번역자로 하자.

전원 (각자의 말로) 그건 좋지 않아!

곰	가장 나이가 많고 경험이 풍부한 사람을 번역자로 하자.
전원	(각자) 좀 더 다른 방식으로 정하는 게 좋을 듯해.
고양이	가장 유명하고 모두에게서 사랑받는 사람을 번역자로 하자.
전원	(제각각) 반대!
여우	가장 머리가 좋고 혼자서 원자 폭탄도 만들 수 있는 우수한 과학자를 번역자로 하자.
전원	(이 초 침묵 후 다 같이) 반대!
다람쥐	그럼 제비뽑기로 정하자.
전원	찬성!

아주 의외의 방식으로 제비뽑기를 하기로 결정하고, 다람쥐가 뽑힌다.

다람쥐	내가 뽑힐 줄은 꿈에도 몰랐어.
여우	당신이 지휘하면 이 프로젝트는 실현 불가능하니까 나는 집으로 돌아갈래.
고양이	돌아갈 집은 이제 없다는 것 잊었어?
여우	아니, 지금 뭐라고 말했어?
다람쥐	살던 곳이 공항이 됐다고 자기가 말했잖아.
여우	아, 그렇구나. 내 말을 내게 돌려줘서 고마워.
다람쥐	앞으로도 자기가 생각했던 걸 잊어버리면 타인인 나에게 물어봐.

여우	타인? 확실히 가족은 아니지.
다람쥐	가족이라는 단어는 뜨거운 물로 너무 많이 세탁해서 줄어들어 버렸어.
개	아까부터 보스의 명령을 기다리고 있는데 아무말도 안 들리네. 보스가 능력이 부족한지도 몰라.
다람쥐	보스가 아니라 번역자.
곰	번역자는 서두를 필요 없어. 시간은 말과 마찬가지로 많아.
다람쥐	이제부터 재료를 찾겠습니다. 단 인간의 건물 잔해는 주워선 안 됩니다. 위험한 물질이 들어 있으니까.
개	(기침을 심하게 한다.)
곰	지금 짖는 소리는 나에게 싸움을 거는 것?
다람쥐	아뇨, 개는 공사 현장에서 아스팔트를 들이마셨던 시절을 떠올리고 기침하는 거예요. 기침은 호흡법의 하나로, 싸움을 거는 게 아닙니다.
개	설명해 줘서 고마워.
토끼	즉 위험하니까 재활용은 안 된다는 말?
다람쥐	꼭 그렇지는 않아. 인간이 만든 건물에는 위험하지 않은 것도 있었어.
고양이	재활용이 뭐야?
다람쥐	에너지 순환에서 벗어나 버린 것을 다시 순환의 원 속으로 집어넣는 일.
고양이	즉 여우 목도리로 다시 여우를 만들거나?

244

다람쥐	원래 형태 그대로 변환하는 것이 아니라 큰 순환의 원 속으로 되돌리는 것. 그 원은 매우 커서 우리 시야로는 원으로밖에 완결되지 않을지도 모르지만. 시야가 좁으면 좁을수록 성장하는 모든 선들이 직선에 가깝게 보이지.
고양이	아, 조개가 떨어졌다.
개	조개? 여기는 사막인 줄 알았더니 어느새 바다가 저렇게 가까이 다가왔네.
다람쥐	사막과 바다는 민족 대이동을 시작했어요.
개	신기한 풍경. 해안 같기도 하고, 산꼭대기 같기도 하고, 사막 같기도 해.
고양이	봐 봐, 발 달린 물고기가 모래 위를 걸어가. 바다의 독소가 계속 피부를 통해 들어오는 게 싫었는지도 몰라.
토끼	시간을 느끼는 방식이 우리와 달라서 1만 년이 일 분 정도로 느껴졌을지도 몰라.
곰	산은 밀물도 썰물도 없으니까 신뢰했건만, 바다일지도 모르는 산이라니. 진실한 산, 영원한 산으로 모두 도망가자.
개	진실하고 영원해도 산은 기본적으로 위험하다고 생각해. 봐 봐, 경사면이 무너지는 게 보이잖아. 큰 평야를 찾자.
토끼	그거 이성적이다! 부드러운 풀이 가득 자란 평야. 마치 맛있는 샐러드가 담긴 거대한 접시 위에서

살아가는 듯해.

여우   샐러드가 뭐야?

다람쥐   뭐든 좋으니 설명 없이 뒤죽박죽 한 접시에 담아 내는 것. 그게 샐러드야.

토끼   우리 같잖아.

개   드레싱은 안 뿌려?

토끼   나는 뿌리지 않아. 소금을 좋아하지 않아. 소금은 오래된 상처에 스미기도 하고.

곰   접시처럼 평평한 곳은 사방에서 적이 공격해 오니까 위험해. 동굴을 찾자고.

다람쥐   적이라는 사고방식은 과거의 것이야. 이제 내게 적은 없어. 요컨대 적에게서 몸을 보호하기 위해 요새를 지을 필요는 없다는 말.

토끼   공격당할 위험이 전혀 없는 세계. 무서움이라는 감정은 낡은 겉옷처럼 벗어던지고 선글라스를 쓰자. 평화가 너무 밝아서 어지러우니까.

개   나는 적의 군대가 아니라 망령이 무서워. 산에 살고 싶지 않은 진짜 이유는 그것이야.

고양이   망령이 뭐야?

다람쥐   못된 아이가 고양이 꼬리에 폭죽을 묶어서 불을 붙였다 하자. 고양이는 놀라서 도로로 뛰쳐나간 바람에 차에 치여 죽어. 고양이는 죽었지만 그 영혼은 저세상에 가지 못한 채 외롭게 밤거리를 배회하며 증오를 전부 쏟아 내지.

고양이	모르는 편이 더 행복한 것들까지 알려 줘서 고마워.
개	망령이 빠져나가지 못할 만큼 두꺼운 벽을 만들면 괜찮을지도 몰라.
토끼	두꺼운 벽을 만들다니 비경제적이야. 그보다 땅에 깊은 구멍을 파자.
개	그러면 안테나는 어디에 설치해?
토끼	높은 곳에 안테나를 설치해 봤자 의미 없어. 신뢰할 수 있는 안테나는 자신의 귀뿐.
곰	안테나가 뭐야?
다람쥐	허공을 떠도는 정보를 붙잡기 위해 본체에 돋아난 긴 더듬이.
고양이	주로 텔레비전에 연결돼 있어서 멜로드라마를 수신하는 데 도움이 됐어.
곰	텔레비전 따위 필요 없어. 그 대신 집은 여름용과 겨울용, 두 채를 지어야 해. 겨울에는 동면을 하니까 침실만 있는 집이면 좋겠어.
고양이	동면이 뭐야?
다람쥐	여름에 잠을 간직해 두었다가 겨울에 푹 자는 것.
여우	아니야. 잠 부족에 대한 이자가 늘어나서 나머지 인생을 침대 속에서 앓는 것이야.
곰	잠 부족은 무슨 뜻이야?
다람쥐	아침 일찍부터 밤늦게까지 일해야 하는 노예가 걸리는 병.
개	노예가 뭐야?

다람쥐　위험한 직장에서 일하지 않으면 먹고살 수 없는 상황에 처한 사람. 인간은 21세기 이후에 모두 노예였어.

개　그런 식으로 말하지 마! 인간은 동정받을 만한 가치가 있었어.

고양이　아직 잊지 못하는 거구나, 인간을.

개　어, 저기에 인간이 있어.

다람쥐　설마. 아직 사랑하니까 망령이 보이는 것뿐이야.

개　그렇지 않아. 정말로 있어. (관객 중 한 사람 또는 관객으로 분한 배우를 골라 그 사람에게) 당신은 살아남은 인간인가요?

고양이　정말로 있어, 진정한 인간이다. (관객 또는 관객으로 분한 배우 중 한 사람을 골라 그 사람에게) 당신은 이번 대홍수에서 기적적으로 살아남은 한 인간으로서 앞으로 어떤 일을 하고 싶습니까.

다람쥐　아직 인간이 남아 있었다니 믿을 수가 없어. 꽤 피곤한 얼굴인 것 같은데. (관객 한 사람 또는 관객으로 분한 배우를 골라 그 사람에게) 혹시 과거를 바꿀 수 있다면 세계사에서 어느 부분을 어떤 식으로 바꾸고 싶습니까.

여우　옛날에는 그렇게 생각하지 않았는데 인간을 잘 보니 (관객 한 사람 또는 관객으로 분한 배우를 골라 그 사람 얼굴을 가만히 쳐다보며) 인간적인 얼굴을 하고 있네. 인류 멸망의 원인은 어디에 있다고 생각합니까.

곰   (멀리까지 둘러보며) 와, 꽤 많이 살아남았어. 극장
    에 연극을 보러 온 인간만 살아남았을 수도 있지
    만. (관객 한 사람 또는 관객으로 분한 배우를 골라 그
    사람에게) 만약 당신이 대통령이라면 먼저 무엇을
    하겠습니까.

토끼 (관객 한 사람 또는 관객으로 분한 배우를 골라 그 사
    람에게) 만약 무엇이든 전부 알고 있는 사람에게
    딱 한 가지 질문만을 할 수 있다면 당신은 어떤
    질문을 하겠습니까.

공연 전 연극이 열리는 마을에서 여러 사람한테 똑같은 질문을
던진 뒤 얻어 낸 답변을 녹음한 테이프가 처음엔 한 개, 그다음엔
두 개가 동시에 재생된다. 그와 더불어 현장에서 배우들은 여러 가
지 질문을 서로에게 건넨다. 그렇게 목소리가 몇 겹이나 중첩되며 두
배로 늘어난다. 잠시 후 무대 위로 여름 소나기처럼 수많은 사전이
떨어진다. 이때 사용하려고 미리 기부받은 필요 없는 사전들, 또 헌
책방에서 싸게 사들인 100권 정도 되는 사전들을 무대 위에 떨어뜨
린다. 공연을 마친 뒤 집으로 돌아가는 관객들에게 이 사전을 한 권
씩 나눠 준다.

디스토피아에서 엿보이는 유토피아

『헌등사』에는 총 다섯 작품이 실렸다. 「동물들의 바벨」이 인간을 풍자한 우화로서 두드러지고, 다른 네 작품은 2011년 3월 11일 동일본 대지진을 상기시키며 지진, 후쿠시마 원자력 발전소, 방사성 물질이 기시감처럼 배경에 깔려 있다. 모두 다른 작품이고 세부적인 배경은 다르지만 지진과 원전 사고를 겪은 이후의 이야기로서 다른 그림들이 연쇄적으로 펼쳐질 뿐인 하나의 이야기처럼 느껴지기도 한다.

「헌등사」는 원전 사고로 인한 방사능 피해로 죽지 못하는 노인과 몸이 허약한 젊은 사람들이 살아가는 세상을 그리고 있다. 요시로는 칠십 대의 '젊은 노인'이 아닌 백여덟 살의 '늙은 노인'이고 무메이는 음식을 잘 씹지도 못하고 걷기도 힘든 열다섯 살의 젊은 사람이다. 이 둘이 서로 의지하며 살아가는 이야기가 노인과 젊은 사람, 과거와 미래로 대비를 이루며 전개된다. 작품 속 일본은 쇄국 정책으로 외국어를 검열하는 폐쇄적 분위기가 만연하고, 정부와 경찰은 민영화되어 국민의 생활에 봉사하지 않는 유명무실한 존재이다시피 한 세상이다. '닫힌 세상'이라는 디스토피아 속에서 요시로는 오직 무메이를 돌보는 데 전념한다. 무메이는 방사능 피해로 인한 자신의 질병에 대한 기록과 지식을 전 세계 사람들과 공유하기 위해 인도에 사절로 파견되는데, 그 사절단 이름이 바로 과거 당나라에 갔던 견당사(遣唐使)를 떠오르게 하는 헌등사(獻燈使)다. 양초에 불을 밝히듯이 세계 평화의 희망을 안고 가는 것이다. 하지만 마지막 장면에 이르면 무메이가 무사히 살아남을지, 또는 인도에 무사히 도착할지 미정으로 남는다. 그런데 과연 작품 속 세상이 디스토피아이기만 한가. 그곳은 요시로가 무메이를 돌보듯이, 마리카가 양육자 없는 아이들을 돌보듯이 성별과 혈연을 벗어난 돌봄이 있는 곳이고, "누구나 인생에서 반드시 한 번 혹은 두 번은 성별을 전환하는"(102쪽), 그래서 성별 규범이 굳건하지 않은 세상이다. 작가가 지금 시대에 맞대어 살린 어떤 가치들은 디스토피아가 유토피아로 재생할 가능성으로 읽힌다. 이 밖에 「헌등사」의 디스토피아에서는 다와다의 오랜 관심사인 언어의 차이, 다양성과 관련한 희망을 찾아볼 수도 있다. "증조할아버지와 증손자 간의 대화를 통해 전달되는 인간의 언어 활동의 풍요로움이 계승되고 중지되지 않는 이상 그것이 아무리 참담한 세계라도 완전히 닫힌 디스토피아라고 할 수는 없다는 것을 말이다."[1] 즉 외래어가

다양하게 쓰이던 쇄국 이전의 상황을 아는 증조할아버지와 쇄국으로 인해 한정된 일본어밖에 모르는 증손자가 대화를 함으로써 현재와 미래의 언어 세계를 잇는다는 것이다. 또 요시로와 대비되는 감수성과 삶의 방식을 보이는 무메이가 새로운 미래를 예견하는 존재라는 분석도 눈여겨볼 만하다. "무메이가 관심을 보이는 것, 좋아하는 것은 동물도감, 문어, 코끼리, 세계 지도 등과 같이 자연적인 것, 지구 환경과 관련된 것들뿐이다. (……) 문명의 이기들이 소실됨으로써 오히려 새 인류, 새 시대의 가능성이 태동하고 있음을 보게 된다."[2]

폐허가 어둡고 비관적이지만은 않은 것은 「동물들의 바벨」에서도 마찬가지다. 인류가 멸망한 이후, 동물들이 인간을 재치 있게 풍자하는 이 희곡 작품은 인류학의 접근법으로 특정한 인간 집단이 아니라 인간 전체를 대상으로 삼아 인간의 신체 구조를 비롯해 노아의 방주 설화, 전쟁과 핵무기, 동물 살상, "포인트"라는 자본주의의 책략 등 여러 소재를 언급하며 과거의 세기를 즐겁게 비꼰다. 하지만 의인화된 동물들이 꿈꾸는 세상은 그리 낯설지 않은 대안적 세상이다. '번역자'를 새로운 인솔자로 뽑고 사전이 하늘에서 쏟아지는 그곳은 인류의 다양한 언어와 문화가 각자의 고유성으로 조화를 생성하는 곳일 터다.

---

1) 남상욱, 「디스토피아의 언어 세계 ― 다와다 요코의 「불사의 섬」과 「헌등사」를 중심으로」, 《비교문화연구》, 51집(2018).

2) 최가형, 「재난 이후의 문학적 상상력과 길항하는 디스토피아 ― 다와다 요코의 『헌등사』를 중심으로」, 《일본근대학연구》, 72집(2021).

「빨리 달려 끝없이」는 우연히 만난 두 여성의 성적 쾌락에 관한 이야기로서, 지진이라는 위기의 순간마저 개인에겐 만남과 이별이라는 다른 층위의 의미로 남을 수 있음을 보여 준다. 다와다의 특징적 서술 기법인 동음이의어와 한자의 말놀이가 돋보이는 작품이기도 하다.

「피안」은 폭탄을 적재한 미군 전투기가 원자력 발전소에 추락하여 폭발 사고가 일어나는 광경을 사람들이 생생하게 목격하고, 방사능 피해로 신체에 극심한 화상을 입은 일본 전역의 사람들이 마치 좀비처럼 이동하여 통일 이후의 한반도와 중국으로 탈출한다는 이야기다. 중반부터는 탈출 행렬 속에 있는 전직 의원 세테 이쿠오를 클로즈업해 보여 주며 그 사람이 과거에 얼마나 우스꽝스러운 정치인이었는지를 조롱한다. 그는 인접국을 모욕하는 발언으로 정치생명을 이어 간 한심한 정치인인데, 실상 그의 머릿속엔 남근에 대한 고민뿐이고, 그동안의 발언들 역시 그 고민을 해결하기 위한 명분일 따름이다. 요컨대, 과거에 침략한 아시아 국가를 향한 망언이 횡행하는 일본의 현실 정치를 유머러스하지만 통렬하게 풍자한 작품이다.

「불사의 섬」은 2011년 후쿠시마 원전 사고 이후, 2017년에 태평양 대지진이 일어나 또다시 원전 사고를 일으키는 우를 범하고 말았다는 탄식이 묻어나는 작품으로서, 2011년에 지진과 원전 사고가 일어났을 당시 일본 안팎의 어수선한 분위기를 생생하게 재현한, 하나의 르포르타주처럼 느껴지기도 한다. 방사성 물질에 대한 두려움과 더욱 강해지는 타인에 대한 경계심과 공포, 오염된 환경 때문에 일상 속의 즐거움마저 사라진 삭막한 시간. 비밀과 소문만이 무성하고 언론의 자유는 통제되고 정부의 말을 믿을 수 없는 문학적 허구 세계가 디스토피아라면 그것은 미래만이 아니라 과거에도, 현재에도 해당할 수 있음을 실감하게 하는 작품이다.

'지구'라는 추상적인 단어를 '둥근 지구'처럼 구체적이고 친근하게 표현하는 것이 다와다 요코 특유의 경쾌한 필치가 아닐까 생각한다. 그런데 둥근 지구를 이야기하면서도 일본이라는 '지역'의 문제를 보여 준다는 점이 깊은 인상과 질문을 남긴다. 「헌등사」의 무메이는 쇄국 정책으로 가로막힌 디스토피아를 넘어, 단절된 두 영역을 잇는 지역민이자 세계 시민으로서 거듭난다. 그렇다면 우리들 역시 지역민인 동시에 세계 시민으로서 존재할 수 있을까. '지역'과 '세계'를 하나로 엮어 주는 가교는 과연 어떤 모습일까. 지구가 둥글게 되어 갈수록 더욱 고민해 봐야 할 문제다.

이렇듯 『헌등사』는 일본의 지진과 원전 사고를 바탕으로 쓰인 텍스트이지만 전 지구적 과제, 포스트 휴먼, 기후 위기, 감염병 유행 등 현시대적 쟁점을 가득 담고 있기에 매 순간 새롭고 더 풍부하게 읽힌다.

작가 연보

1960년   도쿄 나카노에서 태어났다.

1965년   도쿄 구니타치로 이사해 1974년까지 구니타치 제5초등
          학교와 구니타치 제1중학교를 다녔다.

1975년   다치카와 고등학교에 입학해 제2외국어로 독일어를 배
          웠다. 문예부에서 문집을 내고 관악 합주단 서클 활동
          을 했다. 고등학교 3학년 때는 소설을 자비로 출판해 근
          처 서점에 유통했다.

1978년   와세다 대학교 제1문학부에 입학했다. 와세다 대학교 어
          학 연구소에서 독일어를 공부하고 동료들과 문집도 다
          수 펴냈다.

1979년   재학 중에 시베리아 횡단 철도로 유럽에 갔다.

1982년   와세다 대학교 제1문학부 러시아문학과를 졸업했다. 러

시아 시인 벨라 아흐마둘리나 연구로 졸업 논문을 썼다. 일본을 떠나 독일 함부르크로 갔다. 서적 수출, 유통 회사에 연수 사원으로 취직했다. 2006년까지 함부르크에 거주했다.

1987년 첫 작품집 『당신이 있는 곳에만 아무것도 없다(Nur da wo du bist da ist nichts)』를 독일 출판사에서 출간하며 데뷔했다. 열아홉 편의 시와 한 편의 단편 소설로 이루어져 있으며 일본어와 독일어가 나란히 실렸다. 다와다 요코가 일본어로 쓴 뒤 일본 문화 연구자 페터 푀르트너(Peter Pörtner)가 독일어로 번역했다. 함부르크 대학교에 다니기 시작했다.

1989년 데뷔 전 일본어로 쓴 미발표 소설 「비늘 인간(うろこもち)」을 페터 푀르트너가 독일어 번역하여 『목욕탕(Das Bad)』을 출간했다.

1990년 함부르크 대학교에서 독일 문학 석사 학위를 취득했다. 함부르크에서 수여한 문학 장려상을 수상했다.

1991년 일본어 소설 『발꿈치를 잃고서(かかとを失くして)』로 군조신인문학상을 수상했다. 시와 산문으로 구성된 『유럽이 시작하는 곳(Wo Europa anfängt)』을 출간했다.

1993년 소설 『개 신랑 들이기(犬婿入り)』로 아쿠타가와상을 수상했다. 소설 『알파벳의 상처(アルファベットの傷口)』를 출간했다.(이 책은 1999년 '글자를 옮기는 사람(文字移植)'이라는 제목으로 재출간했다.) 소설 『손님(Ein Gast)』과 희곡 『밤에 빛나는 학 가면(Die Kranichmaske die bei

Nacht strahlt)』을 출간했다.

1994년   함부르크에서 수여하는 레싱 장려상을 수상했다. 소설
『여행 중인 문어(Tintenfisch auf Reisen)』를 출간했다.

1996년   바이에른 예술 아카데미가 수여하는 샤미소상을 수상했
다. 소설『성녀 전설(聖女伝説)』과『고트하르트 철도(ゴッ
トハルト鉄道)』, 산문집『부적(Talisman)』을 출간했다.

1997년   시집『그러나 귤은 오늘 밤 안으로 탈취되어야 한다
(Aber die Mandarinen müssen heute abend noch geraubt
werden)』, 희곡『달걀 속의 바람처럼(Wie der Wind in
Ei)』을 출간했다.

1998년   소설『여우 달(きつね月)』,『비혼(飛魂)』,『입이 두 개 뚫
린 남자(ふたくちおとこ)』, 라디오 드라마 희곡『오르페
우스와 이자나기, 틸(Orpheus oder Izanagi, Till)』을 출간
했다. 튀빙겐 대학교에서 시학 강의를 했으며, 강의 내용
을『변신(Verwandlungen)』으로 출간했다.

1999년   산문집『서툰 말로 중얼중얼(カタコトのうわごと)』을 출
간했다.

2000년   취리히 대학교에서 독일 문학 박사 학위를 취득했다. 소
설『데이지 꽃차의 경우(ヒナギクのお茶の場合)』로 이
즈미교카문학상을 수상했다. 소설『빛과 젤라틴의 라
이프치히(光とゼラチンのライプチッヒ)』,『오비디우스를
위한 마약: 여인 스물두 명의 베갯머리 서책(Opium für
Ovid: Ein Kopfkissenbuch von 22 Frauen)』을 출간했다.

2001년   소설『변신을 위한 마약(変身のためのオピウム)』을 출간

했다. 일본 안톤 체호프 연극제에서 재즈 피아니스트 다카세 아키(高瀬アキ)와 「피아노 갈매기/목소리 갈매기(ピアノのかもめ/声のかもめ)」를 무대에 올렸다. 다와다 요코는 낭독, 다카세 아키는 피아노 연주를 맡았다.

2002년 소설 『구형 시간(球形時間)』으로 분카무라되마고상을 수상했다. 산문집 『외국 방언(Über-seezungen)』을 출간했다.

2003년 소설 『용의자의 야간열차(容疑者の夜行列車)』로 다니자키준이치로상, 이토세이문학상을 수상했다. 산문집 『여행하는 말들(エクソフォニー — 母語の外へ出る旅)』을 출간했다.

2004년 소설 『벌거벗은 눈의 여행(旅をする裸の眼)』을 출간했다. 다카세 아키와 함께 「피아노 갈매기/목소리 갈매기 PART 2」를 무대에 올렸다.

2005년 독일 문화원이 수여하는 훈장인 괴테 메달을 수상했다.

2006년 베를린으로 거처를 옮겼다. 시집 『우산의 사체와 나의 아내(傘の死体とわたしの妻)』, 소설 『바다에 떨어뜨린 이름(海に落とした名前)』, 『아메리카, 무도한 대륙(アメリカ — 非道の大陸)』을 출간했다.

2007년 산문집 『녹는 거리, 비치는 길(溶ける街 透ける路)』, 『언어 경찰과 다언어 놀이(Sprachpolizei und Spielpolyglotte)』를 출간했다.

2008년 서경식과의 대화집 『경계에서 춤추다: 서울-베를린, 언어의 집을 부수고 떠난 유랑자들(ソウル-ベルリン: 玉

突き書簡—境界線上の対話)』을 출간했다.

2009년   국제적 작품 활동을 치하해 와세다 대학교에서 수여하
　　　　　는 쓰보우치쇼요대상을 수상했다. 소설『보르도의 의형
　　　　　(ボルドーの義兄)』을 출간했다.

2010년   시집『독일어 문법의 모험(Abenteuer der deutschen
　　　　　Grammatik)』을 출간했다.

2011년   소설『수녀와 큐피드의 활(尼僧とキューピッドの弓)』로
　　　　　교토에서 여성 작가에게 수여하는 무라사키시키부문학
　　　　　상을, 소설『눈 속의 에튀드(雪の練習生)』로 노마문예상
　　　　　을 수상했다.

2013년   소설『뜬구름 잡는 이야기(雲をつかむ話)』로 요미우리
　　　　　문학상, 문부과학대신상 문학 부문을 수상했다. 산문집
　　　　　『말과 함께 걷는 일기(言葉と歩く日記)』를 출간했다.

2016년   독일 문학상 클라이스트상을 수상했다. 산문시『덧없는
　　　　　저녁을 위한 발코니 자리(Ein Balkonplatz für flüchtige
　　　　　Abende)』, 산문집『악센트 없는(akzentfrei)』을 출간했다.

2017년   산문집『백 년의 산책(百年の散歩)』, 시집『슈타이네(シ
　　　　　ュタイネ)』를 출간했다.

2018년   독일 문학상 칼 추크마이어 메달을 수상했다. 소설『헌
　　　　　등사(The Emissary)』의 영어판으로 전미도서상 번역 부
　　　　　문을 수상했다. 소설『구멍 뚫린 에프의 첫사랑 축제(穴あ
　　　　　きエフの初恋祭り)』,『지구에 아로새겨진(地球にちりばめ
　　　　　られて)』을 출간했다.

2019년   시집『아직 미래(まだ未来)』, 그림책 글쓴이로『늑대 지

방(オオカミ県)』을 출간했다. 다카세 아키와 「햄릿 기계」
를 공연했다.

2020년   아사히 신문 문화 재단이 수여하는 아사히상을 수상했
다. 소설『별에 어른거리는(星に仄めかされて)』, 『파울
첼란과 중국 천사(Paul Celan und der chinesische Engel)』
를 출간했다.

2022년   소설『태양 제도(太陽諸島)』를 출간했다.

2023년   소설『백학량시(白鶴亮翅)』를 출간했다. 소설『헌등사
(En éclaireur)』의 프랑스어판으로 프라고나르상 외국어
문학 부문을 수상했다.

세계문학전집 **452**

헌등사

1판 1쇄 찍음 2024년 11월 29일
1판 1쇄 펴냄 2024년 12월 6일

지은이   다와다 요코
옮긴이   유라주
발행인   박근섭, 박상준
펴낸곳   (주)민음사

출판등록   1966. 5. 19. (제 16-490호)
서울특별시 강남구 도산대로1길 62(신사동) 강남출판문화센터 5층 (우편번호 06027)
대표전화 02-515-2000   팩시밀리 02-515-2007
www.minumsa.com

한국어 판 ⓒ (주) 민음사, 2024. Printed in Seoul, Korea

ISBN 978-89-374-6452-2 04800
ISBN 978-89-374-6000-5 (세트)

* 잘못 만들어진 책은 구입처에서 교환해 드립니다.

세계문학전집 목록

1·2 변신 이야기 오비디우스 · 이윤기 옮김 서울대 권장도서 100선

3 햄릿 셰익스피어 · 최종철 옮김 서울대 권장도서 100선 | 미국대학위원회 선정 SAT 추천도서

4 변신 · 시골의사 카프카 · 전영애 옮김 서울대 권장도서 100선

5 동물농장 오웰 · 도정일 옮김 미국대학위원회 선정 SAT 추천도서 | 《타임》 선정 현대 100대 영문소설

6 허클베리 핀의 모험 트웨인 · 김욱동 옮김 《뉴스위크》 선정 100대 명저

7 암흑의 핵심 콘래드 · 이상옥 옮김 미국대학위원회 선정 SAT 추천도서 | 《뉴스위크》 선정 10대 명저

8 토니오 크뢰거 · 트리스탄 · 베네치아에서의 죽음 토마스 만 · 안삼환 외 옮김 노벨 문학상 수상 작가

9 문학이란 무엇인가 사르트르 · 정명환 옮김

10 한국단편문학선 1 김동인 외 · 이남호 엮음 국립중앙도서관 선정 청소년 권장도서

11·12 인간의 굴레에서 서머싯 몸 · 송무 옮김

13 이반 데니소비치, 수용소의 하루 솔제니친 · 이영의 옮김 노벨 문학상 수상 작가

14 너새니얼 호손 단편선 호손 · 천승걸 옮김

15 나의 미카엘 오즈 · 최창모 옮김

16·17 중국신화전설 위앤커 · 전인초, 김선자 옮김

18 고리오 영감 발자크 · 박영근 옮김

19 파리대왕 골딩 · 유종호 옮김 노벨 문학상 수상 작가 | 《타임》 선정 현대 100대 영문소설

20 한국단편문학선 2 김동리 외 · 이남호 엮음

21·22 파우스트 괴테 · 정서웅 옮김 서울대 권장도서 100선 | 미국대학위원회 선정 SAT 추천도서

23·24 빌헬름 마이스터의 수업시대 괴테 · 안삼환 옮김

25 젊은 베르테르의 슬픔 괴테 · 박찬기 옮김 논술 및 수능에 출제된 책(1998~2005)

26 이피게니에 · 스텔라 괴테 · 박찬기 외 옮김

27 다섯째 아이 레싱 · 정덕애 옮김 노벨 문학상 수상 작가

28 삶의 한가운데 린저 · 박환일 옮김

29 농담 쿤데라 · 방미경 옮김

30 야성의 부름 런던 · 권택영 옮김

31 아메리칸 제임스 · 최경도 옮김

32·33 양철북 그라스 · 장희창 옮김 노벨 문학상 수상 작가 | 서울대 권장도서 100선

34·35 백년의 고독 마르케스 · 조구호 옮김 노벨 문학상 수상 작가 | 서울대 권장도서 100선

36 마담 보바리 플로베르 · 김화영 옮김 서울대 권장도서 100선

37 거미여인의 키스 푸익 · 송병선 옮김

38 달과 6펜스 서머싯 몸 · 송무 옮김

39 폴란드의 풍차 지오노 · 박인철 옮김

40·41 독일어 시간 렌츠 · 정서웅 옮김

42 말테의 수기 릴케 · 문현미 옮김

43 고도를 기다리며 베케트 · 오증자 옮김 노벨 문학상 수상 작가 | 서울대 권장도서 100선

44 데미안 헤세 · 전영애 옮김 노벨 문학상 수상 작가

45 젊은 예술가의 초상 조이스 · 이상옥 옮김 서울대 권장도서 100선

46 카탈로니아 찬가 오웰 · 정영목 옮김

47 호밀밭의 파수꾼 샐린저 · 정영목 옮김 《타임》 선정 현대 100대 영문소설 | 미국대학위원회 선정
  SAT 추천도서 | 《뉴스위크》 선정 100대 명저 | BBC 선정 꼭 읽어야 할 책

48·49 파르마의 수도원 스탕달 · 원윤수, 임미경 옮김

50 수레바퀴 아래서 헤세 · 김이섭 옮김 노벨 문학상 수상 작가 | 국립중앙도서관 선정 청소년 권장도서

51·52 내 이름은 빨강 파묵·이난아 옮김 노벨 문학상 수상 작가

53 오셀로 셰익스피어·최종철 옮김 서울대 권장도서 100선

54 조서 르 클레지오·김윤진 옮김 노벨 문학상 수상 작가

55 모래의 여자 아베 코보·김난주 옮김

56·57 부덴브로크 가의 사람들 토마스 만·홍성광 옮김 노벨 문학상 수상 작가

58 싯다르타 헤세·박병덕 옮김 노벨 문학상 수상 작가

59·60 아들과 연인 로렌스·정상준 옮김 《뉴스위크》 선정 100대 명저

61 설국 가와바타 야스나리·유숙자 옮김 노벨 문학상 수상 작가 | 서울대 권장도서 100선

62 벨킨 이야기·스페이드 여왕 푸슈킨·최선 옮김

63·64 넙치 그라스·김재혁 옮김 노벨 문학상 수상 작가

65 소망 없는 불행 한트케·윤용호 옮김 노벨 문학상 수상 작가

66 나르치스와 골드문트 헤세·임홍배 옮김 노벨 문학상 수상 작가

67 황야의 이리 헤세·김누리 옮김 노벨 문학상 수상 작가

68 페테르부르크 이야기 고골·조주관 옮김

69 밤으로의 긴 여로 오닐·민승남 옮김 노벨 문학상 수상 작가 | 미국대학위원회 선정 SAT 추천도서

70 체호프 단편선 체호프·박현섭 옮김

71 버스 정류장 가오싱젠·오수경 옮김 노벨 문학상 수상 작가

72 구운몽 김만중·송성욱 옮김 서울대 권장도서 100선 | 국립중앙도서관 선정 청소년 권장도서

73 대머리 여가수 이오네스코·오세곤 옮김

74 이솝 우화집 이솝·유종호 옮김 논술 및 수능에 출제된 책(1998~2005)

75 위대한 개츠비 피츠제럴드·김욱동 옮김 《타임》 선정 현대 100대 영문소설

76 푸른 꽃 노발리스·김재혁 옮김

77 1984 오웰·정회성 옮김 《타임》 선정 현대 100대 영문소설 | 《뉴스위크》 선정 100대 명저

78·79 영혼의 집 아옌데·권미선 옮김

80 첫사랑 투르게네프·이항재 옮김

81 내가 죽어 누워 있을 때 포크너·김명주 옮김 노벨 문학상 수상 작가

82 런던 스케치 레싱·서숙 옮김 노벨 문학상 수상 작가

83 팡세 파스칼·이환 옮김

84 질투 로브그리예·박이문, 박희원 옮김

85·86 채털리 부인의 연인 로렌스·이인규 옮김

87 그 후 나쓰메 소세키·윤상인 옮김

88 오만과 편견 오스틴·윤지관, 전승희 옮김 미국대학위원회 선정 SAT 추천도서

89·90 부활 톨스토이·연진희 옮김 논술 및 수능에 출제된 책(1998~2005)

91 방드르디, 태평양의 끝 투르니에·김화영 옮김

92 미겔 스트리트 나이폴·이상옥 옮김 노벨 문학상 수상 작가

93 페드로 파라모 룰포·정창 옮김

94 차라투스트라는 이렇게 말했다 니체·장희창 옮김 국립중앙도서관 선정 청소년 권장도서

95·96 적과 흑 스탕달·이동렬 옮김 국립중앙도서관 선정 청소년 권장도서

97·98 콜레라 시대의 사랑 마르케스·송병선 옮김 노벨 문학상 수상 작가 | BBC 선정 꼭 읽어야 할 책

99 맥베스 셰익스피어·최종철 옮김 서울대 권장도서 100선 | 미국대학위원회 선정 SAT 추천도서

100 춘향전 작자 미상·송성욱 풀어 옮김 서울대 권장도서 100선

101 페르디두르케 곰브로비치·윤진 옮김

102 포르노그라피아 곰브로비치·임미경 옮김

103 인간 실격 다자이 오사무·김춘미 옮김

104 네루다의 우편배달부 스카르메타·우석균 옮김

105·106 이탈리아 기행 괴테·박찬기 외 옮김

107 나무 위의 남작 칼비노·이현경 옮김

108 달콤 쌉싸름한 초콜릿 에스키벨·권미선 옮김

109·110 제인 에어 C. 브론테·유종호 옮김 BBC 선정 꼭 읽어야 할 책

111 크눌프 헤세·이노은 옮김 노벨 문학상 수상 작가

112 시계태엽 오렌지 버지스·박시영 옮김 《타임》 선정 현대 100대 영문소설 | 《뉴스위크》 선정 100대 명저

113·114 파리의 노트르담 위고·정기수 옮김 미국대학위원회 선정 SAT 추천도서

115 새로운 인생 단테·박우수 옮김

116·117 로드 짐 콘래드·이상옥 옮김 《뉴스위크》 선정 100대 명저

118 폭풍의 언덕 E. 브론테·김종길 옮김 미국대학위원회 선정 SAT 추천도서

119 텔크테에서의 만남 그라스·안삼환 옮김 노벨 문학상 수상 작가

120 검찰관 고골·조주관 옮김

121 안개 우나무노·조민현 옮김

122 나사의 회전 제임스·최경도 옮김 미국대학위원회 선정 SAT 추천도서

123 피츠제럴드 단편선 1 피츠제럴드·김욱동 옮김

124 목화밭의 고독 속에서 콜테스·임수현 옮김

125 돼지꿈 황석영

126 라셀라스 존슨·이인규 옮김

127 리어 왕 셰익스피어·최종철 옮김 서울대 권장도서 100선 | 《뉴스위크》 선정 100대 명저

128·129 쿠오 바디스 시엔키에비츠·최성은 옮김 노벨 문학상 수상 작가

130 자기만의 방·3기니 울프·이미애 옮김

131 시르트의 바닷가 그라크·송진석 옮김

132 이성과 감성 오스틴·윤지관 옮김

133 바덴바덴에서의 여름 치프킨·이장욱 옮김

134 새로운 인생 파묵·이난아 옮김 노벨 문학상 수상 작가

135·136 무지개 로렌스·김정매 옮김

137 인생의 베일 서머싯 몸·황소연 옮김

138 보이지 않는 도시들 칼비노·이현경 옮김

139·140·141 연초 도매상 바스·이운경 옮김 《타임》 선정 현대 100대 영문소설

142·143 플로스 강의 물방앗간 엘리엇·한애경, 이봉지 옮김 미국대학위원회 선정 SAT 추천도서

144 연인 뒤라스·김인환 옮김

145·146 이름 없는 주드 하디·정종화 옮김

147 제49호 품목의 경매 핀천·김성곤 옮김 《타임》 선정 현대 100대 영문소설

148 성역 포크너·이진준 옮김 노벨 문학상 수상 작가 | 퓰리처상 수상 작가

149 무진기행 김승옥

150·151·152 신곡(지옥편·연옥편·천국편) 단테·박상진 옮김 《뉴스위크》 선정 100대 명저

153 구덩이 플라토노프·정보라 옮김

154·155·156 카라마조프가의 형제들 도스토옙스키·김연경 옮김

157 지상의 양식 지드·김화영 옮김 노벨 문학상 수상 작가

158 밤의 군대들 메일러·권택영 옮김 퓰리처상 수상 작가

159 주홍 글자 호손·김욱동 옮김 서울대 권장도서 100선 | 미국대학위원회 선정 SAT 추천도서

160 깊은 강 엔도 슈사쿠·유숙자 옮김

161 욕망이라는 이름의 전차 윌리엄스·김소임 옮김

162 마사 퀘스트 레싱·나영균 옮김 노벨 문학상 수상 작가

163·164 운명의 딸 아옌데·권미선 옮김

165 모렐의 발명 비오이 카사레스·송병선 옮김

166 삼국유사 일연·김원중 옮김 서울대 권장도서 100선

167 풀잎은 노래한다 레싱·이태동 옮김 노벨 문학상 수상 작가

168 파리의 우울 보들레르·윤영애 옮김

169 포스트맨은 벨을 두 번 울린다 케인·이만식 옮김

170 썩은 잎 마르케스·송병선 옮김 노벨 문학상 수상 작가

171 모든 것이 산산이 부서지다 아체베·조규형 옮김 《타임》 선정 현대 100대 영문소설

172 한여름 밤의 꿈 셰익스피어·최종철 옮김 미국대학위원회 선정 SAT 추천도서

173 로미오와 줄리엣 셰익스피어·최종철 옮김 미국대학위원회 선정 SAT 추천도서

174·175 분노의 포도 스타인벡·김승욱 옮김 노벨 문학상 수상 작가 | 《타임》 선정 현대 100대 영문소설

176·177 괴테와의 대화 에커만·장희창 옮김

178 그물을 헤치고 머독·유종호 옮김 《타임》 선정 현대 100대 영문소설

179 브람스를 좋아하세요... 사강·김남주 옮김

180 카타리나 블룸의 잃어버린 명예 하인리히 뵐·김연수 옮김 노벨 문학상 수상 작가

181·182 에덴의 동쪽 스타인벡·정회성 옮김 노벨 문학상 수상 작가

183 순수의 시대 워튼·송은주 옮김 《뉴스위크》 선정 100대 명저 | 퓰리처상 수상작

184 도둑 일기 주네·박형섭 옮김

185 나자 브르통·오생근 옮김

186·187 캐치-22 헬러·안정효 옮김 《타임》 선정 현대 100대 영문소설

188 솔로호프 단편선 솔로호프·이항재 옮김 노벨 문학상 수상 작가

189 말 사르트르·정명환 옮김

190·191 보이지 않는 인간 엘리슨·조영환 옮김 《타임》 선정 현대 100대 영문소설

192 왑샷 가문 연대기 치버·김승욱 옮김 퓰리처상 수상 작가

193 왑샷 가문 몰락기 치버·김승욱 옮김 퓰리처상 수상 작가

194 필립과 다른 사람들 노터봄·지명숙 옮김

195·196 하드리아누스 황제의 회상록 유르스나르·곽광수 옮김

197·198 소피의 선택 스타이런·한정아 옮김 퓰리처상 수상 작가

199 피츠제럴드 단편선 2 피츠제럴드·한은경 옮김

200 홍길동전 허균·김탁환 옮김

201 요술 부지깽이 쿠버·양윤희 옮김

202 북호텔 다비·원윤수 옮김

203 톰 소여의 모험 트웨인·김욱동 옮김

204 금오신화 김시습·이지하 옮김

205·206 테스 하디·정종화 옮김 미국대학위원회 선정 SAT 추천도서 | BBC 선정 꼭 읽어야 할 책

207 브루스터플레이스의 여자들 네일러·이소영 옮김

208 더 이상 평안은 없다 아체베·이소영 옮김

209 그레인지 코플랜드의 세 번째 인생 워커·김시현 옮김 퓰리처상 수상 작가

210 어느 시골 신부의 일기 베르나노스·정영란 옮김

211 타라스 불바 고골·조주관 옮김

212·213 위대한 유산 디킨스·이인규 옮김 서울대 권장도서 100선 | BBC 선정 꼭 읽어야 할 책

214 면도날 서머싯 몸·안진환 옮김

215·216 성채 크로닌·이은정 옮김

217 오이디푸스 왕 소포클레스·강대진 옮김 서울대 권장도서 100선

218 세일즈맨의 죽음 밀러·강유나 옮김

219·220·221 안나 카레니나 톨스토이·연진희 옮김 서울대 권장도서 100선

222 오스카 와일드 작품선 와일드·정영목 옮김

223 벨아미 모파상·송덕호 옮김

224 파스쿠알 두아르테 가족 호세 셀라·정동섭 옮김 노벨 문학상 수상 작가

225 **시칠리아에서의 대화** 비토리니 · 김운찬 옮김
226·227 **길 위에서** 케루악 · 이만식 옮김 《타임》 선정 현대 100대 영문소설 | 《뉴스위크》 선정 100대 명저
228 **우리 시대의 영웅** 레르몬토프 · 오정미 옮김
229 **아우라** 푸엔테스 · 송상기 옮김
230 **클링조어의 마지막 여름** 헤세 · 황승환 옮김 노벨 문학상 수상 작가
231 **리스본의 겨울** 무뇨스 몰리나 · 나송주 옮김
232 **뻐꾸기 둥지 위로 날아간 새** 키지 · 정회성 옮김 《타임》 선정 현대 100대 영문소설
233 **페널티킥 앞에 선 골키퍼의 불안** 한트케 · 윤용호 옮김 노벨 문학상 수상 작가
234 **참을 수 없는 존재의 가벼움** 쿤데라 · 이재룡 옮김
235·236 **바다여, 바다여** 머독 · 최옥영 옮김
237 **한 줌의 먼지** 에벌린 워 · 안진환 옮김 《타임》 선정 현대 100대 영문소설
238 **뜨거운 양철 지붕 위의 고양이 · 유리 동물원** 윌리엄스 · 김소임 옮김 퓰리처상 수상작
239 **지하로부터의 수기** 도스토옙스키 · 김연경 옮김
240 **키메라** 바스 · 이운경 옮김
241 **반쪼가리 자작** 칼비노 · 이현경 옮김
242 **벌집** 호세 셀라 · 남진희 옮김 노벨 문학상 수상 작가
243 **불멸** 쿤데라 · 김병욱 옮김
244·245 **파우스트 박사** 토마스 만 · 임홍배, 박병덕 옮김 노벨 문학상 수상 작가
246 **사랑할 때와 죽을 때** 레마르크 · 장희창 옮김
247 **누가 버지니아 울프를 두려워하랴?** 올비 · 강유나 옮김
248 **인형의 집** 입센 · 안미란 옮김
249 **위폐범들** 지드 · 원윤수 옮김 노벨 문학상 수상 작가
250 **무정** 이광수 · 정영훈 책임 편집 서울대 권장도서 100선
251·252 **의지와 운명** 푸엔테스 · 김현철 옮김
253 **폭력적인 삶** 파솔리니 · 이승수 옮김
254 **거장과 마르가리타** 불가코프 · 정보라 옮김
255·256 **경이로운 도시** 멘도사 · 김현철 옮김
257 **야콥을 둘러싼 추측들** 욘존 · 손대영 옮김
258 **왕자와 거지** 트웨인 · 김욱동 옮김
259 **존재하지 않는 기사** 칼비노 · 이현경 옮김
260·261 **눈먼 암살자** 애트우드 · 차은정 옮김 《타임》 선정 현대 100대 영문소설
262 **베니스의 상인** 셰익스피어 · 최종철 옮김
263 **말리나** 바흐만 · 남정애 옮김
264 **사볼타 사건의 진실** 멘도사 · 권미선 옮김
265 **뒤렌마트 희곡선** 뒤렌마트 · 김혜숙 옮김
266 **이방인** 카뮈 · 김화영 옮김 노벨 문학상 수상 작가 | 미국대학위원회 선정 SAT 추천도서
267 **페스트** 카뮈 · 김화영 옮김 노벨 문학상 수상 작가 | 국립중앙도서관 선정 청소년 권장도서
268 **검은 튤립** 뒤마 · 송진석 옮김
269·270 **베를린 알렉산더 광장** 되블린 · 김재혁 옮김
271 **하얀 성** 파묵 · 이난아 옮김 노벨 문학상 수상 작가
272 **푸슈킨 선집** 푸슈킨 · 최선 옮김
273·274 **유리알 유희** 헤세 · 이영임 옮김 노벨 문학상 수상 작가
275 **픽션들** 보르헤스 · 송병선 옮김 서울대 권장도서 100선
276 **신의 화살** 아체베 · 이소영 옮김
277 **빌헬름 텔 · 간계와 사랑** 실러 · 홍성광 옮김
278 **노인과 바다** 헤밍웨이 · 김욱동 옮김 노벨 문학상 수상 작가 | 퓰리처상 수상작

279 무기여 잘 있어라 헤밍웨이·김욱동 옮김 미국대학위원회 선정 SAT 추천도서

280 태양은 다시 떠오른다 헤밍웨이·김욱동 옮김 《타임》 선정 현대 100대 영문 소설

281 알레프 보르헤스·송병선 옮김

282 일곱 박공의 집 호손·정소영 옮김

283 에마 오스틴·윤지관, 김영희 옮김

284·285 죄와 벌 도스토옙스키·김연경 옮김 미국대학위원회 선정 SAT 추천도서

286 시련 밀러·최영 옮김

287 모두가 나의 아들 밀러·최영 옮김

288·289 누구를 위하여 종은 울리나 헤밍웨이·김욱동 옮김 노벨 문학상 수상 작가

290 구르브 연락 없다 멘도사·정창 옮김

291·292·293 데카메론 보카치오·박상진 옮김

294 나누어진 하늘 볼프·전영애 옮김

295·296 제브데트 씨와 아들들 파묵·이난아 옮김 노벨 문학상 수상 작가

297·298 여인의 초상 제임스·최경도 옮김 미국대학위원회 선정 SAT 추천도서

299 압살롬, 압살롬! 포크너·이태동 옮김 노벨 문학상 수상 작가

300 이상 소설 전집 이상·권영민 책임 편집

301·302·303·304·305 레 미제라블 위고·정기수 옮김

306 관객모독 한트케·윤용호 옮김 노벨 문학상 수상 작가

307 더블린 사람들 조이스·이종일 옮김

308 에드거 앨런 포 단편선 앨런 포·전승희 옮김 미국대학위원회 선정 SAT 추천도서

309 보이체크·당통의 죽음 뷔히너·홍성광 옮김

310 노르웨이의 숲 무라카미 하루키·양억관 옮김

311 운명론자 자크와 그의 주인 디드로·김희영 옮김

312·313 헤밍웨이 단편선 헤밍웨이·김욱동 옮김 노벨 문학상 수상 작가

314 피라미드 골딩·안지현 옮김 노벨 문학상 수상 작가

315 닫힌 방·악마와 선한 신 사르트르·지영래 옮김

316 등대로 울프·이미애 옮김 《타임》 선정 현대 100대 영문소설 | 《뉴스위크》 선정 100대 명저

317·318 한국 희곡선 송영 외·양승국 엮음

319 여자의 일생 모파상·이동렬 옮김

320 의식 노터봄·김영중 옮김

321 육체의 악마 라디게·원윤수 옮김

322·323 감정 교육 플로베르·지영화 옮김

324 불타는 평원 룰포·정창 옮김

325 위대한 몬느 알랭푸르니에·박영근 옮김

326 라쇼몬 아쿠타가와 류노스케·서은혜 옮김

327 반바지 당나귀 보스코·정영란 옮김

328 정복자들 말로·최윤주 옮김

329·330 우리 동네 아이들 마흐푸즈·배혜경 옮김 노벨 문학상 수상 작가

331·332 개선문 레마르크·장희창 옮김

333 사바나의 개미 언덕 아체베·이소영 옮김

334 게걸음으로 그라스·장희창 옮김 노벨 문학상 수상 작가

335 코스모스 곰브로비치·최성은 옮김

336 좁은 문·전원교향곡·배덕자 지드·동성식 옮김 노벨 문학상 수상 작가

337·338 암 병동 솔제니친·이영의 옮김 노벨 문학상 수상 작가

339 피의 꽃잎들 응구기 와 시옹오·왕은철 옮김

340 운명 케르테스·유진일 옮김 노벨 문학상 수상 작가

341·342 벌거벗은 자와 죽은 자 메일러·이운경 옮김 퓰리처상 수상 작가

343 시지프 신화 카뮈·김화영 옮김 노벨 문학상 수상 작가

344 뇌우 차오위·오수경 옮김

345 모옌 중단편선 모옌·심규호, 유소영 옮김 노벨 문학상 수상 작가

346 일야서 한사오궁·심규호, 유소영 옮김

347 상속자들 골딩·안지현 옮김 노벨 문학상 수상 작가

348 설득 오스틴·전승희 옮김

349 히로시마 내 사랑 뒤라스·방미경 옮김

350 오 헨리 단편선 오 헨리·김희용 옮김

351·352 올리버 트위스트 디킨스·이인규 옮김

353·354·355·356 전쟁과 평화 톨스토이·연진희 옮김

357 다시 찾은 브라이즈헤드 에벌린 워·백지민 옮김

358 아무도 대령에게 편지하지 않다 마르케스·송병선 옮김

359 사양 다자이 오사무·유숙자 옮김

360 좌절 케르테스·한경민 옮김 노벨 문학상 수상 작가

361·362 닥터 지바고 파스테르나크·김연경 옮김 노벨 문학상 수상 작가

363 노생거 사원 오스틴·윤지관 옮김

364 개구리 모옌·심규호, 유소영 옮김 노벨 문학상 수상 작가

365 마왕 투르니에·이원복 옮김 공쿠르상 수상 작가

366 맨스필드 파크 오스틴·김영희 옮김

367 이선 프롬 이디스 워튼·김욱동 옮김 퓰리처상 수상 작가

368 여름 이디스 워튼·김욱동 옮김 퓰리처상 수상 작가

369·370·371 나는 고백한다 자우메 카브레·권가람 옮김

372·373·374 태엽 감는 새 연대기 무라카미 하루키·김난주 옮김

375·376 대사들 제임스·정소영 옮김

377 족장의 가을 마르케스·송병선 옮김 노벨 문학상 수상 작가

378 핏빛 자오선 매카시·김시현 옮김

379 모두 다 예쁜 말들 매카시·김시현 옮김

380 국경을 넘어 매카시·김시현 옮김

381 평원의 도시들 매카시·김시현 옮김

382 만년 다자이 오사무·유숙자 옮김

383 반항하는 인간 카뮈·김화영 옮김 노벨 문학상 수상 작가

384·385·386 악령 도스토옙스키·김연경 옮김

387 태평양을 막는 제방 뒤라스·윤진 옮김

388 남아 있는 나날 가즈오 이시구로·송은경 옮김 노벨 문학상 수상 작가

389 앙리 브륄라르의 생애 스탕달·원윤수 옮김

390 찻집 라오서·오수경 옮김

391 태어나지 않은 아이를 위한 기도 케르테스·이상동 옮김 노벨 문학상 수상 작가

392·393 서머싯 몸 단편선 서머싯 몸·황소연 옮김

394 케이크와 맥주 서머싯 몸·황소연 옮김

395 월든 소로·정회성 옮김

396 모래 사나이 E. T. A. 호프만·신동화 옮김

397·398 검은 책 오르한 파묵·이난아 옮김 노벨 문학상 수상 작가

399 방랑자들 올가 토카르추크·최성은 옮김 노벨 문학상 수상 작가

400 시여, 침을 뱉어라 김수영·이영준 엮음

401·402 환락의 집 이디스 워튼·전승희 옮김

403 달려라 메로스 다자이 오사무 · 유숙자 옮김

404 아버지와 자식 투르게네프 · 연진희 옮김

405 청부 살인자의 성모 바예호 · 송병선 옮김

406 세피아빛 초상 아옌데 · 조영실 옮김

407·408·409·410 사기 열전 사마천 · 김원중 옮김 서울대 권장도서 100선

411 이상 시 전집 이상 · 권영민 책임 편집

412 어둠 속의 사건 발자크 · 이동렬 옮김

413 태평천하 채만식 · 권영민 책임 편집

414·415 노스트로모 콘래드 · 이미애 옮김

416·417 제르미날 졸라 · 강충권 옮김

418 명인 가와바타 야스나리 · 유숙자 옮김 노벨 문학상 수상 작가

419 핀처 마틴 골딩 · 백지민 옮김 노벨 문학상 수상 작가

420 사라진 · 샤베르 대령 발자크 · 선영아 옮김

421 빅 서 케루악 · 김재성 옮김

422 코뿔소 이오네스코 · 박형섭 옮김

423 블랙박스 오즈 · 윤성덕, 김영화 옮김

424·425 고양이 눈 애트우드 · 차은정 옮김

426·427 도둑 신부 애트우드 · 이은선 옮김

428 슈니츨러 작품선 슈니츨러 · 신동화 옮김

429·430 세계의 끝과 하드보일드 원더랜드 무라카미 하루키 · 김난주 옮김

431 멜랑콜리아 I-II 욘 포세 · 손화수 옮김 노벨 문학상 수상 작가

432 도적들 실러 · 홍성광 옮김

433 예브게니 오네긴 · 대위의 딸 푸시킨 · 최선 옮김

434·435 초대받은 여자 보부아르 · 강초롱 옮김

436·437 미들마치 엘리엇 · 이미애 옮김

438 이반 일리치의 죽음 톨스토이 · 김연경 옮김

439·440 캔터베리 이야기 초서 · 이동일, 이동춘 옮김

441·442 아소무아르 졸라 · 윤진 옮김

443 가난한 사람들 도스토옙스키 · 이항재 옮김

444·445 마차오 사전 한사오궁 · 심규호, 유소영 옮김

446 집으로 날아가다 랠프 엘리슨 · 왕은철 옮김

447 집으로부터 멀리 피터 케리 · 황가한 옮김

448 바스커빌가의 사냥개 코넌 도일 · 박산호 옮김

449 사냥꾼의 스케치 투르게네프 · 연진희 옮김

450 필경사 바틀비 · 선원 빌리 버드 멜빌 · 이삼출 옮김

451 8월은 악마의 달 에드나 오브라이언 · 임슬애 옮김

452 헌등사 다와다 요코 · 유라주 옮김

453 색,계 장아이링 · 문현선 옮김

454 겨울 여행 자우메 카브레 · 권가람 옮김

455 기억의 빛 마이클 온다치 · 김지현 옮김

456 표범 토마시 디 람페두사 · 이현경 옮김

457 크리스마스 캐럴 디킨스 · 김희용 옮김

458 버진 수어사이드 유제니디스 · 이화연 옮김

459·460 미들섹스 유제니디스 · 이화연, 송은주 옮김

세계문학전집은 계속 간행됩니다.